다정도 병인 양하여

옛가락 이땟가락 古調今調
다정도 병인 양하여

저자_ 손종섭

1판 1쇄 인쇄_ 2009. 9. 3.
1판 2쇄 발행_ 2009.10. 12 .

발행처_ 김영사
발행인_ 박은주

등록번호_ 제406-2003-036호
등록일자_ 1979. 5. 17.

경기도 파주시 교하읍 문발리 출판단지 515-1 우편번호 413-756
마케팅부 031)955-3100 편집부 031)955-3250 팩시밀리 031)955-3111

값은 뒤표지에 있습니다.
ISBN 978-89-349-3489-9 03810

독자의견 전화_ 031)955-3200
홈페이지_ http://www.gimmyoung.com
이메일_ bestbook@gimmyoung.com

좋은 독자가 좋은 책을 만듭니다.
김영사는 독자 여러분의 의견에 항상 귀 기울이고 있습니다.

古調今調
옛가락 이젯가락

다정多情도
병인
양하여

손종섭 지음

김영사

가락에 실어낸 국민문학의 정수, 시조

시조는 우리 선인들의 문화유산이다. 그것은 우리의 민족 정서가 담겨 있는 가장 정다운 유산이며, 역사의 가장 오랫동안 우리 민족의 그때그때의 애환의 정곡情曲을 손쉽게 담아내는 그릇으로, 오늘날까지 이어오는 유일한 문학 형식이다.

그러기에 시조 문학은, 계층 간階層間 막힘이 없이 두루 소통하는 문학으로, 군왕에서 고관, 학자, 양반, 선비, 규수, 중인, 기녀, 천민에 이르기까지 두루 참여한, '대중문학'이요, '국민문학'으로 꾸준히 발전해온 문학이다.

시조의 기원을 대략 고려 중엽으로 추정하지마는, 그렇다 하더라도 이미 8백 년의 긴 역사를 헤아리게 된다. 그 오랫동안 요행히 문자에 정착되어 전해오는 작품은, ―기실 수백 수천에서 하나가 건져졌을까 말까였을 것이나, 그런데도 현재까지 알려진 '옛 시조'는, 박을수 교수 편저인 《한국시조대사전》에 5,763수가 수록되어 있으며, 앞으로도 각가의 문집이나 고문서 등에서 계속 발견되어, 그 숫자는 더욱 불어나리라 여겨진다.

시조의 형식은 초初·중中·종終 3장章으로 이루어진 45자 어좌우의 짧은 정형시定型詩로서, 그 가장 대표적인 평시조平時調의 기본 골격을 보면, 그 운율韻律의 구성 요소인 음수율音數律은 대략 다음과 같다.

3	4	3(4)	4	초장	4음보
3	4	3(4)	4	중장	4음보
3	5	4	3	종장	4음보

　초·중장의, '3·4 또는 4·4조'의 운율은; 우리의 전통 시가의 거의 예외가 없을 만큼, 보편적인 운율로서, 우리 민족 어느 누구에게나 자연스럽고도 순리로운 숨결, 바로 그 숨결과도 일치하여, 모든 가사의 숨결이 그러하고, 고대 소설, 고전 가창歌唱이나 민요 잡가의 숨결이 다 그러하며, 무가巫歌며 주술어呪術語에 이르기까지, 심지어는 선비들의 정제된 담화의 가락에마저도 그러한, 무의식적인 버릇처럼, 숨 쉬듯 몸에 배어 있는, 가장 친숙한 가락이다.

　초장에서 시작되어 중장으로 이어지는 제시된 문제의 가중되는 무게를 이끌어, 3·4 또는 4·4조로 진행해오던 발길이, 문득 중장의 끝자락에서 딱 멈추고는, 난데없는 '3·5·4·3'의, 새로운 가락에 의하여, 비로소 해결의 숨결로, 그동안에 쌓였던 긴장마저도 실실이 풀리는 안도의 숨결로, 시원스러이 가슴을 쓸어내리는, 바로 그런 가락으로 끝맺고 있는 것이다.

　이 종장의 가락이야말로 국민 대중의 입에 오르내리면서, 마치 바닷가의 자갈돌이 오랫동안의 파도에 일려 모가 접어지듯, 만인의 기호대로 자연스럽게 가감되고, 조화되고, 세련되어, 가장 보편적인 국민 공통 정조情調로 정착되게 된, —더 이상의 변화를 불허하는 완미진선完美盡善의 경지에 이른, '민족운民族韻' 또는 '국민운國民韻'으로 정립된 것이라 할 만하다.

그것은 종장 첫 구의 불변의 3음절과 둘째 구의 5음절 이상이어야 하는 고정적인 가락도 그러려니와, 후반의 '4·3'의 음수는, 초·중장의 진행 음보인 '3·4'의 가락을 거꾸로 뒤집어놓은 가락이라, 마치 신의 계시로 이루어진 신운神韻처럼, 초·중장에서 제시된 것에 대한 '해결'의 숨결로, 어쩌면 그리도 자연스러운가에 감탄하지 않을 수 없게 된다.

이 딴판으로 달라진 풍세風勢의 '3·5·4·3'의 가락이, 어쩌면 '가사문학'의 낙구落句(대맞이 되는 구句가 없이, 외짝으로 끝나는 종결구)로서, 끝마무리되고 있음은 더욱 놀랍다. 곧 3·4 또는 4·4조로 지루하게 진행되는 가사 작품의 긴긴 행보 끝에, 문득 바뀌어 든 '3·5·4·3'의 새로운 바람결에 의하여 시원스럽게 가슴을 헤쳐 여는, 이 싱그러운 종결의 멋에, 또한 감탄하지 않을 수 없게 된다.

시조를 단가短歌라 하고, 가사를 장가長歌라고도 일컫거니와, 그 서로의 상관관계에 대하여, 저자는 '장가는 단가에서 파생된 문학·형태'라 단정한다. 그것은 장가의 발생이 단가인 시조보다 후세인 점과, 그 마무리하는 가락이, 시조 종장과 똑같기 때문이다.

곧 평시조平時調의 정형定型에서 약간 엇가락으로 길어진 것이 '엇시조'요, 사설조로 더 길어진 것이 '사설시조辭說時調'요, 더욱 더 길어진 것, 곧 '최장시조最長時調'가 '가사歌辭'라는 별개 이름 으로 분파分派하게 된 것이라 주장하는 바이다. 곧 평시조나 엇시 조나 사설시조나 또 이 가사나, 그 종결은 언제나 '3·5·4·3'으로 고정되어 있으니 말이다. 보라! 저 〈상춘곡賞春曲〉의 낙구인 "아 모타 백년행락百年行樂이 이만한들 어떠리"와 같은 3·5·4·3의 종 장 가락이, 모든 가사 작품, 곧 〈환산별곡〉, 〈처사가〉, 〈면앙정가〉, 〈고공가〉, 〈고공답주인가〉, 〈만분가〉, 〈남정가〉, 〈금보가〉, 〈상저 가〉, 〈미인별곡〉 등, 그리고 송강, 노계와 같은 대가들의 그 수많 은 가사 작품들의 낙구가 예외 없이 시조 종장 가락을 공통분모 로 하고 있으니, 다시 무엇을 더 의심하리오?

한말에서 일제 때를 거치고, 해방 후에서 오늘에 이르기까지, 우리의 시조는 신시조·현대시조의 단계를 거치면서, 뛰어난 많 은 문인들이 시대적 사명을 띠고, 시조의 올바른 방향을 향하여, 백화요란한 새 시대를 꽃피워 일찍이 없었던 성황을 이뤘다.

그러는 중, 시조의 혁신을 꾀한다는 한 갈래는, 시조를 현대시 에 접목하려는 시도로, 시조 3장의 형식부터 조각조각 해체解體 하는가 하면, 내용도 일반 대중의 언어와는 거리가 먼, 굴절된 언어, 기괴한 수사修辭로 우리말이기는 하나, 우리 쓰임새는 아닌, 이방인의 서투른 구문構文 같은 불명료不明瞭한 난해시難解詩를 모방한 해체된 시조, 필경 '시조'도 '시'도 아닌, 그 '튀기'와도 같은 기형畸形들을 출산하는 끈질긴 한 갈래도 있었으나, 이제는 그 모방 모체였던 해체시 자체가 종국적 운명으로 썰물 지듯 져가고 있는 추세에 운명을 같이하고, 이제는 오직 대가들에 의하여 지켜오던 본연의 하늘 아래로 돌아오게 되었음은 진실로 다행한 일이 아닐 수 없다.

한편 옛 은사隱士들이 수란한 현실을 피하여 깊은 산수 간에 (공간적으로) 은거했듯, 몸은 현대에 있으면서 마음은 언제나 옛 시대로 (시간적인) 은거를 하듯, 아직도 어느 왕조 시대의 태평일민으로 청포 입은 선비인 양, 단아한 양반 체통을 지켜, 함부로 시속時俗에 점염漸染될세라, 경계하면서, 충군효열忠君孝烈의 옛 자취를 순례하며, 거문고 가얏고 태평소 가락에 연련하여, 매양 청자와도 같은 고아古雅한 작품만을 빚어내는 선풍도골仙風道骨들이 적지 않음을 지적하지 않을 수 없다. 이는 국민시로서의 우리 전통 시조가 반상귀천班常貴賤의 구별 없이 두루 참여하여 그 '시대 반영'에 충실하였던 것과는 딴판일 뿐만 아니라, 문학 일반의 필수 요건인 '시대 반영'을 외면하는 일은, 첫째 문학으로서의 크나큰 결격사유缺格事由가 되지 않을 수 없음에, 시조인들의 자성自省이 촉구되는 바이다.

또한 경향 각지에 수많은 시조문학지時調文學誌의 동호인들이, 시대를 성찰하는 그 형안炯眼을 크게 뜨고, 우리의 현실을 직시하게 되는 날, 우리의 시조는 비로소 살아 숨 쉬는 우리 전통의 국민시로서의, 정궤正軌에 오르게 될 것이며, 문호를 활짝 열어, 동호인이란 좁은 울타리를 걷어치우고, 스스로 '대중의 광장'으로 개방함으로써야 우리의 시조 문학은 비로소 우리의 정통적 '국민시'로서, 널리 현대를 두루 포섭하는 큰 공기公器로서의 가치가 부여될 것이며, 그렇게 되고서야 '국민문학'으로서의 우리의 전통을 정통正統으로 이어받은, 문학으로서의 올바른 발전의 길을 걷게 되리라, 감히 관견管見의 일단을 피력하는 바이다.

시조는 정情의 온상溫床이요, 정의 광장廣場이다. 우리의 가슴을 찡하게 하는 '감동'의 진원震源은 언제나 '정情'에서가 아니던가? 우리는 심상한 일상의 인간관계에서, 또는 할머니가 들려주는 옛이야기에서, 또는 실화인 다큐나 신문·잡지·TV에서, 또는 허구의 소설이나, 동화나 연극이나 영화에서……, 저도 몰래 눈시울이 찡해지는, 감동을 자주 경험하게 되거니와, 그 진원을 거슬러 찾아보면, 거기는 언제나 '정'이란 것이 작용하고 있었음을 확인하게 된다. 때로는 인간이 아닌, 한 마리의 개가, 새가, 무슨 벌레 따위가 주인공일 경우도 있다. ……그 빚어낸 '정'의 파동이 원파圓波 원파로 넓어져 우리의 심금心琴을 울렸을 때, 우리는 같은 주파수로 공명하게 되었음을 깨닫게 된다.

저자는 이 책의 자초지종自初至終에서, '인간 사회를 다사롭게 하는 '정'을 강조해왔거니와, 점점 살기 어려워지는 현대인의 비정화非情化 경향에, 사회적 전 계층을 망라한 시조 문학에의 부흥이 새삼 아쉬워지는 때임을 느끼게도 된다.

정은 인류 도덕의 시원始原이며, 모든 인간 양심의 원천이다.

저자는《옛 시정詩情을 더듬어》의 서문에서도 강조한 바 있거니와 "정은 인간이기를 지키는 최후의 보루堡壘다. 물질 만능 시대의 산업사회에서 겪고 있는 심각한 환경오염만큼이나 오염되어가고 있는 인간의 감정! 눈물이 말라버린 석심철장石心鐵腸으로 비인간화非人間化되어가고 있는 가공할 오늘날의 추세에서, 새삼 절감되는 것은 정이다. 그것은 감물지정感物之情이며, 애련지정哀憐之情이며, 염치廉恥 의리義理 등의 자유지정自有之情이다. 그것은 가슴에서 가슴으로 전해지는 영혼의 체온이며, 사랑과 자비를 양조釀造하는 효소원酵素原인 것이다. 오늘날 초미焦眉의 과제인 인간회복人間回復도 이 정情의 회복에서부터 시작되어야 한다"라고─.

끝으로 이 책이 초해지게 된 동기는, 시조를 통해 체온처럼 전해오는, 고인들의 다사로운 정과 오늘날의 정이 만나는, 그 감동의 여울목에서, 그 느꺼움의 각별함을 예사로이 흘려 봐 치우고 싶지 않음에서였다.

> 시름이나 잊자 하여 옛 노래 들추다가,
> 옛가락〔古調〕 이젯가락〔今調〕 마주쳐 격해진 정!
> 세월의 여울목에서 어우러져 울어라!

심심하면 도지는 시름! 오늘도 하 심심하여 시름풀이나 할까 하고 옛 노래 들추다가, 이 어인 '세월의 강江'도 '정'에는 고금이 없어, 고인古人의 정, 금인今人의 정이 서로 마주쳐 격해진 정! 오랜 세월의 흐름에도 순류를 이루는가 하면, 더러는 역류逆流로 치닫기도 하여, '세월의 여울목'에서 소리소리 어우러져 목 놓아 우는, 감동의 장면 장면들! 느꺼운 대로 소리나는 대로 적어 본 것들이다.

2009년 8월
손종섭

■ 차례

16. 청산유수

17. 원한

〈태종대太宗臺〉
강세황(1713~91)의 그림으로, 자연을 앞에 두고 시상을 다듬는 선비의 모습이 청량한 느낌을 준다.

1 삶의 현장

노래 삼긴 사람

노래 삼긴 사람[01] 시름도 하도 할사![02]
일러 다 못 일러[03] 불러나[04] 푸돗던가?[05]
진실로 풀릴 양이면 나도 불러보리라!

노래 길 틔운 사람! '시름' 오죽 많았으면,
말로썬 풀 길 없어, 노래 불러 풀었던가?
노래로 풀릴 양이면 나도 불러보리라.

이 세상에 '노래'란 것을 처음으로 발명하여, 소리 높여 부르기
시작한, 그 옛사람! 그 사람! 오죽이나 시름이 많았으면, 그 서러

---

01 삼긴 사람: 생겨나게 한 사람.
02 하도 할사: 많기도 많구나!
03 일러 다 못 일러: 말로써는 아무리 하소연해도 이루 다 하소연할 수 없어.
04 불러나: 불러서나. 노래로 부르는 것으로써나.
05 푸돗던가: 풀었던가? 노래를 부름으로써야 그 시름을 풀었던가?

운 속사정을, 말로써는 천언만담千言萬談을 늘어놓아도 풀리지 않던 답답한 그 가슴이, 오히려 목 놓아 고래고래 '노래'로 부름으로써야 비로소 풀리더란 말인가? 노래로 부름으로써, 가슴속 답쌓인 태산 같은 그 시름이 진정 풀릴 양이면, 나도야 목 놓아 고래고래 노래를 불러, 이 가슴 이리도 답답함을 풀어나 보고 싶구나!

이는, 신기하게도 시름을 풀어주는, 노래의 신통력神通力을 찬양하면서, 자신에게도 감당할 수 없는, 그 많은 시름이 있음을 하소연하고 있다.

안민영安玫英도 이에 동조하여;

두견이 목을 빌고[06] 꾀꼬리 사설辭說[07] 꾸어,[08]
공산월空山月[09] 만수음萬樹陰[10]에 지저귀며 울어울어,[11]
가슴에 '돌같이 맺힌 피'[12]를 풀어볼까 하노라.

목청 좋기로야 두견이만 한 목청이 없고, 사설 좋기로야 꾀꼬리만 한 사설이 없으니, 그것들의 목청[音聲]과 사설[歌詞]을 빌려와서, 달 밝은 산의 우거진 나무그늘에서, 슬프면 슬픈 가사를 얹어 슬픈 가락으로, 한스러우면 한스러운 가사를 얹어 한스러운 가락으로, 답쌓인 답답한 가슴을 노래로 왕왕 소리 높여 뚫어주면 그 아니 시원하랴? 천언만담으로도 말로 해서는 풀리지 않던 꽉 막힌 그 가슴이, 노래로 부름으로써야 비로소 시원스레 뚫리

---

06 목을 빌고: 목청을 빌려오고.
07 사설: 잔소리로 늘어놓는 말.
08 꾸어: 꾸어와서. 차용해다가.
09 공산월: 빈산에 비친 달. 공산야월空山夜月.
10 만수음: 온갖 나무들의 빽빽한 그늘.
11 지저귀며 울어울어: 꾀꼬리처럼 지저귀고, 두견이처럼 울어울어.
12 맺힌 피: 맺힌 한恨의 덩어리. 가슴에 쌓인 천년한千年根·만년한萬年根.

고 헹궈지는 이 신통력!

　태초에 희로애락을 '노래'로 부르기 시작한, 그 '노래 길 틔운 사람'의 공덕이야말로 어찌 크다 하지 않으랴?
　또한 노래에는 운율에 따라 저절로 손은 너울너울, 발은 우쭐우쭐, 온몸이 들썩들썩 요동치는 율동감이, 저도 모르게 저절로 일어나니, 그 호소력呼訴力과 발산력發散力은, 고래로 얼마나 많은 인간의 희로애락을 신명 나게 풀 수 있게 하였던 것이던고!
　시(문학)와 노래(음악)와 춤(무용)! 진실로 이 세 가지의 삼위일체三位一體로 작용하는 공덕이야말로 어찌 인류에 주어진, 값진 복음福音이요, 거룩한 자정 장치自淨裝置가 아니고 무엇이랴?

하고한 시름이야 노래 아님 풀 길 없고,
노래엔 손발 또한 저절로 꿈틀대니,
노래 춤! 한통속임을 몸이 절로 알러라!

부르는 노랫말은 그것이 시일레라!
시와 노래와 춤, 이 셋이 하나 되어,
하고한 인간 시름을 삭여준 공덕이여!

진실로 거룩할사! 시와 노래와 춤!
가슴 가슴마다 해와 달과 별일레라!
인류의 찬란한 내력! 그것들의 빛일레라!

송시열

청산도 절로절로

청산도 절로절로 녹수도 절로절로
산 절로절로 수 절로절로 산수 간에 나도 절로절로
이 중에 절로절로 자란 몸이니 늙기도 절로절로 하리라.

이는 김인후金麟厚의 《하서집河西集》에 있는, 한시로 된 〈자연가
自然歌〉와 내용이 서로 같다.

　靑山自然自然 綠水自然自然
　山自然水自然 山水間我亦自然

　표제의 송시열宋時烈(1607~89)의 시조는 연대상으로 보아 김인
후(1510~60)의 한시에 감발感發되어 이루어진 것이 아닌가 여겨
지는가 하면, 이형상李衡祥(1653~1733)의 《지령록芝嶺錄》에도 〈자

재음自在吟)이란 한시가 있으니, 이는 또, 운율상으로 보아 송시열의 시조에서 감발된, 일련의 작품들인 듯 여겨진다.

청산도 절로절로 녹수도 절로절로
산 절로절로 물 절로절로 나 절로절로 남 절로절로
이미 나 절러절로였거니 앞으로도 나 절로절로하리라!

靑山自在自在 綠水自在自在
山自在自在 水自在自在
吾亦自在 渠亦自在[01]
旣自在自在 吾將自在自在 - 〈자재음(自在吟)〉

다정도 병인 양하여

두드러진 수사 형식은 반복법이요 점층법이다. '절로절로'가 일곱 번이나 반복되어 있다. 자연자연自然自然이나 자재자재自在自在도 그만큼이나 반복 고조되어 있건마는, 물 흐르듯 자연스럽기만 할 뿐, 번다스럽게 느껴지지 않음은 어째서일까?

이를 잠시 음성학적으로 살펴보면, '절로절로'의 'ㄹㄹㄹㄹ'은 물 흐르듯 흐르는 'ㄹ' 유음流音의 연속이요, 'ㅓㅗㅓㅗ'는 다 개방음開放音이라, 막히는 데가 전혀 없이 길게 길게 이어가는 소리로, 천지자연의 순리順理로운 자연성自然聲 그대로의 아름다운 말소리〔語音〕다.

'절로절로'는 '인위人爲'나 '역리逆理'가 아닌, 자연 그대로의 '순리順理'다. 그 이루어짐도 절로절로요, 그 현행現行함이나 미래에로의 지향도 절로절로다. 모두가 자연自然 그대로요, 자재自在

---

01 오역자재 거역자재(吾亦自在 渠亦自在): 나도 절로절로 남他도 절로절로.

로울 뿐이다. 이런 환경에서의 인간의 처신도 자연의 순리에 순응한, 절대 자유의 '절로절로'일 뿐이다.

해·달·별무리·은하·조무래기 그 모두 절로절로……,
초목군생草木群生·곤충어별昆蟲魚鼈, 자질구레 시시콜콜 그 모두 절로절로, 일 년 열두 달, 삼백예순 날, 나달도 절로절로……
이 중에 오고 가는 봄·여름·가을·겨울 절서도 절로절로…….

　　　　　　　　　　　　　　　　　　　　　　　사설시조

구름 둥둥 절로절로, 바람 솔솔 절로절로, 비·안개·이슬·서리 그 모두 절로절로……,
아침 햇살 저녁노을, 봄 꽃 가을 단풍, 피거니 지거니 세월도 절로절로, 이 중에 부모 모시고, 남편 아내 아들딸 손자 손녀……, 정으로 어우러지는 지구촌 방방곡곡 집집마다 하하 허허 호호 히히 웃음도 절로절로……,
그 모두 오순도순 알콩달콩 사는 맛도 절로절로……. 　사설시조

장만

풍파에 놀란 사공

> 풍파風波에 놀란 사공 배 팔아 말을 사니
> 구절양장九折羊腸01이 물도곤02 어려워라.
> 이후란 배도 말도 말고 밭 갈기나 하리라.

　이 시의 주제는, 세상은 살기 어려운 곳, 이것저것 다 해봐도
되는 것이 없고, 풀칠이라도 하는 데는 농사짓는 수밖에 없더라
는 것이다. 자하紫霞 신위申緯의 한역시는 이러하다.

　풍파에 놀란 사공 태가駄價나 벌자 하니,
　꼬불꼬불 산길 호랑이 고래보다 더 무섭다
　이후란 배도 말도 말고 밭 갈기나 하리라.

원문 404쪽

---

01 구절양장 : 꼬불꼬불한 험한 산길.
02 물도곤 : 물보다.

그러나 보라! 남의 땅에 소작농小作農을 하여, 비록 호구는 한다 한들, 자식 교육은 무엇으로 시킨단 말인가? 오직 죽지 못해 살고 있는 것은, 자식 교육으로 지난 세월 서럽던 철천의 그 한恨 한번 풀어보려는 것인데, 농사지어 어느 세월에 가당키나 할 것인가?

그래 이것저것 온갖 몸부림 다 쳐보지만 뜻같이 되는 일이 없다. 풍파에 띄어 죽을 고비를 겪은 나머지, 배를 팔아 말을 사서, 남의 짐 날라다주는 '태짐꾼'으로 태가(짐 날라다 준 품삯)라도 벌까 해보았으나, 꼬불꼬불 멀기도 한 험한 잿길! 가끔 호랑이를 만나 죽을 고비를 겪곤 하다 보니, 이는 고기잡이하던 물길보다도 더 어렵다. 그래 다시 말을 팔아 소를 사서, '소작농'이라도 해보겠다고 작심한 것이다.

아이들은 무럭무럭 덩치만 커갈 뿐, 지게목발 두드리며, 조상 대대로 대물림해오고 있는, 무식과 가난의 길을, 그대로 이어 밟아오고 있다.

차라리 떠나자! 대대의 선영先塋(조상들의 무덤)은 물론, 일가친척, 친지, 정든 이웃, 정든 산천…… 다 버리고, 도시로 도시로……. 배운 거란 '지게질'뿐이니, 지게 지고 이른 새벽 노동시장에 나가, 날품팔이 막노동 닥치는 대로 못 할 것이 무엇이랴?

이리하여 1960년대 이래의 이농離農(농촌을 떠남) 현상은 날로 늘어나고, 도시 집중 판자촌은 가속도로 불어나게 되었던 것이다.

자식 교육을 지상 명제로 여기는, 이 단순 소박한 욕망을 누가 감히 나무랄 수 있을 것인가?

배 타기, 말 몰기, 밭 갈기 다 해봐도
풀칠도 어렵거니 자식 공분 뭘로 하노?
차라리 도시로 나가 막벌이나 하리라!

판자촌 한 귀퉁이 판자 한 칸 얽어놓고
막벌어 막살아도 자식 공부 그 재미로
온몸이 으깨어져도 피로한 줄 몰라라!

순진한 그 마음에, 이를 악문 공부 성과
주줄이(형제들이 차례로) 출세하여 사회 진출 덩그렇다!
막노동 골병들어도 사는 보람 그만일다!

정 철

새원 원주 되어

새원〔新院〕01 원주院主02 되어 널 손님03 지내옵네.04
가거니 오거니 인사05도 하도 할샤!06
앉아서 보노라 하니 수고로워07하노라!

경기도의 새원〔新院: 지금의 고양시 신원동〕은 예로부터 남북南北으로 트인 큰길의 한 길목으로, 역원驛院이 있었던 교통의 요지였다.

날마다 수많은 사람들이 이곳을 거쳐 남으로 북으로 왕래하고 있다. 한가로이 앉아 지켜보고 있노라니, 도대체 무슨 볼일들이 저리도 많은 걸까? 종일을 두고 봐도, 오는 이, 가는 이, 가는 이,

01새원 : 경기도 고양시에 있는 지명. 신원新院의 옛 이름.
02원주 : '새원' 땅에 은거하여 그곳의 주인이나 된 듯 자처하여 이른 말.
03널 손님 : 가는 손님. 행인行人. 행객行客. 곧 왕래하는 사람.
04지내옵네 : 지네네. 겪네. 남북으로 오가는 사람들을 다 보게 되네.
05인사人事 : 사람이 해야 할 일. 볼일.
06하도할샤 : 많기도 많구나!
07수고로워 : 수고스러워.

오는 이! 끊이지를 아니한다. 행색行色도 갖가지다. 남녀노소 각
양각색! 혹은 말을 재우쳐 나는 듯이 달려가고, 더러는 가마로
수레로 떼 지어 가는 행차, 달구지에 짐을 싣고 삐걱삐걱 가는 짐
꾼, 그런가 하면 대다수는 괴나리봇짐 차림 타박타박 걸어가고
걸어오고⋯⋯. 그중에는 꼬부랑 늙은이, 업고 잡고 가는 여인,
이고 지고 가는 도부행상, 저마다 살기 위해 무엇인가 한답시며
저리도 번거롭게 가고 오는 수고로움⋯⋯!

욕심 다 떨어버린, 은자의 눈에 비치는 그 수고로움이란, '뜬세
상 인간들이 공연히 제 스스로 바빠할 뿐〔浮生空自忙〕'으로 비쳐,
지긋이 지켜보고 있자니 보기만으로도 수고스럽다.

길! 같은 길이건만, 오가는 사람은 천태만상千態萬象! 인생길도
저러려니—.

서울 거리를 지켜보고 있노라면, 거리거리 골목골목 사람 물결
자동차 물결, 어디 없이 넘쳐난다. 고유가에도 아랑곳없이 주말
이면 행락 물결로 넘쳐난다. 물방개 떼 같은 승용차들 가운데는,
하늘소 같은 덤프트럭, 가스통 실은 용달차, 자장면 철가방 싣고
차 사이를 누비며 폭주하는 오토바이⋯⋯ 등등.

서울의 거리거리 넘치는 인파人波 윤파輪波!
무슨 볼일 저리 바빠 먼저 못 가 안달인고?
앉아서 보노라 하니 보기만도 수고롭다!

다 같은 길이다만 행색 어이 각각인고!
골프채 실은 외제차, 이삿짐 실은 트럭,
영구차 몇 차 뒤에는 춤판 벌인 관광버스……

길은 길로 이어져 천 갈래 만 갈래로,
길도 많은 이 세상에 택한 길은 단 한 갈래!
저마다 떳떳한 한길! 그 길 따라 가고 있다.

굴레 벗은 천리마

다정도 병인 양하여

> 굴레 벗은[01] 천리마千里馬를 뉘라서 잡아다가
> 조죽 삶은 콩[02]을 살쩌게 먹게 둔들
> 본성本性이 오안傲岸[03]하거니 있을 줄이 있으랴?[04]

　굴레 없는 야생野生의 천리마를, 어느 누가 있어 감히 생포할 수나 있으며, 생포를 했다 한들, 어느 누가 있어 감히 길들일 수 있을 것이랴? 말에게는 최고의 호화 음식인 '조죽 삶은 콩'으로 대접을 한다 한들, 그 굽힐 줄 모르는 오만하고도 제멋대로인 야성野性이, 먹이에 혹하여 너부죽이 머물러 있으리라고는 상상할 수조차 없다.

01굴레 벗은: 굴레 없는. 야생野生의.
02조죽〔粟粥〕 삶은 콩: 조를 삶은 죽과 삶은 콩.
03오안: 오만하여 기가 세고 굽힐 줄 모름. 오만하고 뽐내어 남에게 굽히지 아니함.
04있을 줄이 있으랴: 머물러 있을 리가 있겠느냐? 머물러 있지 않고, 제멋대로 가버리리란 뜻.

말로 친다면 천리마 같은 뛰어난 인재! 비록 가난하고 불운하여 곤경에 처해 있다 할지라도, 이를 빌미 삼아 재물과 지위로 회유한들 불의에 굴복할 리 없을 것임을 은유한 내용이다.

물질과 지위에 현혹하여 불의의 주구走狗로 변신하는 부류가 있는가 하면, 부귀와 영화로 회유해도, 꼬장꼬장 굽히지 아니하는 반골反骨! 정의의, 철인哲人, 지사志士, 투사鬪士, 정객政客, 논객論客, 시객詩客들이 있다.

겨울이 되어서야 소나무·잣나무의 홀로 푸름을 알게 되듯, 나라나 개인이나 비상한 어려운 처지에 놓여서야, 그 사람의 인격과 지조를 알게 된다고들 한다.

보시라! 이 세상에는, 별의별 유혹 다 뿌리치고, 구차하나마 양심대로 살아가고 있는 사람은 그 얼마며; 권세에 굽히거나 아부하여, 부귀영화에 겨워 용용거리며 사는 사람은 또 그 얼마이런고?

섶 실은 천리마를 알아볼 이 뉘 있으리?

십 년十年 역상櫪上(마판. 미구간)에 속절없이 다 늙었다.

어디서 살찐 쇠양마(상마)는 외용지용(말 우는 소리) 하느니?

김천택(301쪽에도 나옴)

천리마도 잘못 걸려들어, 섶 달구지나 끄는 신세가 되고 나면, 하는 수 없이 불운한 일생으로 끝마칠 수밖에 없었으니, 중인·천인 신분의 세습 사회에서의, 얼마나 많은 천리마들이, 굴레와 멍에에 결박되어, 한 많은 일생을 살다 가곤 했던 것이랴?

비록 여윌지라도 천성대로 살 것이,
턱찌끼에 맛들이어 살찐 상마(쓸모없는 말) 되기보단,
차라리 비루먹은 야생마로 광야를 달리고자!

쇼 하는 코끼리, 방울 달린 매장이 매,
재롱 피우는 돌고래, 재주넘는 광대 말,
그보다 불쌍한 것이 이 세상에 또 있을까?

김수장

인간의 하는 말을

> 인간의 하는 말을 하늘이 다 듣나니,
> 암실暗室에 하는 일을 귀신이 다 보나니,
> 아무도 모르리라 하여 마음 놓지 말아라.

후한後漢 때 사람 양진楊震이, "아무도 아는 이 없으니 받아 달라"며 바치는, 왕밀王密의 뇌물을, 거절하며 했던 말이 생각난다. "하늘이 알고, 땅이 알고, 내가 알고, 자네가 아는데〔天知地知我知子知(∴ 四知)〕, 어찌 아는 이가 없단 말인가?"

세상에 비밀이란 것은 아예 없는 것이니, 말하는 것, 행동하는 것, 심지어 혼자 몰래 생각하는 것도 삼가야 한다는 교훈이다. 증자曾子는 말했다. "(혼자라 생각 마라.) 열 사람이 지켜보는 바요, 열 사람이 손가락질하는 바〔十目所視 十手所指〕"이니, 그 "홀로 있을 때를 삼가라"고 했다. 그래서 군자는 모름지기 '신독愼獨(홀로 있을 때를 삼가라)'을 좌우명座右銘으로 삼으라고 권하고 있다.

《대학大學》에는, 더욱 실감 나는 한 극적 장면을 제시하고 있다.

"소인小人이 혼자 한가로이 있으면서, 착하지 못한 생각을 하는데, 별의별 못된 생각 아니 해보는 게 없이 하다가, 착한 사람에 들키는 순간, 문득 시치미를 떼고는, 착한 생각을 하고 있었던 것처럼 착한 체 얼굴을 바꾼다.〔小人 閑居 爲不善 無所不至 見君子而后 厭然 揜其不善 而著其善.〕" 혼자라 해서, 해서는 안 될 생각을, 비록 일시적이나마 마음에 담는 일은 부끄러운 일이 아닐 수 없다.

언제나 떳떳한 생각으로, "천하의 넓은 집〔인仁의 집〕에 넓게 거처하고, 천하의 큰 의로움〔大義〕에 우뚝 서고, 천하의 큰길을 걸어가라〔居天下之廣居, 立天下之大義, 行天下之大道〕"는, 맹자의 가르침에 귀 기울일 만하다.

혼자라 생각 마라. 눈들이 보고 있다.
보고 있다 생각 마라. 떳떳하면 그만이니,
천하에 부끄러울 것 없으면 마음 활짝 펴이리.

오두막에 살지라도 마음은 '넓음'에 처處해
언제나 '옳음'에 서서, 탁 트이게 내다보며,
천하의 '큰길'을 따라 똑바르게 가자꾸나!

정 철

마을 사람들아

마을 사람들아 옳은 일 하자스라.[01]
사람이 되어 나서 옳지 곧 못하면,
마소에 갓·고깔[02] 씌워 밥 먹이나 다르랴?

  세상에는 후안무치厚顔無恥한 철면피鐵面皮도 있어, 갖은 악을
행하고도 부끄러워할 줄을 모르는 사이비似而非 인간도 있다. 만
인의 눈이 지켜보고, 만인의 손가락이 가리키건마는, 손바닥으로
하늘을 가리듯 변명으로 일관한다.《주역周易》에 '소인 불치小人不
恥'라 했거니와, '부끄러운 줄을 모르는 사람!' 그런 사람이야말
로 '소인小人'이 아닐 수 없다.

01하자스라: 하자꾸나.
02갓·고깔: 갓과 고깔. 사람이 쓰는 의관.

'부끄러움'이란 악惡을 경계하는 양심의 내부 장치로서, 양심과 함께 인간에게만 주어져 있는, 거룩한 생리 현상으로, 양심을 지키는 마지막 보루堡壘이다. 이제 부끄러움이 마비되고 나면, 인간의 적籍을 벗어나, 금수禽獸의 역域으로 넘어서고 만 것이라, 다시 어찌 사람으로서 논하리오?

모처럼 태났으니 착한 일 하자스라!
착한 일만 한다 해도 백 년이 덧없거니,
어찌타! 사람 탈 쓰고 짐승 행세 하려뇨?

온갖 치사한 짓 세인이 다 알거늘
낯가죽 두꺼워 부끄럼도 모르다니?
원숭이 넥타이 매고 '아함' 하나 다르랴?

말하기 좋다 하고

> 말하기 좋다 하고 남의 말을 말을 것이,
> 남의 말 내 하면 남도 내 말 하는 것이,
> 말로써 말이 많으니 말 마를까 하노라.　　　　　실명씨
>
> 세상 사람들이 입들만 성하여서,
> 제 허물 전혀 잊고 남의 흉 보는구나.
> 남의 흉 보려들 말고 제 허물이나 고치과저.　　　　실명씨

　말이란 오직 사람만이 가진 고귀한 기능이건만, 그런데도 모두
들 한결같이 말을 경계의 대상으로 삼는 것은, 말로써 화를 자초
하는 일이 많기 때문이다. 입 싼 사람들이 "고기는 씹어야 맛이
고, 말은 해야 맛이라"며, 함부로 남의 흉이나 보며 헐뜯기를 좋
아하는 사람들! 따져보면 웃지 못할 일이, 제 앞가림도 못하는
주제에, ―성한 데라고는 그야말로 '입만 성해가지고', 남을 이러

쿵저러쿵 입방아 찧는 일은, 진실로 가관이 아니고 무엇이랴?

남의 흉이나 비밀 따위를 함부로 나불거렸다가, 그 진정 "낮말은 새가 듣고 밤말은 쥐가 들어" 옮겼음이랴? 필경 언책言責(자기가 한 말에 대한 책임)에 잡혀 무릎맞춤(對質)을 하는 등, 봉변당하는 일이 비일비재다.

검으면 희다 하고, 희면 검다 하네.
검거나 희거나 옳다 할 이 전혀 없네.
차라리 귀 막고 눈 감아 듣도 보도 말리라.　　　　　김수장

들은 말 즉시 잊고 본 일도 못 본 듯이
내 인사 이러함에 남의 시비 모를로다.[01]
다만지[02] 손이 성하니 잔 잡기만[03] 하노라.　　　　　송인

그래, 듣거나 보는 남의 흉허물 따위는, 내 관심 밖이라, 그 즉시로 잊어버리는 한편, 술잔이나 기울이며, 무관심하게 살리라 한다.

말을 삼가여 노여울 제 더 참아라.
한 번을 실수하면 일생을 뉘우치나니,
이 중에 조심할 것이 말씀인가 하노라!　　　　　김상용

말이란 평소에 늘 삼가야 할 일이지만, 특히 성났을 때를 더 조심해야 한다고 충고하고 있다. 성나서 부글부글 끓는 속대로 함

다정도 병인 양하여

01남의 시비 모를로다: 남들의 옳으니 그르니 하는 시비에는 관심이 없노라.
02다만지: 다만. 오직. '지'는 강세 겸, 종장 초구를 3음절 되게 하려고 붙인 접미사.
03잔 잡기만: 술잔 잡는 일만.

부로 내뱉었다가는, 본바탕의 시비곡직是非曲直은 뒷전으로 밀려
나고, 말꼬리에 되잡혀, 꼼짝 못 하고 당하기가 일쑤다.

어찌 그뿐이랴? 유명한 사람의 실수한 말〔失言〕은, 평생은 물론,
죽은 후에도 가끔 중구衆口에 올라 치소嗤笑(빈정거리는 웃음)거리로
일컬어지기 일쑤다.

"말이 많으면 쓸 말이 적다"느니, "말 많은 집에 장맛이 쓰다"
느니, "한번 뱉은 말은 사마駟馬도 따라잡지 못한다"느니 등, 경
계하는 말들도 많다. 《논어論語》에는, "군자君子는 말은 둔하지만,
행하는 일은 민첩하다〔君子訥於言而敏於行〕"고 하여, 말보다는 행동
을 중시했다. 그 모두 말은 말썽부리기 십상이므로, 입조심하라
는 교훈들이다.

그러나 한편 주의식朱義植은;

말하면 잡류雜類04라 하고, 말 않으면 어리다05 하네.
빈한貧寒을 남이 웃고, 부귀富貴를 새우는데,06
아마도 이 하늘 아래 사롤 일07이 어려워라!

말이 많으면 시장판의 잡것들이라 하고, 입 다물고 있으면 '꾸
어다 놓은 보릿자루'니, 아는 것이 없으니 그럴 수밖에 있겠느냐
는 둥, 하여튼 살기 어려운 세상이란 한탄이다. 그러므로;

듣는 말 보는 일을 사리事理에 비겨 보아08

04잡류: 잡된 무리. 시정배市井輩.
05어리다: 어리석다.
06새우는데: 새암하는데. 시기하는데.
07사롤 일: 살아갈 일.
08비겨 보아: 서로 견주어 보아

옳으면 할지라도 그르면 말을 것이,
평생에 말씀을 가리면 시비是非될 줄 있으랴?

실명씨

듣고 보는 모든 일을, 지성知性으로 가늠하고 이성理性으로 판단하여, 그 옳고 그름을 가려서 행할 것을 권하고 있다.

더구나 오늘날은, '말'은 구미호! 낮도깨비! 백주 대낮에 멀쩡한 사람의 눈귀를 홀려, 본인도 모르는 사이, 이념이며 주의 주장, 개똥철학 '인' 박으려고(아편에 '인' 박이듯), 신문마다, 잡지마다, 라디오 텔레비전, 사이버 공간마다, 광고 전단, 플래카드까지, 혈안이 되어 있는, 현기증 나는 세상! 정신 바짝 안 차리면, 남의 혼에 놀아나게 되기 십상이다!

태초에 '뜻'은 있고, '말'이 없어 애태우다,
몇 겁劫을 애태운 알뜰한 염원 끝에
드디어 말문 트일 제 그 감격이 어땠으랴?

말을 얻어 만물 중에 가장 귀한 사람 되어,
말로써 지혜를 여니, 말마다 천금千金일러니,
오늘은 지천으로 많아 말로 해서 말도 많다!

라디오 눈금마다 텔레비전 채널마다
신문마다 잡지마다 광고물 전단마저
눈과 귀 빼앗으려고 서로 다퉈 혈안일다!

지상파地上波 공중파空中波 우주 공간 모자라서,
사이버 공간마저 말의 홍수 넘치는데,
사람들 허우적거리며 떠내려들 가고 있다!

이정보

물노라 부나비야

물노라 부나비[01]야. 네 뜻을 내 몰라라!
하나 죽은 후에 또 한 나비 따라오니,
아무리 푸새엣것[02]인들 너 죽을 줄 모르는다?[03]

주제는, 전철前轍을 밟아 낭패하는 어리석음을 풍자한 내용이다.

당쟁으로 엎치락뒤치락 원옥冤獄과 살상殺傷이 자행되던 그 소
용돌이 속에서도, 벼슬하려고 기를 쓰고 대드는 유생들을 넌지시
풍자한 것으로도 보이는가 하면, 2차 세계대전 때, 일본의 군국
주의 세뇌洗腦 교육에 오도誤導된, '가미가제[神風] 특공대원'의 자
기희생과 같은 경우의, ―물론 이는 뒷시대의 일이지만, 그런 종
류의 어리석음을 빗댄 것으로도 보인다.

01부나비: 불 보고 날아드는 나방이. 여름밤 불빛 따라 날아들어 연달아 불 속으로 뛰어들어 타죽는 날벌레.
　　불나방.
02푸새엣것: 풀벌레. 초충草蟲.
03모르는다?: 모르느냐?

그러나, 불나방으로서는 저들대로의 항변抗辯이 없을 수 없을 것 같다.

불나방이 불에 타 죽음은 '빛을 사랑하는 타고난 천성'에서란 주장이다. 어둠 속 빛을 그리는, —그야말로 빛을 사랑하여 그리는, 그 불같은 천성은, 결코 불에 타 죽는 것을 비명횡사로 두려워하기는커녕 오히려 자신을 불 속에 던져 불꽃으로 활활 남김없이 타는 일이야말로, 생래生來의 영광이요, 가장 거룩하고도 멋진 자기 승화昇華의 길이라는 순애자적殉愛者的 입론立論에서일 것이다.

불의에 항거하여 자기희생을 감행하는 의사義士·열사烈士는 물론, 신념을 위하여 공분公憤을 위하여, 제 몸부터 불꽃으로 산산이 산화散華하는, 처참한 분신, 장쾌한 자폭 등등……

온 세상 생명들이 제 목숨 보전에는, '털 하나 뽑는 것'*도 거부하는 처지에, 어쩌면 남을 위해 자신을 희생하는 그들을, 또 암흑을 싫어하고 광명을 사랑하여 자기희생을 감행하는 그들을, 어찌 한갓 어리석다 깎아내리거나 헐뜯을 수 있으리오?

앞 시조에 대한 불나방의 화답和答은;

어둠 속 '빛' 그리는, 불보다 뜨거운 '사랑'
이 한 몸 '빛'으로 활활 '사랑'으로 탈 양이면,
어이해 머뭇거리리? 장쾌한 그 순간을—.

---

* "털 하나 뽑음으로써 천하가 이로워진다 할지라도, 하지 않겠다(拔一毛 而利天下 不爲也)."라고 한, 중국 고대의 이기주의 철학자 양주楊朱의 말. 《맹자》.

오늘도 좋은 날이

> 오늘도 좋은 날이! 이곳도 좋은 곳이!
> 좋은 날 좋은 곳에, 좋은 사람 만나이셔
> 좋은 술 좋은 안주에, 좋이 놀이 좋아라!
>
> 실명씨

'좋다'는 말이 아홉 번이나 반복되어 있다. 이왕이면 중장 끝구도 ―좋은 사람 '좋이' 만나―로 했더라면, 열 번이 될 뻔도 했겠다. 참! 이 얼마나 푸짐한 좋은 맛이랴?

이것을 '오늘은 아무 곳에서 아무를 만나 한잔하며 즐겁게 놀았다'의 단순한 기사記事와 견주어 보면, 같은 사실임에도 쓰기 나름으로, 운문韻文의 멋 또한 각별함을 느끼게도 함이 있다 하리라. 권섭權燮의 시조;

이바 우옵고야 우옵도 우우올샤

우옵고 우우우니 우움 계워 못 할로다.
아마도 히히 호호 하다가 하하 허허 할세라.

요샛말로 옮겨보면;

이봐! 우습구나! 우습고도 우스워라!
우습고 우스우니 웃음 겨워 못 참겠네.
아마도 '히히 호호' 하다가 '하하 허허' 할세라!

좀 헤픈 감이 없지 않으나, 좋아서 좋고, 명랑해서 좋다.
"같은 값이면 다홍치마"랬다. 왜 하필 징징거리며 살 것이랴?
이왕이면 재미있게 웃으며 살고지고! 그때그때마다의 재미있는
한 생애가, 필경 행복한 일생이지 않으랴? 모든 사물에 흥미를
가지고 지켜보면, 별것도 아닌 심상한 것에서도 '재미'란 게 있게
마련이다. 효종의 시조를 보라.

'청강淸江에 비 듣는 소리' 01 긔02 무엇이 우옵관대03
만산滿山 홍록紅綠이 휘두르며 웃는고야!04
두어라 춘풍春風이 몇 날이리? 우을 대로 우어라!05

---

01 비 듣는 소리: 비 떨어지는 소리.
02 긔: 그것이.
03 우옵관대: 우습기에.
04 웃는고야: 웃는구나!
05 우을 대로 우어라: 웃을 대로 웃어라.
＊ 꽃과 잎들이 몸을 휘두르며 웃어댄다는 것은, 실은 꽃샘바람에 불리어 꽃과 잎들이 뒤흔들리는 것일 테
   지마는, 작자는 꽃이며 잎들이 물 위에 빗방울 떨어지는 소리를 듣고 웃어대는 것인 양 우정 오인한
   체 해학을 부려본 것인 듯.

'강물에 빗방울 떨어지는 소리', 그 별것 아닌 것에서도 작자는 얼마나 '재미있어하고 있음'인가? 그게 도대체 무엇이 그리도 우습기에, 온 산에 가득한 붉은 꽃 푸른 잎들이, 온몸을 뒤흔들어대며 저리도 야단스럽게 웃어댄단 말인가? 하기야 "말똥이 굴러가도 뱃살을 잡는다"는 청춘 시절이니, 어찌 아니 그러랴? 봄바람이 덧없으니, 청춘 좋은 때에 웃을 대로 웃으려마!

백 년도 못 되는 인생, 이왕이면 재미있게 살고지고! 태산 같은 슬픔, 설움, 한스러움 속에서라도, 정 붙일 데 찾노라면 사는 맛이 달라지리?

건전한 세계관, 건전한 인생관이 소망스럽다.

세상은 보기 나름, 인생도 살기 나름
이왕이면 좋이 보고, 좋이 살 것이거늘
어찌해 귀한 일생을 징징대다 말려니?

돌멩이도 정으로 보면 저도 정으로 다가오고,
가축도 밉게 보면 저들도 눈치 보네.
정 흐뭇 고인 눈으로 만물을 보아보렴!

고약한 시대일망정 그 누구의 시대인고?
내 사는 내 시대요, 내 사는 내 세상을!
어이해 남의 것인 양 외면하려 하느니?

세상 사람들이 스스로 외로 돌아,
외로우니 서러우니 탄식도 많을시고!
이왕사 정과 정으로 어우러져 살고지고!

정이란 되로 주고 말로 받는 것이어니,
서로들 정으로 엉긴 정과 정의 덩굴에선
사시로 머루랑 다래랑 주렁주렁하려니—.

실명씨

꽃은 울긋불긋

> 꽃은 울긋불긋 잎은 푸릇푸릇
> 이내 마음은 우쭐우쭐하는구나!
> 춘풍은 불고도 나빠 건들건들하노라!

　봄이다. 산천은 어디 없이 초록으로 물들어가고, 그 사이 울긋
불긋 꽃으로 수놓는데, 이 나의 마음도 춤을 출 듯 우쭐우쭐 손발
이 꿈틀댄다. 봄바람 저도 아무리 불어도 불어도 흥에 차지 않아,
술 취한 듯 갈지之자 걸음으로 건드렁타령을 흥얼거리듯, 건드렁
건드렁거리며 불어오고 있다.
　작자도 무던히 춘정에 겨워 한 잔 걸친 듯, 건드렁건드렁 흥얼
거리고 있다. 살맛 나는 한때다.

천하의 풀이란 풀, 나무란 나무마다
늦을세라 뒤질세라 봄바람에 발정發情하여
홍진에 열꽃 내돋듯〔發疹〕 울긋불긋 푸릇푸릇

살구나무 매실나무 꽃투성이 어젤러니,
갸름한 초록 얼굴 열매 벌써 인물난다!
한 아름 오롱조롱 품은, 정에 겨운 어미 나무!

참새도 알을 깨어 노랑 부리 병아리 떼.
할미꽃 무덤가에 나는 연습 하고 있다.
날갯짓 포록 포로록! 지켜보는 어미 참새!

봄은 어디서 와 이리도 다정한고?
이 세상 나무란 나무 풀이란 풀들,
나날이 짙어져가는 푸릇푸릇 울긋불긋!

고목에도 꽃이 피고 벌·나비도 날아든다.
이른 봄볕이 등에 따뜻 간지럽다.
여태도 내 살아 있다니 꿈같아라 꿈같아!

崔　冲　仕

○白日은西山에지고黃河는東海로드다古來英雄은北邙으로드단말가두어라物有
盛衰니恨홀줄이이시랴

李　兆　年

○梨花에月白호고銀漢이三更인제一枝春心을子規야알아마는多情도病인양호야
잠못드러호노라

李　存　吾

○구름이無心탄말이아마도虛浪호다中天에떠이셔任意로단이면서굿타여光明호
날빗출덥퍼무슴호리요

元　天　錫

○興亡이有數호니滿月臺도秋草ㅣ로다五百年王業이牧笛에붓처시니夕陽에지나
눈客이눈물계워호노라

李　稷

○白雪이즈즈진골에구름이머흐레라반가온梅花는어늬곳듸픠엿는고夕陽에홀노
셔々갈곳몰나호노라

《청구영언 靑丘永言》
1727년(조선 영조3)에 김천택이 엮은 가장 오래된 시조집으로, 김수장이 엮은 《해동가요》, 박효관·안민영이 엮은 《가곡원류》와 함께 3대 시조집으로 불린다. 시조문학사에 중요한 문헌이다.(국립중앙도서관 소장)

2 사랑

사랑이 어떻더니

사랑이 어떻더니? 둥글더니? 모나더니?
길더니? 자르더니? 밟고 남아 자일러니?[01]
하 그리 긴 줄은 몰라도 끝 간 데를 몰래라.[02]   이명한

사랑! 사랑! 긴긴 사랑 개천같이 내내 사랑![03]
구만리장공九萬里長空에 너즈러지고[04] 남는 사랑!
아마도 이 님의 사랑은 가없은가 하노라!   실명씨

사랑! 사랑! 고고히 맺힌 사랑!
온 바다를 두루 덮는 그물같이 맺힌 사랑! 왕십리라 답십리라[05]
참외 넝쿨 수박 넝쿨 얽어지고 틀어져서 골골이 뻗어가는 사랑!
아마도 이 님의 사랑은 끝없는가 하노라!   사설시조 실명씨

'사랑'이란 추상명사抽象名詞다. 사례에 따라, 상황에 따라, 천태만상千態萬象으로 구상화具象化할 수 있으리라. 그래서 위의 작

품들은 모두가 남녀의 사랑은, '끝없이 긴긴 사랑, 가없이 넓은 사랑' 으로 찬양들 하고 있다.

'정情' 은 '정精' 이기도 하여 이 세상에 가장 티 없이 맑은 진선미眞善美의 진수眞髓로서, 그중에도 '남녀의 정' 은, 남북극南北極의 자기磁氣같이, 음양극陰陽極의 전기같이, 서로 씌어, 인력引力하는 순정이다.

사랑! 사랑! 남녀 사랑! 사랑이 어떻더니?
키고 씌고 그리워지는 갈증 같은 '정' 이어라!
남북극 자석과 같은 맞당기는 '정' 이어라!

목마를 때 물이 키듯, 신들린 듯 마음에 씌어, 서로 잡아당기는 힘에 저도 몰래 끌려드는 남녀 사랑! 이는 동식물의 '종족 보존' 을 위하여, 모든 생명체에 골고루 주어져 있어; 출산과 양육의 부담을 '쾌락' 으로 선보상先補償하는, 지극히 공정성을 띤 조물자의 조치였건만, 그러나 공짜 좋아하는 교활한 현대인은, 관능적 무한 쾌락은 탐하면서도, 출산과 양육의 부담은 지지 않으려고, '가족계획' 이란 미명 아래 자행되고 있는, 얌체 짓 피임 행위! 이 요사스러운 반인륜적反人倫的 행위는, '우주 계획' 의 근본을 교란하는 대역죄임에 틀림없건만, 이제는 죄의식마저 없이 일반화되어 있는데다, 세계의 이죽거림을 받고 있는, '낙태의 천국' 이란 불명예마저 가세하여, 우리나라가 출산율 1.19로 세계의 꼴찌더

01밟고 남아 자일러니: 한 발 밟고도 남은 것이 한 자나 될 만큼 길더냐?
02몰래라: 모를래라. 모르겠더라.
03개천같이 내내 사랑: 개천을 흐르는 물이 끊이지 않고 내내 이어져 흐르는 것처럼, 길이 이어져 있는 사랑. '내내'에는 '내(川)', 냇물의 뜻과, '내내' 란 지속의 뜻과의 겹뜻[重義].
04너즈러지고: '너즈러지다'는 많이 흩어져 있는 모양.
05왕십리, 답십리: 서울 성동구와 동대문구의 번화한 동명洞名, 그 옛날에는 논밭이었던 곳.

니, 금년(2009) 5월까지의 중간 통계로는 1.12로 다시 꼴찌 기록을 엄청나게 경신했다니, 그러고 보면, 우리나라야말로 폐륜국廢倫國의 수범首犯으로 지목되고도 남을 일이 아니겠는가?

　교묘하고 공정할사! 동식물 종족 보존
　암수 서로 매력으로 호리고 홀리어서
　그 맛 그 '홀린 맛'으로 양육 수고 선보상하네.

　아기가 태어날 때는, "제 복은 제가 타고난다" 하고, 또 "하늘은 녹祿 없는 백성을 낳지 않는다〔天不生無祿之民〕"고들 하여, 한 생명의 탄생을 엄숙하고 경건하게 맞이했거늘, 현대인은 너무나 무엄하게도, 양육의 수고로움은 회피한 채, 한갓 쾌락만을 공짜로 탐하여, 그 예정된 멸종족滅種族의 길을 서슴없이 가고 있으니, 그 아니 한심하며, 그 아니 두려운가?

　양육 부담 나 몰라라! '홀린 맛'만 마냥 탐해, 얌체 짓 '피임 행위' 대역죄 어이하리?
　아깝다! 저리도 많은 선남선녀善男善女, 효자효녀孝子孝女, 천재天才 준재俊才, 석학碩學 문호文豪, 희대稀代의 대지도자, 불세출不世出의 대과학자, 영웅호걸英雄豪傑, 절세미인絕世美人…….
　방방이 거절을 당해 어이없이 낭패하네.　　　**사설시조**

다정도 병인 양하여

말은 가자 울고

> 말은 가자 울고 임은 잡고 아니 놓네.
> 석양은 재를 넘고 갈 길은 천 리로다.
> 저 님아! 가는 날 잡지 말고 지는 해를 잡아라.

　말은 부르르 갈기를 치세워 떨며, 어서 떠나자는 듯, 청 높은 목청으로 '뻥냐호호호ㅎ' 길게 소리치는데, 임은 옷자락 부여잡고, 하룻밤만 유해 가시라 한사코 매달린다. 이미 석양은 뉘엿거리는데, 갈 길은 천리만리! 차마 어이하리? 눈 딱 감고 채찍 한 대 갈겨, 잡힌 소매 홱 뿌리치고, 매정스럽게나마 떠나려면 못 떠날 것도 없으련만, 임은 목이 메어 말 못한 채, 눈물에 젖어 있다. 차마 어이하리? 어이 차마 뿌리치리? 정! 정에 사로잡히는 이 마음 어이하리? 이래도 저래도 못할 순간적인 번뇌 갈등 끝에, 느닷없이 떠오르는 것! 갈 길은, 어쩌면 생각만큼 멀지만도 않은 듯, 좀 더 서두르기만 하면 하룻밤 훔친 만큼은 보상할 수도 있으리라 여겨지기도 한다. '에라! 모르겠다!' 필경 주저앉아버리고 만다.

사람은 자기 행동을 합리화하려는 '자기변명' '자기 위안'의 길을 그럴싸하게 스스로 발견해 낸다. 이 또한 '자가 보위自家保衛'의 한 생리작용이런가?

그러나, 혹은 혀를 차며 말하리라. "저렇게 정에 물러 터져서야……!"

그러나, 또 혹은 말하리라. "피도 눈물도 없는, 두억시니〔夜叉〕보다야 낫지 뭐냐."고—.

백마는 가자 울고 임은 잡고 아니 놓네.
석양은 재를 넘고 갈 길은 천 리더니,
천 리도 서두르기 나름! 정을 차마 어이리?

고집으로 밀고 가면 모질게는 잘 사려니!
정에 약해지면 헤어나지 못할세라!
차라리 못 헤어날망정 정을 차마 어이리?

이정보

웃어라 잇바디를 보자

웃어라. 잇바디[01]를 보자. 찡그려라. 눈매를 보자.
앉거라 보자. 서거라 보자. 백만百萬 교태嬌態하여라 보자.
네 부모 너 삼겨낼 제[02] 날만 괴라[03] 삼기도다![04]

   사랑하는 여인의 교태며 미태媚態에 혹하여, 이도령 춘향 다루
듯, 갖가지 아리따운 맵시며 표정을 보여달라 보챈다. 앉았을 때
의, 그 오롯하고 다소곳한 선녀 앉음새! 섰을 때의 봉긋한 가슴,
잘록한 허리 반 여윈 치런치런 미끈한 몸매! 붉은 입술 사이로
잔잔한 웃음 피어날 때 바스스 드러나는, 박씨 모양으로 쫀쫀히
늘어선 하얀 잇바디〔치열齒列〕가 보고 싶은가 하면, 심지어 얼굴을
찡그렸을 때의 눈 가장자리의 잔주름마저도 보고 싶은 게다.

---

01 잇바디: 이가 늘어 있는 줄 모양. 치열.
02 삼겨낼 제: 태어나게 할 때.
03 괴라: 사랑하라. 사랑하라고.
04 삼기도다: 태어나게 했도다.

중국의 옛날 절세미인絕世美人이었던 서시西施는, 속병이 있어 얼굴을 자주 찌푸렸는데, 그럴 때면 또 다른 애련미哀憐美(가냘프고 가련한 애처로움의 아름다움)에 사람들이 더욱 혹하는지라, 그 시대 여인들이 저마다 찌푸리기를 흉내 내어, 이른바 '효빈效顰(찌푸리기를 본받음)'의 유행이 일세에 번졌다는, 웃지 못할 이야기에서처럼—, 이미 흠뻑 매료되어 있는 처지라, 그의 일거일동이 그저 황홀하여 몸이 활활 달아오르는 중이니, 어느 구석인들 아름답지 않으리? 이쯤 되면, 그녀가 실수한 방귀 냄새도 고소하게 느껴졌으리라! 정히 '사랑은 맹목'이런가?

사랑이란 저마다의 제 눈의 안경이지!
정들면 미녀 미남 아닌 사람 어딨으리?
내 아내 내 남편으로 하늘땅에 둘도 없지—.

참 예쁘기야 외모보단 마음씨지,
내 사람 되었으면 서로 그 맘 돋우보아
속의 속 깊은 정으로 두고 일생 정겨우리?

세상엔 약도 많고

> 세상엔 약도 많고, 드는 칼이 있다 하되
> 정情 끊을 칼이 없고, 임 잊을 약이 없네.
> 두어라! 잊고 끊기는 후천後天에 가 하리라.

세상에는 병 고칠 약도 많고, 잘 드는 칼도 많다는데, 상사병 고칠 약은 왜 없으며, 정 끊어버릴 칼은 왜 없는고? 그런 약 그런 칼만 있었던들, 못 끊는 정 베어 끊고, 병도 진작 나았으련만―, 그러나 이승에선 할 길 없으니, 이 병으로 속절없이 죽어가서 저 승에서나 하면 할까?

세상에는 윤리 도덕상, 관습 제도상 차마 넘볼 수 없는 상대를 무지막지 연모하여, 스스로 불륜不倫의 업業을 짓는, 그런 철부지 맹목도 있어, 벗어나지 못함에는, '지성知性의 칼'과 '이성理性의 약'으로 스스로 다스리는 길이 있을 뿐이다.

'정 끊을 칼', '상사병 약' 어이해 없단 말고?
'지성의 칼! 이성의 약' 저마다 가졌건만.
불륜에 눈이 어두워 찾아 쓰지 못함일다!

못 이룰 정일진댄 애초에 끊을 것이!
못 끊어 애 말라도 병까지 되단 말가?
'지성의 칼! 이성의 약'은 그럴 때 쓰라 있는 것을―.

다
정
도
병
인
양
하
여

약산 동대 너즈러진 바위틈에

약산 동대01 너즈러진02 바위틈에 왜철쭉03 같은 저 내 님이
내 눈에 덜 밉거든04 남인들 지나보랴?05
새 많고 쥐 괴는06 동산에 오조07 간 듯하여라!

아내나 남편이나 외모가 너무 뛰어나도 여간 걱정이 아닌 모양
이다. 꽃 같은 아내를 둔 남편, 한량 같은 남편을 둔 아내의, 매양
신경 쓰이는 일은, 남들이 가만두지 않을 듯, 별별 수단으로 꼬여
서 바람나게 만들까 두려운 것이다.

온 들판의 곡식들이 아직 익지 않아 시퍼런데, 우리 집 '오조'

01약산 동대: 평북 영변寧邊에 있는 약산藥山의 동쪽에 있는 누대.
02너즈러진: 늘비하게 흩어져 있는.
03왜철쭉: '철쭉'의 방언.
04덜 밉거든: 밉지 아니하거든. 곱다. 아름답다. 사랑홉다의 반어.
05지나보랴: 지나쳐 보랴? 설보고 치우랴의 뜻.
06쥐 괴는: 쥐가 많은. 쥐가 들끓는.
07오조: 올되는 조. 일찍 여무는 조.

는 벌써 누렇게 익어, 고개를 척척 드리우고 있다. 한 고을의 새 들이, 쥐들이 낮밤으로 귀신같이 알고 몰려든다. 허수아비나 빈 양철쯤이야 저들이 도로 웃는다. 아무리 쫓고 쫓아도 속수무책! 필경 조바심(조 이삭을 끊어서 수확함)을 해도 반실半失이 되고 만다.

아내 단속 또는 남편 단속에 늘 내심 조마조마 '조바심' 나는 사람들! (─ '조바심'이란 둘로 나눠진 말뜻이, 여기서야 이렇게 서로 만날 줄이야!) 아무튼 이러구러 매양 신경을 곤두세우다 보면, 어느덧 의처 증疑妻症 · 의부증疑夫症의 증후군症候群으로 옮겨가지 않으리란 보장도 없다.

진실로 어리석은 속물들이 아니랴? 사랑하면 서로 믿어야지! 믿지 못할 새면 '사랑'이 어찌 지속되랴?

다정도 병인 양하여

사랑이 무엇이뇨? 믿음 속에 싹이 터서,
믿음 먹고 자라는 것! 비록 너무 믿다,
발등이 찍힐지라도[08] 믿음 없인 사랑 없네.

별같이 많은 중에 부부로 맺은 인연!
온몸 온 마음 하나로 묶인 거기,
어디서 '망령의 것'이 따고 들 수 있으랴?

08 속담: 믿는 도끼에 발등 찍힌다.

보고만 있을 것을

> 보고만 있을 것을, 말만 하고 참을 것을,
> 져근덧[01] 참았더면 전혀 일이 없을 것을,
> 원수의 이 눈 탓으로 살든 가슴[02] 썩히노라.[03]

　서로 마주쳤으니 볼 수밖에, 눈에 확 띄니 눈여겨볼 수밖에, 그래도 담담히 그저 보고만 있을 것을, 한 번 봄으로도 '눈정'이 흠뻑 들어 참기 어려운 처지에, 공연히 말을 걸었다가, 더욱 마음끌려 더더욱 참기 어려웠다. 그래도 참아야 했을 것을! 꾹 참고 있어야 했을 것을, 참자 참자 하면서도, 끝끝내 꾹꾹 참지 못하고, 잔뜩 버티고 버티고 있던 '참는 성벽'이 와르르 무너지면서, 우리의 인연은 음양상충陰陽相衝의 전격電擊처럼, 뇌성벽력雷聲霹

---

01 져근덧: 잠깐 동안.
02 살든 가슴: 살뜰한 가슴. 알뜰살뜰한 속마음.
03 썩히노라: 썩게 하노라.

霹! 그예 혼돈 속으로 불꽃을 튕기고 말았던 것이다.

이로부터 우리의 그지없던 순간의 행복은 일장춘몽! 깨고 나니 나날 번뇌 갈등! 헤어나지 못하는 신세로 동여져 있다. 뼈아픈 후회도 쓸데없는, 이미 '불륜의 불도장[낙인]'이 찍혀 있었으니 어이하랴?

첫눈에 '눈정'이 들어 공연스레 말 붙였다,
말은 '속내'거니 '속정'마저 들고서야
그 어찌 금단禁斷의 선線이 온전할 수 있었으랴?

지성의 눈 이성의 귀, 그 모두 환幻(허깨비)이 들어
청춘이 저지른 죄, 뉘우친다 돌이키랴?
'정은 정, 죄는 죄'임에 세정世情은 냉혹해라!

해 다 져 저 문 날 에

해 다 져 저문 날에 지저귀는 참새들아!
조2만 그 몸뚱이 반 가지도 족하거든[01]
구태여 크나큰 덤불[02]을 새와 무삼 하리요?[03]

덩치 큰 (머루·다래 따위) 덩굴에 무수한 참새들이 어우러져 한판
싸움판을 벌이고 있다. 꼭대기까지 분이 차서, 마구 동동 날뛰며,
온갖 욕설 재깔거리면서 잠시도 가만있지 못하고, 서로들 공중전
을 벌이다가는, 여기저기서 한 놈이 다른 놈을 덮쳐 올라타고 목
덜미의 깃털을 물고 짓이기다 깃털을 뽑아놓기도 하는 것을, 유
심히 바라보고 있던 작자는, '옳거니! 저놈들이 더 많은 자리를
차지하려고 서로 쟁탈전을 벌이고 있는 것이려니—' 하며, 혀를

---

01 반 가지도 족하거든: 한 가지의 반만으로도 지분持分으로 만족할 터인데.
02 덤불: 덩굴.
03 새와 무삼 하리요: 서로 더 많이 차지하려고 시샘해서 무엇 하랴?

차면서 민망해하고 있다. 저 작은 몸뚱이로서야 반 가지만으로도 자리가 남아돌 터인데, 뭣에 쓰자고 더 많은 가지를 차지하지 못해 저리도 안달이란 말인가? 탐욕스러운 인간들의 더 가지지 못해 혈안이 되어 있는 짓거리들을 보고 있는 양, 심히 못마땅해 혀를 차고 있는 것이다.

하나, 저자가 보기로는 그게 아니지 않는가?
그들은 시방 기쁨에 겨워, 사랑에 겨워, 삶의 환희, 생의 찬미로, 미친 듯 취한 듯 노래하며 춤추며, 삶의 열락悅樂에 도취되어, 꽁지를 치켜들고, 우향 뛰고, 좌향 뛰고, 돌아 뛰고, 모로 뛰고, 곡예하듯 공중무로 춤을 추다, 쌍쌍이 짝짓기를 하며, 그야말로 작약 광란雀躍狂亂하는, 참새들의 축제판이 아니고 무엇이랴? 종일토록 진미珍味만 골라 먹은 충분한 체력에, 덩굴은 천연으로 꾸며진 원형무대! 암수 서로 기예를 자랑하듯, 날씬한 자태, 민첩한 동작으로, 천지에 노리는 눈들 사라진, 이 일몰日沒의 안전 시간대에, 저들끼리 가끔 벌이곤 하는, 그 한판의 찬란한 무아몽중의 축제를 벌이고 있는 것이다.
아무리 참새 말이 통하지 않는다손, 같은 현상을 두고 이렇게 정반대로 시각이 다를 줄이야!

어와 딱할시고! 지성 모임 딱할시고!
똑같은 사물을 두고 견해 어이 저리 달라,
일일이 왈가왈부로 목청을 돋우는고?

콩이다 팥이다 닭이다 오리다 하며,
그 구별 헷갈리어 다수결로 정하다니,
여태도 살아 있는가? '삼인성호三人成虎'[04] 그 호랑이—.

보수니 진보니, 여당이니 야당이니,
나라 위한 다 같은 맘, 근본 어이 저리 달라,
일일이 삿대질하며 아귀다툼 일삼는고?

제 눈의 안경을 벗고 역지사지易地思之[05] 처지 바꿔,
참모습 보려 하면 보일 법도 하다마는,
보고도 못 본 체하니 가슴 답답하여라!

04 삼인성호: 318쪽 참조.
05 역지사지: 처지를 바꾸어, 상대방 입장이 되어 생각해봄.

山촌니쉬여간들엇더리　異伊

弊溪水 卽余臣若 溪字明月 眞伊

○冬至ㅅ달긴아긴밤을한허리를베혀내야春風니불알래셜이설이녀헛다가어론님오신날밤의굽의굽외펴리라

○내언제無信ᄒ야님을언제쇽엿관듸月沈三更에온뜻지全혀업다秋風에지는닙소듸야낸들어이ᄒ리오

○山은넷山이로되물은넷물안이로다晝夜에흘은이넷물이이실쏜야人傑도물과ᄀᆺ도다가고안이오노미라

○寒松亭ᄃᆞᆯ온밤의鏡浦臺예물셜잔졔有信ᄒ白鷗ᄂᆞᆫ오락가락ᄒ것만온엇덧타우리의王孫은가고안이오ᄂᆞᆫ이　紅粧

○唐虞를어제본듯通古今達事理ᄒᆞᄂᆞᆫ明哲士를엇덧타고져셜ᄯᅴ歷歷히모르ᄂᆞᆫ武夫들어이조초리　笑春風

○前言은戲之耳라내말삼허믈마오文武一體닌줄나도暫間아옵션이두어라趙趙武夫를안이조고어이리

○齊도大國이오楚도亦大國이라죠고만藤國이間於齊楚ᄒ엿신이두어라이다죠흔

《해동가요 海東歌謠》
18세기 후반(영조조)에 김수장이 엮은 시조집이다.(국립중앙도서관 소장)

이별

이원익

녹
양
이

천
만
사
ㄴ
들

녹양綠楊[01]이 천만사千萬絲ㄴ들[02] 가는 춘풍春風 잡아매며,
탐화봉접探花蜂蝶인들[03] 지는 꽃을 어이하리?
아무리 사랑이 중한들 가는 임을 어이리?

이른 봄, 수양버들 가지에 금빛 물결이 아스라이 하늘거리기
시작하면, 사람들의 가슴 가슴은 공연히 설레기 시작한다. 어찌
사람들뿐이랴? 초목군생草木群生 그 모든 목숨 있는 것들의 마음
은 부풀기 시작한다. 연둣빛에서 초록빛으로 나날이 짙어지면서,
그 물올라 부드러운 실가지들의, 여인네 머리채같이 굽이굽이 물
결치는 천사만사千絲萬絲는, 속으로 요동치는 '춘정春情'을 더욱
감당할 수 없게 부채질하는 봄바람의 소행인 듯도 하다.

---

01 녹양: 푸른 수양버들(실버들).
02 천만사ㄴ들: 실버들의 실가지가 천 올이요 만 올인들. 수많은 실가지들이 있은들.
03 탐화봉접인들: 꽃을 탐하는 나비와 벌이라 한들.

그러나 그 무뢰한無賴漢(건달이,놈팽이) 같은 봄바람은 오래 머물지를 아니한다. 드디어 꽃샘바람으로 변심하여 봄을 거두어 떠나갈 제, 실버들의 그 '천사만사'로도 못 떠나게 꽁꽁 동여맬 수 없으니 어이하랴?

꽃잎들은 하염없이 휘날리어 눈보라처럼 '꽃보라'를 일으켜, 한 하늘 가득 무상無常으로 그무러질 제, 아무리 꽃을 사랑하는 벌 나빈들 제 무슨 힘이 있어 만류하며, 맺었던 알뜰한 사랑도 이별의 쓴잔을 기울이게 됨을, 어느 누가 감히 막을 수 있으랴? 멀뚱멀뚱 뜬눈으로 가는 봄을 보내듯이, 눈 뜨고 절명하듯 가는 님을 보내는 그 심사 오죽하랴?

봄은 꿈꾸는 계절이기도 하여, 삼동을 웅크리고 있던 사내들은, 저마다 부푼 가슴 안고 객지로 객지로 떠나기를 시작한다.

이리하여, 꽃샘바람이 불면 인간들의 마을에선 대량 이별의 눈물을 쏟게 되고, 그로부터는 애달픈 그리움의 나날로 이어지게 마련이다.

실버들 실가지에 금빛 물결 하늘대면,
가슴마다 정의 물결 하염없이 일렁이고,
천지에 흐드러지는 정의 꽃은 넘쳐난다.

햇볕도 정다울사! 아지랑이 꿈을 녹여,
봄바람 스치는 곳 노랫소리 넘쳐나고,
천지에 정겨운 물결 고목에도 꽃이 핀다.

한 조각 꽃이 져도 봄빛이 깎이거늘,
변심한 봄바람이 천만 조각 흩날릴 제,
어쩌랴 꽃아 어쩌랴? 가는 봄을 어쩔거나!

실버들 천만사千萬絲ㄴ들 가는 봄 맬 길 없고,
꽃잎이랑 떠나는 임! 잡을 길 바이 없네.
어쩌랴 꽃아 어쩌랴? 가는 임을 어쩔거나!

홍랑

멧버들 골라 꺾어

멧버들[01] 골라 꺾어 보내노라! 임에게로
자시는 창밖에 심어두고 보소서.
밤비에 새잎 곧 나거든 날인가도 여기소서.

삼당시인三唐詩人으로 명성이 높았던, 고죽孤竹 최경창崔慶昌이
북해평사北海評事란 벼슬을 띠고 함경도 경성鏡城에 가 있을 때의
일이다. 그곳 관기官妓였던 홍랑과는 반신이 반신을 비로소 만난
듯, 단박에 사랑이 깊어졌다. 그러나 그 이듬해, 고죽은 임기가
끝나 서울로 돌아가게 되는데, 그 헤어지는 서러움이 오죽이나
했으면, 고죽의 행차를 따라 따라, 멀리 함관령咸關嶺까지 배웅해
왔던 것이랴? 이 영마루를 한계로 갈라서야 하는 심사! 가랑비
내리는 저물어 가는 해거름에, 버들가지와 함께 건네준, 이 한 수

01멧버들: 산버들. 이른 봄 산골짜기에 일찍이도 물올라 복슬강아지 같은 버들강아지(버들개지)를 달고, 쭉쭉
곧게 뻗는 산버들의 어린 가지(꺾꽂이가 잘 된다).

의 시조! 이야말로 굽이굽이 애타는 이별의 정곡情曲을 다했던,
만고의 절조絶調가 아니던가?

'따라갈 수 없는 이 몸! 넋이나마 버들가지에 부쳐 임 따라 보
냅니다. 다행히 도중에 버리지 않으시고, 임의 침실 바깥 발치에
심어주시는 은혜를 입게 된다면, 하룻밤 밤비에 연둣빛 새잎이
돋아나리다. 그것이야말로 오매에 임 못 잊는, 이 홍랑의 넋이요,
전부이오니, 어여삐 여겨주소서'의 뜻이다.

고죽도 이 안쓰럽고도 애처로운 홍랑과의 이별의 정을, 어이할
길이 없어, 이 시조를 한역漢譯하면서도, 그녀의 속앓이를 대신
알아주는, 어쩌면 그에 갚는 화답和答의 유별시留別詩처럼, 그 연
연한 알뜰한 정을 다하고 있다.

이제 이 한역시를 다시 시조로 옮겨보노니;

버들 꺾어 드리오니 침실 밖에 심어주소.
시름겨운 눈썹인 양 밤비에 새잎 나거든
임 그려 파리해진 얼굴 제 넋이라 여기소서.　　　원문 404쪽

꺾꽂이한 버들가지에서 '실눈이 터나올 제, 그 꼬깃꼬깃 꾸겨
진 파리한 여윈 잎새! 그것은 마치 시름겨워 찌푸린 미인의 눈썹
인 양, 의지가지없는 가련한 심상心象으로 홍랑을 떠올리게一',
원시조에는 없는, 더욱 간곡한 정을 덧붙이고 있음을 보게 된다.

※ 그 후, 고죽이 병석에 있다는 소식을 듣고, 천 리길을 7일 만에 상경上京,
시양侍養한 이야기며, 또 고죽이 종성부사鐘城府使로 귀임歸任 도중, 경성鏡城 객
관에서 객사하자, 그 반구返柩의 상행喪行을 좇아 상경, 삼년 시묘侍墓하고 수절

한 이야기며, 후에 홍랑이 죽자 완고한 최씨 문중에서도 그녀의 정절에 감복하여, 고죽의 묘소 앞에 후하게 장사지낸 이야기는, 다 그 후문들이다. 이 모두 순수한 사랑, 알뜰한 정의 극치 아님이 없으니, 정히 그 사랑 사생을 초월한 영원함일진저!

임 이별 애달픈 맘! 알뜰히도 속 끓인 정!
죽고 나니 더 빛난다! 사리舍利 같은 시조 한 수!
알알이 영롱하여라! 글자마다 진주로고!

이명한

울며 잡은 소매

> 울며 잡은 소매 떨치고 가지 마소.
> 초원장제沼遠長堤[01]에 해 다 져 저물었다.
> 객창客窓에 잔등殘燈[02] 돋우고[03] 앉아보면 알리라!

소매 잡고 매달리는 임, 그에 뿌리치고 떠나는 임, 이별의 장면
은 매양 인생을 서글프게 하고 있다.

이미 먼 방죽엔 어둠살이 깔려드는 이 해거름에, 임은 기어코
떠나야 한다면서 길거리에 나섰다. 제발 하룻밤만 더 유해 가시
라, 그렇게도 간곡하게 눈물로 만류했건만, 그는 '갈 길이 천 리'
라며 끝내 잡은 소매 뿌리치고, 휭하니 떠나가고 만다.

고집불통! 괘씸하기까지 하다. 멀어져가는 뒷그림자 가물가물

---

01 초원장제: 아득히 먼 방죽.
02 잔등: 가물거리는 등잔불.
03 돋우고: 심지를 더 올려 불을 밝게 하고.

어둠 속으로 사라질 때까지, 아득히 지켜보면서 '나를 버리고 떠나는 임은, 십 리도 못 가서 발병이 나리……' 꽁한 가슴 풀 길이 없어, '그래! 발병이라도 나라' 해본다.

여관방 가물거리는 등불 아래 오도카니 앉아 '목침 찜질'이나 하면서, 하룻밤이 열흘 밤 맞잡이로 잠 못 들어 뒤척이며; 매정스럽게 뿌리치고 떠나온 것을 그제야 후회하며, 맹맹한 눈을 끔벅거리고 있으려니! 아아. 아방신아!⁰⁴

그러는 난들 잠 못 들기야 마찬가지가 아닌가?

이별! 칠흑 같은 이 깊은 밤, 잠 못 이루는 경경한 두 영혼이, 이별 서러움에 인생을 앓고 있음이여!

울며 잡은 소매 뿌리치고 가단 말가?
객창客窓 잔등殘燈 아래 발병⁰⁵이 나 찜질하며
이 밤을 잠 못 들려니—. 아방신아! 아방신아!

아방신아! 하고 나도 가슴 도로 아리어라!
오죽이나 절박했음 황혼 길을 떠났으랴?
임이여! 제발 탈 없이 먼먼 길 닿으소서!

---

04 아방신아!: 여기서는 뼈아프게 자책自責하는 감탄사로서 '벌 받아도 싸지 쌔'쯤 되는 우리말이다. 남에 대해서는 가벼운 저주의 뜻도 있어, '나를 버리고 가시던 임이 십 리도 못 가서 발병이 났다'면, 그야말로 '아방신아!'다. '내 말 안 듣더니 고것 봐라' 하는, 약간의 '고소한 맛'까지 첨가된다. 속어의 '쌤통이다'와 비슷하나 '아방신아'는 감탄사이기에 어감의 차는 엄청나다.
05 '발병'이란 길을 많이 걸어 발바닥이 부르터 물집이 생긴 것을 이른다. '발병이나 나라'는 가벼운 저주이기는 하나 악담은 아니다. '아리랑의 발병' 바로 그런 발병인 것이다. 또 '발병'에는 '목침 찜질'이 그만이다. 머리때로 절어 있는 목침을 화롯불에 적당히 달구어, 부르튼 데를 뜨뜻하게 지짐으로써 물집이 가라앉게 되는 일이니, 이튿날이면 거뜬히 걸을 수 있게 된다.

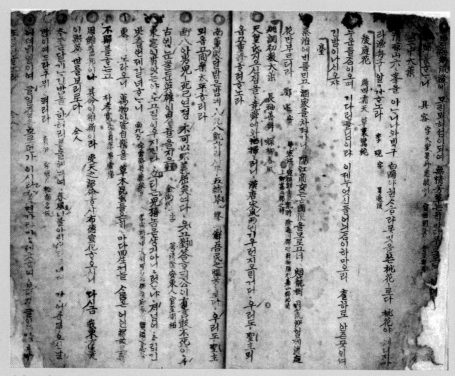

《가곡원류 歌曲源流》

1876년(조선 고종13)에 박효관·안민영이 엮은 시조집이다.(국립국악원 소장)

4

기다림

그립고 아쉬운 마음에 ─황진이 외
꿈에 다니는 길이 ─이명한 외
임도 잠도 안 오는 밤 ─실명씨

황진이 외

그립고
아쉬운 마음에

내 언제 신信이 없어 임을 언제 속였관대[01]
월침삼경月沈三更[02]에 올 뜻이 전혀 없네.
추풍秋風에 지는 잎 소리야 낸들 어이하리요? 황진이

산촌山村에 밤이 드니 먼데 개 짖어 운다.
덧문을 열고 보니 하늘이 차고 달이로다!
저 개야 공산空山 잠든 달을 짖어 무엇하료? 천금(千錦)

설월雪月이 만정滿庭한데 바람아 불지 마라.
예리성曳履聲[03] 아닌 줄을 판연判然히[04] 알건마는,
그립고 아쉬운 적이면 행여 권가[05] 하노라. 실명씨

월황혼月黃昏[06] 기약期約을 두고[07] 닭 울도록 아니 온다.
새 님을 만났는지? 옛 임에 잡혔는지?
아무리 일시 인연一時因緣인들 이대도록[08] 속이랴? 실명씨

모두 기생들의 작품이다. 여북이나 그립고 아쉬웠으면, 잎 지는 소리, 개 짖는 소리, 바람 부는 소리……, 그딴 소리들을, 임 오는 기척으로, 속고 속곤 하는 것이랴?

간밤에 문 열던 바람 살뜰히도 날 속였네.
풍지風紙 소리에 임이신가 반긴 나도 그르다마는,
진실로 "드세요……"했던들 밤조차 웃을랏다!

'때마침 밤일새망정 낮이런들 남 웃길 뻔하여라!'의 종장 마무리를 한 사설시조도 있다. 얼마나 눈에 삼삼 귀에 쟁쟁! 그립고 아쉬웠으면, 환영幻影 환청幻聽에 시달리기조차 하는 것이랴? 대인난! 대인난待人難(사람 기다림의 어려움)이 이렇듯 절박할 줄이야!

강변엔 돌도 많듯 흔한 것이 사람인데,
어이해 그 임만이 사무치게 그립다니?
정든 임 정들여놓고 어이 이리 애태우랴?

밤은 괴괴하고 바람은 설레는데,

---

01 속였관대: 속였기에.
02 월침삼경: 달이 진 깊은 한밤중.
03 예리성: 신발 끄는 소리. 곧 인기척.
04 판연히: 명백하게.
05 권가: 그이인가.
06 월황혼: 달이 질 무렵.
07 기약을 두고: 약속을 해놓고.
08 이대도록: 이 정도로까지 되도록.

그립고 아쉬운 임 기다려도 아니 오고,
잠마저 날 따돌려놓고 어딜 간고? 가뭇없네.

남들 다 누리는 일부종사—夫從事[09] 왜 못 하고,
옥동자 품고 싶은 이 모정母情 하릴없이,
밤마다 임 그리움에 여위기만 하는고?

09 일부종사: 한 남편만을 섬김.

꿈에 다니는 길이

꿈에 다니는 길이 자취 곧 날작시면[01]
임의 집 창밖이 석로石路라도 닳을랏다![02]
꿈길이 자취 없으니 그를 슬퍼하노라.

이명한

임 그리는 알뜰한 내 마음이, 자취(證票)로도 남는 것이 없으니, 임이 내 마음을 무엇으로 알아주랴? 허망한 것이 꿈이더란 탄식이다.

진실로 지극한 사랑이라면, 임이야 알아주든 말든, 밤마다 꿈에서라도 그 문 앞 먼발치에서나마 보고파 하는 것이, ─비록 끝내는 애처로운 짝사랑으로 끝나버리고 말지라도─, '사랑'으로서는 더 순수하고 지극함이 아닐는지?

위의 작품은 '내가 가 보이는 꿈'이지마는, 다음 작품들은 '그

---

01 날작시면: 날 것 같으면.
02 석로라도 닳을랏다: 돌로 포장한 길이라도 그 돌이 닳을 것이었겠다.

가 와 보이는 '꿈'들이다.

꿈에 왔던 임이 깨어보니 간 데 없네.
탐탐히 괴던[03] 사랑 날 버리고 어디 간고?
꿈속이 허사라 망정 자로[04] 뵈게 하여라.　　　　　　　박효관

꿈에 뵈는 임이 신의 없다 하건마는,
탐탐이 그리울 제 꿈 아니면 어이 보리?
저 님아! 꿈이라 말고 자로자로 뵈시소.[05]　　　　　　　명옥明玉

보고픈 마음 오죽했음, 꿈에서나마 보고파 함이랴? 통신·교통
수단이 적막하던 그 옛날에서야, 그 진정 사무치게 그리운 심사,
꿈 아니면 어이 보리?

이리 보온 후에 언제 또다시 볼꼬?
진실로 보았는가? 행여 아니 꿈일런가?
꿈이여! 꿈에서나마 매양 보게 하소서.　　　　　　　실명씨

이렇게 우리, 잠시 잠깐 꿈같이 만나자마자 또한 꿈같이 헤어
지니, 이야 진정 꿈속의 꿈과 같아 현실감이 나지 않는다마는, 그
러나 하 그립고 아쉬움에야 꿈에서나마 자주자주 만나고지고!

황진이는 꿈길에마저도 엇갈려 못 만나는 불운한 사정을 한탄

---

03 괴던: 사랑하던.
04 자로: 자주.
05 뵈시소: 보이시소. 곧 자주자주 꿈에 나타나주소서!

하며;

그리운 임 만날 길이 꿈길 말곤 더 없기에,
내 임 찾아갔을 제는, 임 날 찾아 가고 없네.
이후랑 함께 길 떠나 '반보기'로 만나과저! 황진이(원문 404쪽)

꿈에 내가 가면, 그는 날 만나러 가고 없다. 내가 이리 허탈할
진대, 그 역시 그러했으려니―. 묘안은 '반보기'를 하는 일이다.
반보기! 그리운 사람끼리 중간 지점에서 만나 보는 반보기! 새
댁과 친정 식구 사이에서도 자주 행해지던 반보기였건만, 이제는
말마저 쓰일 일이 없게 되었다.
그러나 그 알량한 꿈도 꾸지 않고, 강짜로 그저 그립고 그리
워 못 사는 사람의 저 탄식 좀 들어보소.

잊자 잊자 해도 어이 그리 못 잊는고?
나 잊고 제 잊으면 설마 아니 잊을소냐?
지금에[06] 못 잊고 그리는 정은 나도 몰라 하노라! 실명씨

어져![07] 세상 사람들아! 사람 알지 말았으라![08]
알면 정이 나고, 정이 나면 생각난다.
평생에 떠나고 그리는 정은 사람 안 탓이더라. 실명씨

사람을 알고 나면, 서로 정이 나게 되고, 헤어지게 되면 그리워

---

06 지금에: 지금에 이르도록.
07 어져: 감탄사. 아아!
08 말았으라: '말아라'의 당연형 종결어미. 하지 말 것이었느니라.

지게 된다. 이웃으로 만났어도 그러하거늘, 하물며 남녀의 사랑
으로 만난 처지에서야 더욱 일러 무엇 하랴?

이에 비하면, 꿈에서라도 보게 된다는 일은 그 얼마나 행운이랴?

오늘따라 왜 이리도 애타게 그립다니?
간 지 이미 오래건만 내 가슴엔 어제런듯,
이리도 간절한 정을 어이해야 한다니?

꿈이야 허사虛事련만 허사라도 보고지고!
눈에 암암 그리운 임 꿈 아니면 어이 보리?
밤마다 꿈에서나마 오랑가랑 하고지고!

실명씨

임도 잠도
안 오는 밤

먼 데 개 자주 짖어 몇 사람을 지냈는고?
오지 못할 세면[01] 오만 말이나[02] 말을 것이,
오마코[03] 아니 오는 임은 내내 몰라 하노라.

동창에 돋았던 달이 서창에 도지도록,[04]
못 오실 임 못 오신들 잠은 어이 가져간고?
잠조차 가져간 임이니 생각 무엇 하리요.

임이 오마 터니[05] 달이 지고 샛별 뜬다.
속이는 제 그르냐? 기다리는 내 그르냐?
이후야 아무리 오마 한들 믿을 줄이 있으랴?

---

01 오지 못할 세면: 오지 못할 바이면.
02 오만 말이나: 오겠다고 하는 말이나.
03 오마코: 오마 하고. 오겠다고 말해놓고.
04 도지도록: 되돌아오도록.
05 오마 터니: 오마 하더니. 오겠노라고 약속하더니.

기생의 작품들이다.

깊은 밤 사람이 지나갈 때마다 개는 어김없이 짖는다. 개가 짖을 때마다 이제야 오나보다! 속고 또 속곤 한 지 도대체 몇 번이더란 말인가? 그러는 사이, 초저녁 동창에 비쳐 들던 달이, 이젠 새벽달이 되어 서창으로 비쳐 들기까지, 임도 잠도 아니 오는 야속한 밤을 뜬눈으로 보내고 있자니, 슬그머니 오기가 돋는다. 생각하지 말자면서도 어느덧 또 생각에 빠져 있는 자신에 화딱지가 난다. 그러면서도 단념하지 못하는 미련! 그것은 마魔의 소치인 양 사람을 반편으로 만들어가고 있다.

개 컹컹 짖을 때마다 이제야 오나보다!
속고 속다 보니 잠마저 아니 온다.
서창에 기웃거리는 달 보기도 민망하다.

드리운 휘장 새로 봄바람은 불어 들어,
뜰아래 꽃향기를 무적무적 날라 온다.
어쩌랴! '텅 빈 내 옆자리' 달 보기도 부끄럽다.

다 정도 병인 양하여

5 그리움

동짓달 기나긴 밤을

　진이眞伊는 잠이 오지 않는다. 동짓달이라 워낙 밤이 길어서기도 하려니와, 임도 잠도 아니 오는 밤이기에 더욱 지루하게 느껴졌으리라. 이경…… 삼경…… 사경…… 밤은 밑도 끝도 없이 이어져 가는데, 동창에 비치던 달이, 이제는 서창으로 비쳐 들고 있다. 인생이 한없이 서글퍼진다.

　'모처럼 사람으로 태나면서 왜 하필이면 천출賤出(천한 신분으로 태어남)이라니?'

　하염없이 엎치락뒤치락하는 가운데, 문득 '그렇지!' 하는 구원의 계시인 양, 영감 같은 그림자가 언뜻 머리를 스쳐간다.

　'그렇지! 그렇고말고!' 이 길어 빠진 지천꾸러기 밤에, 아무런 대책도 없이 시달리고만 있을 수는 없지 않은가? 그 한 허리를 싹둑 잘라버리자꾸나! 밤을 필요에 따라 길게도 쓰고, 짧게도 쓸 수 있다면 그 얼마나 편리하랴? 그 끊어 내버린 것이 자꾸 달라

붙으려고 하면 어떻게 한다? 뚤뚤 뭉쳐 시궁창에 처박아 넣거나, 흐르는 강물에 띄워 보내거나 해야겠는데, 그것도 여간 성가신 일이 아니잖아! 무엇에 이용하는 수는 없을까? ―그래! 그래! 그렇지! 내가 왜 그 생각을 진작 못했지? ―늘 턱없이 짧게만 느껴지는, '임 오신 밤'에다 이을 수만 있다면, 진정 그리할 수만 있다면, 그 얼마나 일거양득이랴? 그야말로 절장보단截長補短(긴 것에서 끊어내어 짧은 것에다 보충함)으로 안성맞춤이 아니고 무엇이랴?

그녀의 눈은 어둠 속에서도 이글이글 빛나기 시작한다. 그래그래! 그렇고말고! 그럴 양이면 그 끊어낸 밤을 소중하게 간수해야지. 어디다 넣어둔다? 광 속에 넣어두랴? 아니야! 아니야! 그 차갑고 누진 곳, 잡것들 속에 좀 먹히고 거칠어질 게 뻔한데……, 아 그럼! 그렇지! 이불 속이 제 격이지! 밤과 이불은 서로가 한통속이니, 그래 바로 그거야! 그것도 봄바람처럼 다사롭고 향기로운 봄 이불이 제격이지! 그래! '봄 이불!' 그래그래! 비취색 '비단 봄 이불!'

그런데 문제는, 비록 밤의 절반이라고는 하나, 그 또한 길어 빠진 것을 어떻게 넣어야 한다? 두루뭉수리로 뚤뚤 뭉쳐 넣었다가는, 풀어낼 때 맺히고 헝클어질 게 아냐? 아! 그렇지! 노끈이나 새끼를 서리듯이, 한 발 두 발 밟아가며 서리서리 서려서 넣으면 오붓하게 들어갈 뿐만 아니라, 헝클어질 염려도 없으리라. 그렇지! 그렇지! 그리하여 봄기운이 흠뻑 배어들도록, 따뜻한 아랫목에 봄 이불 씌워 묻어두면, 달고도 부드럽고 향기롭게 숙성이 되겠지! 임이 오신 밤이면, 몰래 그 한끝을 풀어내어 그 밤에다 이어 두고, 느직한 밤 느긋하게 세월 네월 즐긴다면 그 얼마나 신나는 밤이 되랴?

그나저나 풀어낼 때는 어떻게 한다? 그야 이불 속으로 넣을 때의 반대 수순으로 풀어내는 것이 순리지! '서리서리' 넣었던 것이니, 한꺼번에 왕창 풀려 나올 리가 없이, 차례차례 순서대로 한 굽이 두 굽이 '굽이굽이' 풀려 나오게 될 테니 무슨 걱정이랴?

그녀는 마침내 용수철처럼 자리를 박차고 일어나, 불을 켠다. 부랴부랴 먹을 갈아, 부산하게 적기를 시작한다.

동짓달 기나긴 밤을 한 허리를 둘에 내어
춘풍 이불 아래 서리서리 넣었다가
어른님 오신 날 밤이거들랑 굽이굽이 펴리라.

이리하여 이 만고의 절창絕唱은 순식간에 이 땅에 탄생하게 되었던 것이리라. 그녀는 이어 약간의 자구字句 수정을 한다. '밤이거들랑'이 어딘가 거칠고 거슬린다. 모나는 'ㄱ' 초성과, 수고롭게 혀가 꼽쳐지는 'ㄹㄹ' 때문이다. 원활하게 고쳐본다. 'ㄱ'을 탈락시키고, 'ㄹㄹ(설측음)'을 'ㄹ(설전음)'로 바꾸고 나니 한결 부드러워졌다. '밤이어드란' 그래그래 이거야! 진정 봄바람처럼 부드럽고도 향기롭다.

그녀의 시상의 배태에서 출산까지의 과정을 잠시 추적해보았거니와, 모든 것은 한 발짝 한 발짝 밟아가는 순차가 있게 마련이다. 앞 내디디는 발은 이미 내디딘 발의 탄력으로 연속되게 마련이며, 잇달아 차례차례로 길은 열려 감을 보게 된다. "천 리 길도 한 걸음으로부터"라고 했다. 아무리 기상천외奇想天外의 상想도 발판 없이는 이루어질 수 없음을 또한 알게 된다.

다정도 병인 양하여

위와 같이 역순逆順으로 시문의 시종 경위를 추적하면, 이해가 빨라질 뿐 아니라, 작자의 작시作詩 과정過程의 현장에 동참하는 즐거움마저 누리게 되리라.

18세기(정조 때)의 시서화詩書畵 삼절三絕로 유명한 자하紫霞 신위申緯는 이 시조를 그의 〈소악부小樂府(시조 40수를 한역漢譯한 것)〉에서, 다음과 같은 칠언절구로 옮겨놓았다.

截取冬之夜半强 春風被裏屈蟠藏
燈明酒煖郎來夕 曲曲鋪成折折[01]長　冬之永夜

긴긴 겨울밤을 반 남짓 잘라내어
봄바람 이불 아래 서리어 넣었다가
등燈 밝히고 술 데우는 임 오신 밤이거든
굽이굽이 펴어내어 느긋이 보내고지고!

3장으로 된 시조를 4구로 된 절구絕句 형식의 한시로 옮기려니, '불 밝히고 술 데우는' 따위, 군사연이 첨가되는 것은 불가피하다 치더라도, '서리서리', '굽이굽이'와 같은, 물 흐르듯 부드러운 첩어疊語에 이르러서는 쩔쩔맬 수밖에 없었음이 역연하다. '서리서리'에 해당하는 한자 첩어를 발견하려고 얼마나 고심했을까마는 끝내 얻지 못했으며, '굽이굽이'도 기껏 '곡곡曲曲'이 고작이다. 그 '곡곡'의 네 번이나 중첩되는 'ㄱ' 소리의 폐쇄음閉鎖音이 얼마나 그를 미흡하게 했으랴마는, 달리 도리 없음에, 긴 한숨 내쉬면서, 무연憮然히 붓을 던졌으리라. 동시에 우리말의 독특한 아름다

01折折(제제): 느직하고 느긋한 모양.

움에 새삼 감탄 감탄하기도 했으려니…….

진이의 시조는 그 모두가 밤에 이루어진 것들이다. 진이는 잠 아니 오는 밤을 시로써 극복, 수수_{首首} 편편_{片片} 만고의 절조_{絶調}들을 탄생시켰으니, 잠 못 이루는 사람들이여! 잠 아니 오거든 시를 생각하시라!

시란 시인이란 특허권자의 전유물_{專有物}만은 아닌 것이다. 참나의 간절한 마음을 숨김없이 꾸밈없이 토로_{吐露}한 영탄_{詠歎}이야말로 참다운 시인 것을!

※ 황진이에 대해서는 여러 갈래의 전설이 있고, 또 흥행 위주로 만들어진 드라마나 영화 등에서 갖가지로 황당하게 변조되어 있을 뿐이다.

이제 여러 기록이나 구비_{口碑}를 종합해보면 그녀의 내력은 대략 다음과 같이 추정된다.

황진이는 조선 중종·명종 연간에 혜성처럼 나타났던 여류 시인이다. 황 진사의 첩실 소생으로 태났으나, 워낙 총명하고 반듯하여 황 진사의 귀염 받아 자라면서, 사서삼경은 물론, 시서 음률에까지 통달했으며, 용모 또한 출중하였으나, 불행하게도 그녀를 연모하던 같은 마을의 한 서생_{書生}이 상사병으로 죽어, 그 상여가 그녀의 집 앞에서 발이 묶여 꼼짝도 못 하기에, 속적삼을 벗어 관을 덮은 뒤에서야 떠나갔다는 소문으로 시집도 갈 수 없어, 기생이나 될 수밖에 없었다는 이야기다. 서경덕·황진이·박연폭포를 송도삼절_{松都三絶}이라 자평했다. 겨우 전하는 시조 6수와 한시 6수! 그 모두가 뛰어난 절창들이고 보면, 기녀라 하여 거두지 않아 물거품처럼 사라져간 주옥같은 작품들은 또 그 얼마나 많았으랴? 시서니 음률이니 빼어났다는 그 미모도, 세월과 함께 다 사라진 한갓 바람 같은 것에 불과할 뿐, 지금에 그녀를 평가할 수 있는 것은 오직 그녀의 사리_{舍利}와도 같이 영롱한 주옥인 양 남아 있는 시작품들이 있을 뿐

다정도 병인 양하여

이다. 이 책에서는 다루지 않았으나, 그녀의 한시는 또 얼마나 수수 편편 감동의 절조이던고? 황 진사의 애고愛顧로 이 높은 경지에까지 이른 한시 수련이, 어찌 한갓 기예만을 위주로 하는 기생 수련에서 이루어졌다 해서야 말이나 되겠는가? 아까워라! 아까워라! 그 인멸되어버린 시편들이여!

혜성인 양 스쳐간 황랑자黃娘子의 여광餘光이야
아직도 찬연해라! 빛나는 그의 시편!
알뜰한 그 심상心象이야 세월 간다 지워지랴?

긴긴 밤 반 잘라내어 이불 속에 숙성시켜
임 오신 밤에 이어 느긋이 지낼 궁리
만고의 발명發明 사상 史上에 기발도 기발하다.

기예技藝만 부각시킨 진랑眞娘의 영상물映像物의
흥행성興行性 그 이미지 차분히 지워내고,
오로지 진면목眞面目을랑 '시정詩情에서' 찾으시라!

이조년 외

다정도
병인 양하여

이화梨花[01]에 월백月白하고[02] 은한銀漢[03]이 삼경三更[04]인 제
일지춘심一枝春心[05]을 자규야 알랴마는
다정多情도 병인 양하여 잠 못 들어 하노라!　　　　이조년

신위申緯는 이를 다음과 같이 한역했다.

梨花月白五更天 啼血聲聲怨杜鵑
儘覺多情原是病 不關人事不成眠

배꽃에 달이 밝은 이 깊은 아닌 밤에

01 이화: 배꽃.
02 월백하고: 달이 밝고.
03 은한: 은하수.
04 삼경: 깊은 밤.
05 일지춘심: 한 가닥 봄 마음. 한 가닥 '임 그리운 마음.'

피로 우는 소리소리 원한의 두견이여!
다정이 병이랴마는, 잠들 수가 없구나!

　두견이 곧 두견새〔杜鵑-〕는, 두우杜宇, 자규子規, 촉조蜀鳥, 촉혼
蜀魂, 시조時鳥, 접동새, 소쩍새06 등으로 불리는 철새다. 철새라,
봄·여름이 제 철이요, 밤에 우는 새라, 달밤이 제격이다. 한 호흡
간격으로 뇌고 뇌는, 그 단조로운 두 음절의, ―밤을 꿰뚫는 듯,
청 높은 소리〔高調音〕! 미분화음未分化音이라, 듣기에 따라 '촉도蜀
道…… 촉도……' 하는가 하면, '소쩍…… 소쩍……'으로, 또 어
찌 들으면 '접동…… 접동……', 그런가 하면 원한에 사무친 사
람들에게는, (어찌 그리도 야속하냐는 듯) '어쩜?…… 어쩜?……'으
로, 들리기도 하여, 듣기 나름으로 전설도 갖가지다. 그러나 그
본래의 전설은, '촉蜀나라에서 쫓겨난, 망제望帝(이름 杜宇)의 혼이,
고국으로 돌아가지 못하는 원한에 사무친 울음이라 한다.
　울다 울다 가끔 '게객' 하는 엇박자가 섞이는 것은, 그 바로 피
를 토하는 소리라 하고, 그 피로 목을 축여, 다시 또 운다는 두견
이! 그 피로 물든 꽃이 두견화杜鵑花, 곧 '진달래'라고도 한다.

　공산이 적막한데 슬피 우는 저 두견아!
　촉국蜀國07 흥망興亡이 어제오늘 아니거늘,
　지금히08 피나게 울어 남의 애를 끊나니?　　　　정충신

　옛 촉나라가 망한 지야 이미 수천 년도 전의, 한갓 전설 시대의

─────────────

06소쩍새: 소쩍새는 두견이 아닌 딴 새라하나, 우리 옛 정서로는 같은 새로 인식해왔기에 따를 뿐이다.
07촉국: 중국 사천성四川省에 있었던 옛 나라.
08지금히: 지금에 이르도록. 지금토록.

일이거늘, 그때 그 한을 이날토록 피나게 울어, 이 밤의 수많은 수인愁人들로 하여금 창자를 끊게 하고 있는 것이랴!

허균許筠은 두견이 소리의 고저高低마저 사음寫音하였으니;

> 피 흐르는 몸을 뒤쳐 나무 나무 옮다니며
> '촉'은 높고 '도'는 낮게 돌아감만 못 하다고
> 밤 내내 촉도, 촉도 애타게도 울어라! **원문 405쪽**

'앞소리는 높고, 뒷소리는 낮은 소리로 '촉도…… 촉도……'를 애타게 되뇌는 소리라 했다. 어느 방향인지도 가늠이 잘 안 되는, 어느 먼먼 산에서, 귀를 뚫는 듯, 송곳같이 날카로운 높은 소리에 이어, 끝소리는 귓전에 와 부리는 듯, 낮고도 가까운 그 소리다.

두견이 우는 밤엔 딴 새들은 감히 나서지를 못하는 듯, 깊으나 깊은 밤, 오직 그 소리만이 한밤을 독차지하고 있는 것이다. 호응하는 소리가 있음 직도 하건마는 그것이 없다. 철저하게도 혼자인 새! 그 속속들이 정한에 사무친 소리! 귀청으로 파고드는 높은 목청의 속 소리! 그 마디마디 단절되면서도 같은 간격으로 이어가는 애끊는 소리! 자고로 그 소리, 얼마나 많은 수인愁人들의 잠을 앗고, 눈물을 앗고, 애를 마르게 하였던고?

'수인愁人'이란 가슴속에 '그리움'을 품고 있는 사람을 이름이다. 인생을 사노라면, 생별生別이든 사별死別이든 이별 겪지 않은 이 뉘 있으리? 이별 겪은 이의 가슴 가슴에 어느덧 자리 잡아 도사리고 있는 그 '그리움!'

다정도 병인 양하여

꿈에나 임을 보려 잠을 청해 누웠으나,
새벽달 지새도록 자규 소리 어이하리?
두어라! 단장춘심斷腸春心(임 그리운 애끓는 마음)은 너나 나나 다르랴?

호석균

아내 여원, 또는 남편 여원, 애틋한 불면의 밤이다.

꿈에나 임을 보려 잠을 청해 누웠은들
두견이 저 소리에 잠이 와야 꿈을 꾸지?
애끓는 그리움이야 너나 나나 다르랴?

그러나 또 보라!

꽃이야 지나 마나, 접동이 우나 마나
전전의 그리는 임09 다시 만나 보게 되면
저 지고, 저 우는 것을, 슬퍼할 줄 있으랴?

실명씨

두견이 소리에 내가 울게 됨은, 두견이 슬픔에 동정해서가 아니라, 내 가슴에 맺혀 있는 '이별의 한恨' 때문이란 것이다. 아니라도 자칫 울먹거리던 나의 서러움이, 두견이 울음에 촉발觸發되었기 때문이란 것을, 예시例示까지 해보이고 있다. 내게 이별의 슬픔이 없거나 해소된 바에서야, '꽃이야 지든 말든, 두견이야 울든 말든', 내가 덩달아 울 까닭이 있느냐는 것이다. 맞는 말이 아니랴?
　그럼에도 아랑곳없이 숙종 때 사람 이유李渘는;

---

09 전전의 그리는 임: 전전前前부터 내내 그리워하는 임.

자규야! 울지 마라. 울어도 속절없다.
울거든 너만 울지 남은 어이 울리느냐?
아마도 네 소리 들을 제면 가슴 아파하노라.

너로 하여 얼마나 많은 사람들이, 잠 이루지 못하고, 엎치락뒤치락 이 밤을 앓고 있음이랴? 세월이 약이어서 이제야 가까스로 잊혀져가려는, 옛 아픈 기억들을, 새삼 샅샅이 들추어내어 가슴 아프게 하고 있는, 너의 정체는 도대체 무엇이뇨?

〈울며 잡은 소매 떨치고 가지 마소〉의 작자인 이명한도;

서산에 해가 지니 천지에 가이없다.
이화에 달 밝으니 임 생각이 새로워라!
두견아 너는 누를 그려 밤새도록 우느니?

고종 때 가객歌客 박효관도;

이화에 우는 접동 너는 어이 우짖느냐?
너도 날과 같이 무슨 이별 하였느냐?
아무리 피 나게 운들 대답이나 하더냐?

그 그리움 여북했으면;

그려(그리워하며) 살지 말고 차라리 죽어져서
월명月明 공산空山에 두견이 넋이 되어
밤중만 '사라져 울어' 임의 귀에 들리리라!

실명씨

다정도 병인 양하여

임 그리워 이러구러 애달프게 살아 무엇 하랴? 차라리 죽어져서 두견이 넋이 되어, 배꽃 흐드러진 속가지에 싸여 있다가, 한밤중이면 애타게 울다 울다 기진맥진하여 우는 소리도 '사그라지게 우는', 그런 울음에 애간장이 녹아내리는 슬픔에 젖곤 하는 나와 같이, 임의 귀에도 그렇게 들리게 함으로써, — '그리움'이란 그 어떤 것인가를, 그에게도 몸소 아파 보게 하고 싶다는 것이니, 그 얼마나 극한의 정한情恨이랴?

영월에 유배되어 있던, 16세의 소년 단종端宗도;

소리(두견이 소리) 멎은 새벽 산에 잔월殘月(지새는 달)은 흰데,
피로 흐르는 봄 골짝의 붉은 낙화여!　　　　　　　원문 405쪽

밤 내내 울다 지친 듯, 두견이 소리도 끊어지고, 핏기 없는 지새는 달빛만이 해사하게 비쳐 있는 새벽, 두견이 핏자국으로 붉게 물들었다는 진달래·철쭉의 낙화가, 한 골짝 가득 개울물에 실려 붉게 흐르고 있는 정경에 눈물짓곤 하던 그도, 어느 달밤 자규루子規樓에 올라서는, 두견이 소리에 마디마디 끊어지는 단장斷腸의 슬픔을 세인에 하소연했다.

자규 우는 달 밝은 밤, 시름겨워 누樓에 서니, 네 울음 아니런들 이다지도 애 끊일까?
여보소! 이 세상 한 많은 이들이여!
춘삼월 두견이 우는, 달 밝은 다락엘랑, 오르지를 마시라!

사설시조(원문 405쪽)

정도 많고 한도 많은, 이 땅에 살다 간, 무수한 그 옛사람들! 저 두견이 울음으로 하여, 그 얼마나 많은 밤을 잠 이루지 못하고, 안으로 안으로 인생을 고뇌하여, 여위디여윈 몸이, 진정 정情으로 —순정으로 살다 간 고인들! 그 뇌고 뇌는 슬픈 가락에 세뇌洗腦된 듯, 그로 하여 눈뜨게 된 순정미純情美, 수척미瘦瘠美, 애련미哀憐美, 비애미悲哀美에 흐뭇이 젖고, 또한 그로 하여 인생의 본향本鄉, '정의 옛 뜰'을 그리게 됨으로써, 불여의不如意한 세상, 거칠어지려 사나워지려는 심성을, 다독거려 순화해주고 정화해준 공덕! 그 공덕 적지 않았으니, 두견이는 진실로 이 땅의 '고운 마음 지킴이'기도 해왔음을 어찌 몰라주랴?

한때 농촌을 떠나 도시로 도시로 몰려들어, 그 가청권可聽圈(들을 수 있는 범위)에서 벗어난, 판자촌 사람들! 그 곱던 마음! (불여의한 도시 생활로 해서) 차츰 거칠어져갈 때, 누구에게서 순화되며 정화되랴? 이젠 도로 그리워지는, 아아, 너 두견이여! 두견이여!

배꽃에 달이 밝은 이 아닌 밤 두견이여!
한 가닥 애달픈 정, 너도 진정 알아서냐?
다정이 병이랴마는 잠들 수가 없구나!

두견이 우는 밤엔 떠오르는 임들 모습!
못 보낼 이별 없고, 못 견딜 슬픔 없어,
번번이 애끓였던 밤! 이 밤은 또 어쩔꼬?

잠들려 잠들려도 네 울음이 그지없다!
어쩌면 그 옛 임이 이다지도 그립다니?
두견아! 나는 어쩔거나? 나는 어쩔거나!

김상용

사랑이 거짓말이

사랑이 거짓말이[01] 님 날 사랑 거짓말이,
꿈에 와 뵈단 말이[02] 긔 더욱 거짓말이,
날같이 잠 아니 오면 어느 꿈에 뵈오리?

삼단논법三段論法 아닌, 사단논법四段論法도 같은, 고단수의 재담이나 만담을 듣는 듯, 듣는 이를 얼떨떨하게 하는, '부정＋부정＋부정⇒긍정3'의 기묘한 구문構文이다.

도대체, 사람이 사람을 사랑한다는 말! 그 말이 믿어지지 않는 것이, 임이 나를 사랑한다는 말, 그 말은 더구나 믿어지지 않는 것이, 사랑하는 사이라면 꿈에서라도 와 보이랑 가 보이랑 한다는 말은 더더구나 믿어지지 않는 것이; 왜냐하면, 나처럼 잠 아니 오는 처지고 보면, 어느 꿈에 임을 볼 수 있단 말인가?

---

01 거짓말이: 거짓말인 것이.
02 뵈단 말이: 보인다는 말이.

초장·중장에서 반복법 점층법으로 한껏 '사랑을 부정해놓고는', 종장에선 반전법反轉法으로 급전직하急轉直下, 잠 못 드는 자신의 탓으로 돌림으로써, 앞에서의 삼중 부정이, 일거에 '긍정의 3제곱으로' 덩그렇게 살아나게 하는, 그 독특한 조사措辭가 기발하지 않은가?

임 그리운 애달픈 심사! 그 오죽이나 하였으면, 잠 못 드는 긴 긴 밤을 뒤척이다 뒤척이다 말고, 한 가닥 짜증스럽게 내뱉어버린 '역정逆情'이라 할 것이다.
잠이 와야 꿈을 꾸고, 꿈을 꿔야 임을 보든 말든 할 터인데, '그리움'과 '잠 못 듦'의 이 천연의 배리背理를 원망한들 무엇 하랴?

앉았은들 임이 오나? 누웠은들 잠이 오나?
잠이 와야 꿈을 꾸고, 꿈을 꿔야 임을 보지.
어쩌타! 그 많던 잠도 임과 함께 날 떠났네!

궂은비 오는 이 밤! 임인들 잠이 오랴?
경경한 영혼들이 천 리 밤길 넘나들며
인생을 앓고 있거니, 이별은 저주咀呪여라!

가노라 삼각산아

> 가노라 삼각산아 다시 보자 한강수야!
> 고국산천故國山川을 떠나고자 하랴마는,
> 시절時節이 하 수상殊常하니 올동말동하여라!

산천과의 이별이다. 적국으로 끌려가고 있는 이 길! 다시는 돌아오지 못할 불귀의 몸이 되기 십상일 이 이별! 산천과의 이별보다 더 절박한 가족 친지와의 이별은 차라리 입을 열 수조차 없어 다물어버린 채다. 지정무문至情無文(지극한 정감에는 차라리 말문이 막혀 글로도 나타낼 수가 없다는 뜻)이라, 떠나는 길 서울을 벗어나면서 다만 부치는 산천에의 이 이별 뒤편에, 정작으로 가리어 있는, 가족 친지와의 단장의 이별의 정을 행간行間에서 읽을 것이다.

지은이는 우의정을 지낸 김상용의 아우이며, 당시 예조판서로서 청과의 화의를 반대한, 주전파主戰派요, 척화파斥和派의 우두머

리로 지목되어 있는데다, 명나라를 치기 위한 청나라의 출병 요
청을 반대하다, 청나라로 잡혀가는 길의 탄식이다.

임란 칠 년 거덜 난 터에 병자호란 또 당타니?
침략 근성 남북 이웃 수없이 당하면서,
어이타! 국방은 않고 하늘만 쳐다본고?

'십만 양병설'을 파쟁으로 묵살하고,
공리공론으로 쇄국정책 고수하다
한말의 일제 원수에 송두리째 내주다니?

이화우 흩날릴 제

이화우梨花雨[01] 흩날릴 제[02] 울며 잡고[03] 이별한 임
추풍낙엽秋風落葉[04]에 저도 나를 생각는지
천 리에 외로운 꿈만 오락가락하노매.[05]

이별의 한恨을 품고 사는 사람에게야, 어느 계절인들 그러하지
않으랴마는, 그중에도 가을은 더욱 애타게 하고, 한결 못 견디게
하는, 그리움의 계절이다. 매창의 작품도 그 한 예다.

이매창李梅窓(1573~1610)은 선조 때 부안의 명기이자, 빼어난 여
류 시인이다. 이름은 계생癸生이요, 자는 천향天香, 매창梅窓은 그
의 호요, 계랑桂娘으로 애칭되기도 했다.

---

01 이화우: 비 뿌리듯 흩날리는 배꽃의 낙화.
02 흩날릴 제: 흩어져 날릴 때.
03 울며 잡고: 울며 소매를 붙잡고.
04 추풍낙엽: 가을바람에 떨어지는 나뭇잎.
05 하노매: '하노매라'의 준 꼴, 하는구나!

그녀는 당대의 대문사였던 허균과의 교분도 있었으나, 학자요 시인인 촌은村隱 유희경劉希慶(1545~1636)과의 정을 오매에 잊지 못해했다.

그녀는 촌은이 서울로 돌아간 후에도, 내내 그를 사모하여 수절하다, 38세로 요절한 정한情恨의 여인이다.

이외에도 촌은을 그리워한 여러 수의 시가 있다. 그녀는 한시에도 능하여 주옥같은 57수의 한시가 《매창집》에 전해온다. 위의 시조는 1974년 부안에 세운 '이매창 시비詩碑'에 새겨진 그녀의 대표작이다.

울며 부여잡고 차마 놓지 못하는 소맷자락! 그예 뿌리치고 떠나가는 임! 눈보라치듯 배꽃 꽃보라(꽃잎들이 '눈보라' 처럼, '물보라' 처럼, 어지럽게 휘날리는 모양) 어지럽게 휘날리는 속을, 백마에 채찍을 갈겨, 꽃잎들이랑 얼기설기 가마아득히 사라져가던 임의 뒷그림자……! 이 가을 들면서 '저'도 나를 그리워하고 있음인가? 밤마다 그가 와 보이는 꿈, 내가 가 보이는 꿈들이 부쩍 잦아지고 있다.

중장 끝 구에 '저도 나를 생각는지'라 했다. '임도', 또는 '그도'라 할 자리를, 하필이면 홀대하듯 '저도 나를 생각는지'로 한 '저'를 음미해보라. '저'는 삼인칭으로서는 하대하는 말이다. 그렇다면, 그 떠날 때의 야속하게 느껴졌던 꽁한 감정이 아직도 덜 가셨기 때문인가? 아니다. 오히려, 그에 대한 더 친압해진 말투! —오히려 스물여덟 나이 차를 무시해버린, '이불 속의 맞수' 그대로 불러보고픈 충동! 또는 어리광이라도 부려보고, 투정이라도 부려보고 싶은, 몽상적인 현장감 분위기에서 무심중 튀어나온 그 한마디! '그도'도 '임도'도 아닌, '저도'의, 이 고혹적인 한마디가, 이 작품의 중앙에 위치하여 전편을 압도하고 있다. 참으로 신묘

하지 않은가? 말의 쓰임새란!

촌은도 그녀를 못 잊어 애가 끊이곤 하였으니;

그대 집은 부안이요, 내 집은 서울이라,
그리워도 볼 수 없고 소식마저 감감하니,
오동에 비 뿌릴 제면 애간장만 끊이어라!　　　　원문 406쪽

매창도 그를 그리는 여러 수의 한시가 있는 중, 몇 수를 들어
보면;

봄바람에 꽃잎들은 어디 없이 휘날리고,
거문고 상사곡 굽이굽이 애끓일 뿐,
그리운 그 님은 여태 어이 이리 못 오시나?　　　원문 406쪽

꽃이 지는 봄날이면 더욱 못 견디게 그리워지는 그 심사 풀 길
이 없어, 거문고로 '상사곡' 한 가락 미친 듯 뜯고 나도, 그 님은
여전히 없고, 서울 새 사랑에 볼모로 잡혔는가? 슬그머니 샘도
나는, 이 아쉬움! 아쉬움……!

얼룩진 화장으로 주렴도 안 걷은 채,
새소리 요란한 속 '상사곡' 뜯고 나니,
꽃 지는 봄바람 타고 제비 한 쌍 비꼈어라!　　　원문 406쪽

봄 아침이다. 대밭집이라 새소리가 요란하다. 주렴도 안 걷은
채, 눈물 질금거려 얼룩진 화장 그대로 상사곡 한 가락 거문고로

다정도 병인 양하여

뜯고 나서 문을 열치니; 봄바람에 제비 한 쌍 낙화랑 함께 둥실 하늘을 비껴 날고 있다. 그리워 애만 태우던 이 봄도 이제 덧없이 가는 가운데, 그 이별 없는 쌍제비의 다정함이 부럽기만 하다.

비 온 뒤의 서늘바람 처마엔 달 밝은데,
귀뚜라미 울어 새는 한밤 내내 골방에선
답답한 가슴을 치듯 다듬이질 끝이 없다.　　　원문 406쪽

답답한 하고한 심사 풀 길이 없어, 주먹으로 제 가슴을 치고 치듯, 방망이로 치고 치는 다듬이질! 밤을 새우고 있는, 가엾은 여심女心이다.

'그리움!' 그것은 그 자체 '달착지근한 아름다움'이기도 하다. 심해의 진주조개 달빛이 하 그리워, 그 '그리움'이 가슴속 못〔病核〕이 되어, '보름'만큼 자라 자라 진주로 굵어간다듯이―.

그러나 우리 현대인들은 이미 '그리움'이 아름다움으로 숙성熟成될 수 없는 시대에 살고 있다. 사진 있어, 녹음 있어, 동영상 있어, 전화 있어, 휴대폰 있어 영상전화도 할 수 있고, 인터넷에 의한 사이버 공간에서의 만남도 쉽게 할 수 있는 세상! 정 못 견디면 각종 차 있어, 비행기 있어, 숙성도 되기 전에 해소해버리게 되니, 어느 겨를에 깊숙한 '그리움'의 참맛으로 익어갈 수 있겠는가?

그리도 애타게 그리다가, 그 정한情恨 품은 채로 요절夭折(젊어서 죽음)한 매창의 그 '애달픔'이야, 요새 잣대로 어찌 짐작이나 할 수 있으랴?

다만 그녀의 사리舍利처럼 남아 있는 시편들! 그 수수首首 편편片片이야말로 글자마다 알알이 영롱한 진주가 아니던가?

113

그리움

배꽃 꽃보라 속 휩쓸리듯 떠나간 임!
가을바람 지는 잎에 '저'도 나를 생각는지,
밤마다 천 리 먼 길을 와 보이랑…… 가 보이랑……!

차마 어이하리? 그리운 정 어이하리?
절절이 그리운 정! 목 타고 애 타는 맘!
그 정한 가슴애 품은 채로 무덤에 들 줄이야!

고운 살결이야 그 진작 해어지고,
백골도 흙이 되어 가뭇없이 됐으련만,
여태도 그 정한만은 흩어지지 못했을 듯…….

어져!
내 일이여!

어져!01 내 일이여!02 그릴 줄03을 모르던가?
있으라 하더면 가랴마는 제 구태여04
보내고 그리는 정은 나도 몰라 하노라!

짧은 '평시조' 형식이나, 내용인즉, 첩첩한 겹뜻[重義語]으로 겹
겹이 짜여 있어, 제대로 다 펴놓으면 얼마나 길지? 어디 한번 펴
볼거나!

01어져!: 아아! 감탄사.
02내 일이여!: '아, 내 신세여!' 또는 '아, 내 팔자여!' 하는 자탄自歎의 뜻과, '아, 내 하는 짓[處事]이라니?' 곧
  '내 일 처리함의 옹졸함이라니?' 하는 한탄과의 겹뜻[重意].
03그릴 줄: '그렇게 (가버리게) 될 줄'의 뜻과, '그리워지게 될 줄'의 뜻의 겹뜻.
04제 구태여: 중장 종장의 중간에 위치하여, 위아래로 상관하는 수사법으로, 위로는 도치법倒置法에 의하여
  '그이가 구태여 가랴마는'의 뜻이 되고, 아래로는 '내가 구태여 보내놓고'의 뜻이 되게 한 것. 더구나 '제
  구태여'의 '제'는 '그이'(3인칭)와 '나'(1인칭)의 겹뜻으로 쓰였으니 더욱 묘하다.

〔아! 내 팔자야! 내 이 우둔한 처사處事(일을 처리하는 꼴)라니? 내 눈 내가 찌른 것이 아니던가? 붙들지 않는다고 그이가 그렇게도 훌쩍 떠나버릴 줄을 내 어찌 진작 몰랐으며, 떠나자마자 이내 이렇게도 간절하게 그리워질 줄을, 그 순간엔 어찌 그리도 몰랐더란 말이던고?

'제발 가지 마오!' 소매라도 잡았던들, 그이가 구태여 고집스레 갔으랴만, 나도 그 순간 속마음으로, '내 맘 한번 떠보려고 우정 해보는 소리려니—', 이럴 땐 '갈 테면 가라지!' 하는 태도로 한번 버텨야지, 호락호락 말려들면 이후에도 버릇 될라? 붙들지 않는다고 설마 나를 두고 그가 가랴? 내 구태여 배짱부리다가, 막상 저렇게 휑하니 떠나버리고 나니, 이게 뭐야? 이렇게 본의 아니게도 내 짐짓 그 임을 보내놓고는, 이제 와서야 이렇듯 사무치게 그리워질 줄을, 그 진작 어이 그리도 짐작하지 못했더란 말이던고? 아! 아방신아! 아방신아!〕

풀어놓고 보니, 이렇게도 굽이굽이 긴긴 사연이 아닌가? 이리도 긴긴 속사연을, 팽팽히 고압으로 압축하여 감동의 탄력체로 만들어낸, 그녀의 언어 조작의 솜씨야말로, 그 진정 귀재鬼才가 아니고 무엇이랴?

'시詩'란, 이런 거란 듯—, '쌀에 뉘나 돌이 섞여 있지 않게, 일淘고 또 일고, 조형물에 군더더기가 붙어 있지 않게, 깎고 깎고 또 깎아내어, 갈고 갈고 닦고 닦아 허울 다 털어버린, 알맹이만의, 높은 밀도로 팽팽히 응축시킨, 감동의 탄력체'란 듯, 마치 그 표본작標本作으로 보여줌이기도 한 것 같지 않은가?

다정도 병인 양하여

아. 아방신아![05] 이렇게도 그리울 줄 왜 진작 몰랐던고?
'가지 마오' 잡았던들 임이 굳이 갔으랴만,
내 짐짓 배짱부리다 놓쳐버린 내 임이여!   엇시조

붙들지 않는다고 가는 임도 야속해라!
설마 하다가 설마에 내가 우네.
"임이여! '도셔오쇼셔!'[06] 다시는 안 그럴게!"

그
리
움

---

05 아방신아!: 79쪽 주석 참조.
06 도셔오쇼셔: 돌아서 오소서. 고려가요 〈가시리〉의 일절 '설온 님 보내압노니 가시는 듯 도셔오쇼셔.'

산은 옛 산이로되

산은 옛 산이로되 물은 옛 물 아니로다.
주야로 흐르니 옛 물이 있을 소냐?
인걸人傑[01]도 물과 같도다! 가고 아니 오도다.

폐허가 되어버린 송도의, 지금은 다 가고 없는 인걸들! 그녀의 한시 〈만월대회고滿月臺懷古〉의 시정과도 통해 있다.

송악산은 예런듯 푸르다만, 그 골짜기를 굽이굽이 흐르는 물은, 잠시도 쉬지 않고 흘러만 가고 있다. 그 흘러가는 꼬리를 물고, 끊임없이 새 물이 새 물이 연달아 흐르고들 있는 가운데, 보고 있던 물은 필경 아득히 멀어져 가버리고, 다시는 돌아오지 못한다. 저 한때의 뛰어난 이 땅의 인물들도, 그 얼마나 많은 이야기들을 남겨놓고는, 영영 가뭇없이 흘러가버리고 만 것이랴?

---

01 인걸: 뛰어난 인물. 영웅호걸.

임중환林重桓의 시조를 함께 차려보자.

산아! 물어보자. 고금사古今事[02]를 네 알리라.
　영웅호걸英雄豪傑 몇몇이며 절대가인絕代佳人[03] 누구런고?[04]
　저 산이 문이부답問而不答[05]하고 청이불문聽而不聞[06]하더라!

　만고불변 한자리를 지켜, 이 땅에 일어났던 고금의 인간사를
샅샅이 보아온 저 산에다 물어본다. "이 땅에 왔다간 고금의 영
웅호걸은 몇몇이며, 절대가인은 누구누구였더냐?"고, 그러나 산
은 듣고도 못 들은 체 대답을 주지 아니한다. 산이 저럴진댄 알아
볼 데가 다시없다. 필경 인물도 흘러가버린 물이랑 같아, 아득히
잊혀지게 마련이란 탄식이다.
　내, 진랑眞娘[07]에 한 수 부치노니;

"자신은 청산이요, 가는 임은 녹수라"더니,*
　'산은 옛 산, 자신이요, 물은 옛 물, 임이라더니,
　진랑도 필경 물일레라! 가곤 아니 오노매라![08]

───────

02고금사: 옛일이나 오늘날의 일.
03절대가인: 한 세상에 둘도 없는 미인.
04누구런고: 누구누구이던고?
05문이부답: 물어도 대답하지 않음.
06청이불문: 듣고도 안 들은 척함.
07진랑眞娘: 황진이의 애칭.
08오노매라: '오는구나'의 옛스러운 영탄조.
＊ 초장은; 그녀의 시조, '청산靑山은 내 뜻이요, 녹수綠水는 임의 정이(273쪽)'에서요, 중장은; 그녀의 시조, '산
은 옛 산이로되, 물은 옛 물 아니로다(표제의 시조)'에서 각각 인용한 것이다.

마음이 어린 휘니

다정도 병인 양하여

> 마음이 어린[01] 휘니[02] 하는 일이 다 어리다.
> 만중운산萬重雲山[03]에 어느 임이 오랴마는
> 지는 잎[04] 부는 바람에 행여 귄가[05] 하노라!

　황진이는 빼어난 미모에 장한 시서詩書 음률音律로 일세를 풍미하는 여류 시인으로, 이미 널리 알려진 송도의 명기요, 서화담은 개성 성거산聖居山에 은거하여 일생을 진리 탐구에 몰두해 있는 학자다. 일찍이 진이가 《대학》을 배우러 화담의 은거처를 찾아가 열흘이나 한 방에 지냈건만, 끝내 제자를 더럽히려 하지 않았다. 그녀는 후에 말했다. "삼십 년 면벽수도面壁修道한 지족선사知足禪

---

01 어린: 어리석은.
02 휘니: 後後 ㅣ 니. 後後이니.
03 만중운산: 구름이 겹겹으로 둘러싼 산속.
04 지는 잎: 떨어지는 나뭇잎.
05 귄가: 그이인가?

師도 나로 해서 파계破戒(여색을 경계하는 불교 수도의 계율을 깸)했거니와 화담 선생만은 끝내 흐트러지지 않았으니, 선생이야말로 성인聖人이었다 술회하며, '서화담·황진이·박연폭포를 송도삼절松都三絶'이라 자천自薦(스스로 자신을 추천함)했다.

첩첩산중 단칸 초가에 살면서도 사제의 의리를 지켜 끝내 더럽히지 아니하고 참아온 화담 선생! 그러나 지루한 이 가을밤, 바람 소리 낙엽 소리를 인기척으로 환청幻聽할 만큼, 진이를 그리워하고 있다니, 역시 화담도 또한 사람은 사람이라, 미인을 곁에 두고, 그 얼마나 다치지 않으려고, 아프게 참아 견디며 애태웠던 것이었으랴? 그 애타던 정염情炎! 늙어서도 시들지 아니함을 스스로도 민망히 여겨 다음과 같이 읊기도 했던 화담이다.

마음아! 너는 어이 매양에 젊었느냐?
내 늙을 적이면 넨들 아니 늙을소냐?
아마도 너 쫓아다니다간 남 웃길까 하노라! 153쪽에도 나옴

육체를 떠난 마음의 연정! 가사 이 밤에 그녀가 온다 해도, 역시 전과 다를 바 없었으련만, 마음만으로 사랑하는 '육신을 초월한 순결의 애정!' 그런 알뜰한 애정이 화담과 진이 사이에 실존했다니, 진실로 이 어찌 성스럽기까지 하지 않으랴?

한번은 진이가 나귀를 타고 선생 문전을 지나는데, 선생이 문 앞에 서서 바라보다가, 농담 삼아 시 한 구를 불렀더니, 진이는 응구첩대應口輒對(말 끝나자마자 이내 대답함)로 화답시和答詩를 불러, 다음과 같이 한 수의 오언절구五言絶句를 선 자리에서 완성시켰다

는 이야기도 전해온다.

心逐紅粧去 내 마음은 미인 따라 진작 떠나가고
身空徒倚門 텅 빈 몸뚱이만 문에 기대 서 있노라!

화담이 이렇게 운을 떼자,

驢嗔疑我重 나귀가 짐 무겁다 투덜거려 쌓더니만
添載一人魂 그럼 그렇지! 한 분의 넋이 덧실려 있었군요.

진이가 즉석에서 이렇게 화답했다.

진이의 시재詩才가 얼마나 민첩한가를 보여준 한 삽화揷話거니와, 그 두 틈 사이에 얼마나 순수한 사랑의 감정이 지속적으로 흐르고 있어왔던가를 말해주고도 있는 것이 아니겠는가?

무지막지 꿈틀거리며 몸부림치는 육체의 무모한 생리生理ㄹ랑 아프게 아프게 인내로 억누르면서, 오직 영적靈的으로만 교류하는 그지없는 애정이야말로, 한편 성스럽기까지 하다 해도 과언은 아닐 것이다.

그것은, 육체를 배제排除한, 순수한 정情의 세계! 이 세상이 아닌, 초현실적인 '순수한 정혼精魂'의 세계의 일일 것 같다.

어쩌면 발전기發電機의 원리인 양도 하다 하랴? N·S 양극 사이를 아무리 돌고 돌아도 살이 맞닿아 밀착되지 못하는, 그 간발間髮의 간극間隙이, 그리도 애달프기만 한 그리움으로 인력引力하여, 영원히 회전을 해도 영원히 닿지 못하는, 그러나 단념하지 못하는, 숙명적인 그 애달픈 '그리움'이, 필경 차원을 달리한 '전기'란

다정도 병인 양하여

현상으로 나타나듯; '그리움'의 영원한 재생산再生産인, 순수한
정情의 현상!

두 틈 사이 간절한 정! 애달픈 인력引力이여!
견디어 견디어 참는, 육을 떠난 영의 사랑!
간발이 천 리인 양한 사무치는 그 그리움!

정과 정 인력하여 간발로 다갔어도,
애달픈 두 틈 사이 지척이 천 리런가,
영원한 그리움이여! 간절한 에로스여!

화작작
범나비 쌍쌍

다정도 병인 양하여

> 화작작花灼灼[01] 범나비 쌍쌍雙雙[02] 유청청柳青青[03] 꾀꼬리 쌍쌍
> 날짐승 길짐승 다 쌍쌍 하다마는
> 어찌타 이내 몸은 혼자 쌍雙이 없는고?
>
> 정철
>
> 어화 조물造物[04]이여! 고르지도 아니할사!
> 제비 쌍쌍 나비 쌍쌍 비취翡翠[05] 원앙鴛鴦[06]이 다 쌍쌍 하다마는
> 어찌타! 가엾은 나만 독숙공방獨宿空房[07] 하느니?
>
> 실명씨

봄은 외로운 이를 더욱 외롭게 하는 '잔인한 계절'인가? 만물
은 소생하여, 꽃도 잎도 나비도 꾀꼬리도, 삶의 즐거움을 춤추며

---

01 화작작: 꽃은 불타듯 붉어 있고
02 쌍쌍: 암수 둘둘 짝을 지어.
03 유청청: 버들은 푸르디푸른데.
04 조물: 천지 만물을 창조하고 주재한다는 가상의 존재.
05 비취: 물총새.
06 원앙: 원앙새.
07 독숙공방: 홀로 빈 방에 짝 없이 잠을 잠.

노래하며, 저리도 요란스럽게 사랑타령에 날이 새고 날이 저물건
만, 인생은 귀불귀歸不歸라, 짝 잃은 외로운 심사 달랠 길이 없는
중에, 어쩌면 저 미물들은 면전面前에서, '야! 용용' 약 올리듯, 욜
랑욜랑 촐싹거리기도 하는 것이랴? 봄은 오히려 외로운 이를 따
돌리는, 잔인하고 몰인정沒人情한, 그런 계절인 것도 같다.

　첫 수의 작자인 송강의 다음 시조를 또 보라.

　길 위의 두 돌부처 벗고 굶고 마주 서서
　바람비 눈서리를 맞도록 맞을망정
　인간에 이별 없으니 그를 좋아하노라.　　　　정철(151쪽에도 나옴)

　무덤 앞에 마주 보고 서 있는 석옹중石翁仲(돌사람)을 부부로 간
주하여; 그 악천후 속, 헐벗고 굶주려도, 언제나 이별 없이 함께
있는 것이, 오죽이나 부러웠으면 하는 감탄이랴?

　가락지 짝을 잃고, 네 홀로 날 따르니,
　네, 네 짝 찾을 제면, 나도 임을 보련마는,
　짝 잃고 그리는 양이야 너나 나나 다르랴?　　　　실명씨

　짝 잃은 쌍가락지에 기탁한 동병상련同病相憐이다.

　타는 듯 붉은 꽃에 범나비 쌍쌍 날고,
　푸른 실버들엔 꾀꼬리도 쌍쌍인데,

어쩌타! 나만 이 홀로 쌍이 없는 외톨인고?

이봐 벗님네야! 쌍일 적에 아끼려마!
그 아니면 내가 먼저, 내 아니면 그가 먼저,
언젠간 떠나고 나면 외돌토리 될 수밖에……!

죽어 잇어야 하랴?

죽어 잇어야 하랴? 살아서 그려야 하랴?[01]
죽어 잊기도 어렵고, 살아 그리기도 어려웨라!
저 임이! 한 말씀만 하소라 보자.[02] 사생결단[03]하리라.

얼핏 보면 '죽고 못 사는 사이' 같으나, 아마도 일방적으로 떼를 쓰는 짝사랑인 것 같다. 자신은 속이 달아 죽을 지경인데, 상대방은 멀뚱멀뚱 반응이 없으니, 가부간可否間 한마디, "사랑한다", "안 한다" 대답이라도 하라고 윽박지르며 조아든다. 사생결단을 하겠다니, 매우 곤혹스러운 피곤한 상대가 아니랴?

다음 시조들은 순 일방적으로 사모하다, 사생의 책임을 상대방에 걸고넘어지는, 상사병 환자의 말기 현상이라 할 만하다.

01그려야 하랴? : 그리워해야 하겠느냐?
02하소라 보자 : '해라 보자'의 경어조. 시종 입 다물고 있으니 속 답답하다며, 가부간 한마디 하라며, 악다구니 쓰듯 대들며 다그치는 말.
03사생결단死生決斷 : 죽든지 살든지 끝장을 내겠다는 말.

사람이 사람 그려 사람 하나 죽게 되니
사람이 사람이면 설마 사람 죽게 하랴?
사람아! 사람 살려라. 사람 우선 살고 보자.　　　　　실명씨

바람 불어 쓰러진 낡이 비 온다고 싹이 나며
임 그려 든 병이 약 먹다 나을 손가?
저 임아! 널로 든 병이니 네 고칠까 하노라.　　　　　실명씨

'사람'이 도합 아홉 번이나 거듭된 운율의 멋이며 재치 있는 작
품이기는 하나, 이 또한 상사병으로 '나 죽네, 나 죽네' 하며, 상대
자에게 책임 지우듯 떼를 쓰는 부담스럽고 피곤한 상대인 듯하다.

어져! 네로구나. 날 속이던 네로구나!
성한 날 병들여놓고 날 속이던 네로구나!
아마도 널로 든 병은 네 고칠까 하노라.　　　　　실명씨

무슨 일시적 계략으로 한때를 모면했던 상대인 듯하나, 또한
피곤하기는 마찬가지다.
　이에 비하면 다음 작자는, 연모戀慕하는 마음의 괴로움이 얼마
만 한가를 상대에게도 체험하게 함으로써, 자신의 절절한 애정을
인정받고 싶어 하는, 다분히 자기희생적인 논리이기는 하나, 역
시 부담스럽기는 마찬가지라 하겠다.

보거든 슬밉거나,04 못 보거든 잊히거나,
네 나지 말거나, 내 너를 모르거나,

차라리 내 먼저 싀어져[05] 네 그립게 하리라.　　　　　　실명씨

그러나, 다음 작품들은 참사랑의 남녀가 물리적으로 격리되어 겪게 되는, 그 그리움! 그것은 견뎌낼 수 없는 고통임을, 후생에 걸어서라도, 상대자에게 알게 하려는 알뜰함이다.

우리 둘이 후생後生하여[06] 너 나 되고 나 너 되어
너 그려[07] 긋던 애를[08] 너도 날 그려 끊쳐보렴![09]
이생에 내 설어하던 줄을 너도 알까 하노라.　　　　실명씨

이는, 제주 유배지에서 아내의 부보訃報[10]를 받은 추사 김정희의 한시와 상통한 데가 많다.

내세來世엔 우리 부처夫妻 처지를 바꿔 나서
내 죽고 그대 살아 천 리 밖 배소配所[11]에서
이 마음 이리 슬픔을 그대 알게 하고지고!　　　　원문 407쪽

임 그려 얻은 병을 약으로 고칠 손가?[12]
한숨이야 눈물이야 오매寤寐[13]에 맺혔세라![14]
일신이 죽지 못한 전엔 못 잊을까 하노라!　　　　김수장

---

04 슬밉거나: 싫고 밉거나.
05 싀어져: 죽어져.
06 후생하여: 뒷세상에 태어나서.
07 그려: 그리워하여.
08 긋던 애를: 끊어지던 창자를. 애 끊어지던 마음을.
09 끊쳐보렴: 끊어져 보려무나.
10 부보: 죽음을 알리는 편지. 부고.
11 배소: 귀양살이하는 곳, 유배지流配地.

'그리움'이란, 그린(이별한) 뒤에 오게 마련인 '이별의 후유증'이다. 그것은 온몸으로 앓는 고통이기도 한 한편, 일말의 달착지근한 애상이기도 하여, 인생을 안으로 안으로 성찰하여, 때로 오만해지려거나 완악해지려는 마음을 부드럽게 제어해주는 아름다운 일면도 없지 않다.

두 사람이 '그리움'의 마음 끝[심서心緒]을 서로 놓지 않고 단단히 붙들고 있노라면, 내 임을 그리워 못 견뎌하는 때면, 임도 날 그리워 못 견뎌하는 때라, 이심전심으로 감응感應하는 두 가슴에 동시 섬광閃光하는 불꽃의 짜릿함은 또한 귀한 느꺼움이리니 꿈엔들 못 만나랴?

다정도 병인 양하여

임 여윈 아픈 마음! 못 잊히는 절절한 정!
내 임 그리울 젠, 임도 날 그리움을
저 달이 다리를 놓아 자상히도 알러라!

또한 심해의 진주조개 달빛이 하 그리워, 그 '그리움'이 가슴속 '못'이 되어, 밤마다 그리운 눈물만큼 진주알로 커간다는 전설처럼—,

심해의 진주조개 달빛이 하 그리워
그리움! '못'이 되어 가슴속 진주로 자라,
알뜰한 진주 알맹이 보름달로 둥글어라!

12고칠손가? : 고칠 것인가?
13오매 : 자나 깨나, 지나 새나.
14맺혔세라 : 맺혔도다. 풀리지 않는다는 뜻.

그리워 하 그리워 가슴속에 박혀진 못[15]
그 못 보듬어 진주로 길러내어
우리 임 돌아오는 날 진주방석에 앉혀보리!

　그러나 그 차마 견딜 수 없는 그리움도 필경은 조만간 잊혀지
게 마련인 것이 인간 생리의 속성이기도 하다. 백 년도 못 되는
우리네 삶이지만, 생별이든 사별이든 얼마나 많은 이별을 겪으며
간장이 찢어지는 슬픔을 겪으면서 살아오는 것이랴? 그러나 그
슬픔의 곱이곱이도 필경은 견뎌내고 평상으로 돌아오게 마련이
니, 그것은 '잊음'이란 거룩한 생리작용의 덕분이 아닐 수 없다.
　김소월은 이를 꿰뚫어 보았다. 세월이 약이란 것을—.

못 잊어 생각이 나겠지요.
그런대로 세월만 가라시구려!
사노라면 더러는 잊히리다.

못 잊어 생각이 나겠지요.
그런대로 한세상 지내시구려!
사노라면 잊힐 날 있으리다.

　사람 마음이란 이리도 간사하고 건망증도 심한 것이랴? 오래
살다 보니 죽어 이별, 살아 이별 수없이 겪으면서, 그때마다 단장
斷腸의 슬픔을 겪곤 하였건만, 세월이 약이런가? 상처에 새살 돋
듯, 평상으로 돌아오다니? 이 또한 자가 치유自家治癒의 생리 현

---

15 못[釘]: 병핵病核. 마음에 입은 깊은 상처가 '병의 씨앗'이 되어 굵어간다는 뜻.

상이려니? 고맙고도 허무해라!

못 헤어질 이별 없고, 못 견딜 슬픔도 없어,
그때그때마다 창자가 끊였건만,
어찌타! 내 이리도 여태 살아 있음이여!

오백 년 도읍지를

길재 외

오백 년 도읍지都邑地를 필마匹馬[01]로 돌아드니
산천은 의구依舊[02]하되 인걸은 간 데 없네.
어즈버[03] 태평연월太平烟月[04]이 꿈이런가 하노라!   길재

흥망興亡이 유수有數하니[05] 만월대滿月臺도 추초秋草로다.
오백 년 왕업王業[06]이 목적牧笛[07]에 부쳤으니
석양에 지나는 손이 눈물 겨워하노라.   원천석

선인교 나린 물이 자하동에 흐르르니[08]
반천년 왕업이 물소리뿐이로다.
아희야 고국古國 흥망興亡을 물어 무엇 하리요?   정도전

폐허가 된 옛 서울 송도松都에 들러본, 고려高麗 유신遺臣들의
감개다.

반천년 도읍지로, 번화를 자랑하던 송도松都(開城)! 지금은 풀피리 소리나 처량하게 들려오는 쓸쓸한 폐허! 한때 고관으로 지내왔던 옛 추억! 모두가 한바탕의 꿈이었던 듯—.

위의 작품들에서 한 구씩 집구集句(남의 글을 일부분씩 따 모아 이루는 시)하여 한 마리 이루어 보노니;

오백 년 왕업이 목적에 부쳐 있고,
화려턴 지난 자취 물소리뿐이로다!
어찌타! 태평연월이 꿈이런 듯하여라!

그 후 다시 '반천년'의 조선왕조도 끝이 나고, 수치스런 왜정을 거쳐, 2차 세계대전 후의, 독립의 기쁨도 잠시 잠깐! 동족끼리 원수 되어, 무지막지 피 흘린 남북 전쟁 치르고 난 보람도 없이, 또다시 그어진 휴전선에 총칼 겨눠 마주선 지, 그도 또한 반세기가 지난 오늘날은 어떠한가?

비운의 천년 고도 잡초 엉긴 묵은 터에,
즐비한 공단 시설 기계 소리 망치 소리!

01필마: 한 필의 말.
02의구: 옛날 같음.
03어즈버: 감탄사. 애!
04태평연월: 평화롭던 세월.
05흥망이 유수하니: 흥하고 망하는 것이 운수(운명)에 매여 있으니.
06왕업: 임금들이 일궈놓은 업적.
07목적: 목동의 피리 소리.
08흐르니: '흐르니'를 운율에 맞추려고 '으'를 더하여 장음되게 한 것. ※ 한 음보音步에 2,4, 3,4. 4,4 등은 어울리지마는 4,2 4,3 등 위의 음수音數보다 아래 음수가 적은 것은 어울리지 않기 때문.

날마다 휴전선 넘나드는 자동차 소리! 기차 소리!

이산가족 관광 행차 왕래 더욱 잦아지고,
이 길로 막힌 숨통 트이는가 하던 차에
또다시 문 닫아걸며 원수 되자 하다니?

남의 손에 그어진 선線 우리끼리 못 지우고,
원한의 38선에 흘린 피가 그 얼만데,
또다시 형제를 겨눠 핵무기에 목매다니?

포악한 아우라도 갚으면[09] 놀부 되리?
정으로 다독거려 형 할 일랑 다할 것이,
언젠간 동독을 배워[10] 굽혀 올 날 있으려니―.

09 갚으면 : 맞서면, 적대시敵對視하면.
10 동독東獨을 배워 : 동독의 디 메제이로 총리가 동서독 통합에 서명해오듯.

가더니 잊은 양하여

다정도 병인 양하여

가더니 잊은 양하여 꿈에도 아니 뵌다.
설마 임이야 그새 벌써 잊었으랴?
내 생각 아쉽다 보니 임의 탓을 삼노라.

　날 떼어놓고 기어이 그 먼 길 떠나가더니, '어쩜 꿈에라도 한
번 나타나지 않는다니?' 그새 벌써 날 잊어버린 탓이려니―, 섭
섭하고 야속하여 임의 탓을 해보다가, 이내 그 '탓' 부랴부랴 문
질러 꺼버리고, 자기 탓으로 돌리고 만다. 그 전환 순간의 애달픈
심사! 끝내 임에게 불신의 멍에를 씌우고 싶지 않은 거기, 임을
아끼는, 얼마나 알뜰하고도 간절한 정이, 뿌리 깊이 자리하고 있
는가를 볼 것이다.

날 두고 떠나간 임, 근들 오죽 맘 아프랴?
꿈에 뵈지 않음이야 내 탓이지 임 탓이랴?
멀고 먼 낯선 땅에서 그 얼마나 쓸쓸하리?

바다 두고 맹세했던 우리 둘의 깊은 정은,
바다 가슴 깊은 속에 '그리움'으로 묻어두고,
그리움! 진주로 자라 보름달로 둥글이라!

쓴 나물 데온 물이

쓴 나물[01] 데온 물[02]이 고기도곤[03] 맛이 이세.[04]
초가草家 좁은 것이 긔 더욱 내 분分[05]이라
다만당[06] 임 그린 탓으로 시름계워하노라.[07]

쫓겨난 신세라, 좁은 초가집에서 나물 먹고 물 마시고 구차하게 살고 있어도, 그것이 내 처지와 내 분수에 맞는다 생각하니, 불만함이 전혀 없다마는, 다만 임 이별한 탓으로, 언제나 임이 그리워 못살겠다는; 소위 '충신연군지사忠臣戀君之辭(충신이 임금을 그리워하는 노래)'다.

01 쓴 나물: 맛이 쓴 산채.
02 데온 물: 따뜻하게 덥힌 물.
03 고기도곤: 고기보다.
04 맛이 이세: 맛이 있어이! 맛이 있네그려!
05 분: 분수. 분수에 적합하다는 뜻.
06 다만당: 다만. '당'은 종장 초구의 3음절을 만들기 위하여 넣은 강세의 군소리.
07 시름계워하노라: 시름을 이기지 못해 하노라.

쫓겨난 아내가 남편을 그리워하듯, 쫓겨난 신하가 임금을 '임 〔美人〕'이라 부르는, 가장 정감 어린 호칭呼稱으로 감동을 자아냈 던, 중국 전국시대 초楚나라의 충신 굴원屈原의 〈이소離騷〉, 〈사미 인思美人〉 등의 명문장 이래로, 중국은 물론, 우리나라에서도, 임 금에 아부하는 지나친 교언嬌言(교태 부리는 말)으로 치부되기와는 딴판으로, 임금에 대한 일종의 관습화된 미칭美稱인 양, 널리 또 오래 유행했던 말이다.

조정에서 쫓겨난 신하가, 임금의 소박맞은 아내로 자처하여, 멀리서 그 남편을 한없이 그리워하고 있다는, 같은 작자의 〈사미 인곡〉, 〈속미인곡〉도, 그 자신을 '쫓겨난 아내(각시)'로 자처하고 있지 않았던가? 이 세상에서 가장 애련哀戀한 정곡情曲이야, 이신 일체二身一體의 부부 사이보다 더한 것이 어디 또 있으랴? 스스로 아내로 자처하는 충신의, 그 임금을 남편으로 그리는 연모戀慕의 정은, 임금의 마음을 가장 애틋하게 움직이기에 족했으리라.

아무리 그렇다손 치더라도, 생살여탈生殺與奪의 권세를 휘두르 는 전제군주에 대한 '미인' 또는 '임'이란, 일종의 관습화된 미칭 임에도 아랑곳없이, 민주주의에 길들여진 현대인의 비위에는, 일 말의 매스꺼움과 징그러움을 어찌하지 못하리라 여겨진다.

위의 작품의 '임'이 만일, 곤룡포 입고 호령하는 전제군주가 아 닌, 치마 두른 임이거나, 베잠방이 걸친 임이었던들, 그 얼마나 잘 어울리랴?

나물 먹고 물 마시고 오두막에 살지라도,
우리 님과 함께라면 그 얼마나 살맛 나리?
아들딸 낳아 기르며 오순도순 꿈과 같이—.

실명씨

바람도 쉬어 넘는 고개

바람도 쉬어 넘는 고개, 구름이라도 쉬어 넘는 고개!
산진이⁰¹ 수진이⁰² 해동청海東靑⁰³ 보라매⁰⁴라도 다 쉬어 넘는
고봉高峰 장성령長城嶺 고개!⁰⁵
그 너머 임이 왔다 하면, 나는 아니 한 번도 쉬어 넘으리라.

사설시조

사설시조 형식의 이 작품의 내용을 평시조 가락으로 요약해
보면;

바람도 구름도 쉬어야 넘는 고개,
산진이 수진이도 쉬지 않곤 못 넘는 고개,

01산진이: 산에서 나서 오래 묵은 매.
02수진이: 사람의 손으로 길들인 매.
03해동청: 송골매.
04보라매: 새끼 매를 산 채로 잡아다 길들인 매.
05장성령 고개: 평안북도에 있는 산 이름.

그 넘어 임이 왔다 하면 내사 단숨에 넘으리라!

오매에 그리던 임! 일편단심 못 잊는 임!
임 기다려 살아온 몸! 못 보고는 못 죽는 몸!
재 넘어 그 님 왔다면야 난들 단숨에 못 넘으랴?

右夏雨謠

김상용 외

오동에 드는 빗발

오동에 드는 빗발[01] 무심히 듣건마는
내 시름 하니[02] 잎잎이 수성愁聲[03]이로다.
이후야 잎 넓은 나무를 심을 줄이 있으랴?

김상용

머귀닢[04] 디거야[05] 알와다[06] 가을인 줄을
세우청강細雨淸江[07]이 서느럽다[08] 밤기운이야[09]
천 리에 임 이별하고 잠 못 들어 하노라.

정철

오동나무 잎에 떨어지는 빗소리! 그것도 이미 유연성을 잃어가

---

01 드는 빗발: 떨어지는 빗줄기[雨脚].
02 하니: 많으니.
03 수성: 시름겨운 소리.
04 머귀닢: 오동잎.
05 디거야: 지고서야. 떨어지고서야.
06 알와다: 알겠도다.
07 세우청강: 가는 비 뿌리는 맑은 강.
08 서느럽다: 서늘하다. 서늘하구나!
09 밤기운이야: 밤의 분위기[夜氣]여! '이야'는 감탄 종결어미. ─이여!

고 있는 그 넓은 잎에, 후두둑후두둑 확성擴聲되는 가을비 소리! 그 소리는 평온한 가슴도 공연히 초조롭고 수란스럽게 뒤흔들어 놓기 일쑤이거늘, 하물며 시름 있는 사람에 있어서랴?

'일엽낙지 천하추一葉落知天下秋!' 오동잎 한 이파리 뚝 떨어짐 으로 해서, 온 세상이 이미 가을임을 문득 놀라 깨닫듯이, 가을은 누구에게나 뜻밖에 성큼 다가와 있는 듯 느껴지게 마련이다. 밤은 길고 귀뚜라미는 울어, 가신 임들이 그리워 잠 이루지 못하는 밤이 겹쳐지게도 된다.

아내를 여읜 이서우李瑞雨의 오동우梧桐雨를 들어보자.

이 님이 어디 간고? 등잔불만 가물가물!
가을비 잎 치는 소리 꿈 깨울 줄 알았더면,
창가에 벽오동나문 아예 심지 말았을 것을…….　　　　원문 407쪽

모처럼 꿈에 와준 그립던 아내 모습! 그러나 말도 채 나눠보지 못한 채, 꿈은 깨지고 말았다. 바깥은 오동잎에 확성되는 빗소리가 요란하다. 저 때문이야! 하 아쉬운 나머지, 빗소리 탓을 한다. 필경 철없고 분별없는 치졸한 푸념까지 낳게 된 것이다.

촌은 유희경이 부안에 있는 그의 애기愛妓 이매창을 그리워하여 부른;

그대 집은 부안이요, 내 집은 서울이라,
그리워도 볼 수 없고 소식마저 감감하니,
오동에 비 뿌릴 제면 애간장이 끊이어라!　　　　112쪽에도 나옴

연민·무상·시름

오동잎에 빗방울 떨어지는 소리! 그것은 그리운 이를 그립게 하는 촉매 구실을 하기에 족하다.

다음 작품을 또 보라.

뉘라서 내 자는 창밖에 벽오동을 심었던고?
월명月明 정반庭畔[10]에 영파사影婆娑[11]는 좋거니와
밤중만 굵은 빗소리에 애끊는 듯[12]하여라!   실명씨

내 이를 다시 시조 가락으로 부연해보노니;

그 뉘라 벽오동 심어, 휘영청 달밤이면, 넓은 소매 긴 옷자락,
너울너울 얼싸절싸, 한 마당 구성지게 춤사위를 펼치는고?
하나, 제발 한밤중에 빗소릴랑 내지 마라!
가뜩에 시름겨운 몸, 잠 못 들어 뒤칠세라!   엇시조

밝은 달밤이면, 그 넓은 옷자락 소맷자락 너울너울 덧보기 춤판을 벌이는 듯, 그 동영상은, 처용무處容舞가 저러했을까 싶게, 멋거리도 있거니와 신바람 나는 한 마당이 아닐 수 없다. 하나, 한밤중에 수란愁亂을 피워 시름 돋우는 빗소리만은 제발 사양한다.

한편 '벽오동!' 하면, 다음 시조를 떠올릴 만큼 봉황을 그리게 된다. 봉황은 자리를 가려 오동나무가 아니면 앉지를 아니하고, 대나무 열매가 아니면 먹지를 아니한다는, 상서로운 상상의 새

다정도 병인 양하여

10월명 정반: 달 밝은 뜰 가운데. 뜰 언저리.
11영파사: 춤추듯 너울거리는 그림자.
12애끊는 듯: 창자가 끊어지는 듯 슬픈 마음.

로, 봉鳳은 수요 황凰은 암이다.

> 벽오동 심은 뜻은 봉황[13]을 보렸더니,
> 내 심은 탓이런가[14] 기다려도 아니 오고,
> 무심한 일편명월一片明月[15]이 빈 가지에 걸렸세라![16]   **실명씨**

봉황을 만나려는 원대한 꿈을 품고 벽오동을 심었건만, 나 같은 박복한 사람이 심었기에 그런 건지, 저렇게 큰 나무로 정정하게 자랐건만, 봉황은 올 기척이 없고, 다만 무심한 반달만이 쓸쓸히 가지에 걸려 있을 뿐이다.

봉이 황을 만나듯, 황이 봉을 만나듯, 좋은 배필을 그리는 간절한 그 염원은, 아! 언제나 이루어지려는고?

송강도 아쉬워하여,

> 누 밖의[17] 푸른 오동! 봉황아! 아니 오는?[18]
> 무심한 조각달이 홀로 배회徘徊[19]하는 뜻은
> 언제나 봉황이 오면 놀아볼꼬 하노라!   **정철**

인생은 다 기다리는 맛에 산다. 누구나 아쉬움으로 미흡未洽한 현실을, 막연하나마 그 무엇인가로 채워지기를 기다리는 마음으

연인·무상·시름

13봉황: 대나무 열매를 먹고 벽오동 나무에 앉아 쉰다는 상서로운 가상의 새. 봉과 황은 행운의 새. 그리운 최상의 임.
14내 심은 탓이런가: (박복한) 내가 심었기 때문인가?
15일편명월: 한 조각 밝은 달.
16걸렸세라!: 걸려 있을 뿐이로구나!
17누 밖의: 누각의 바깥에 있는.
18봉황아! 아니 오는?: 봉황아! 너는 어찌하여 오지를 아니하느냐?
19배회: 어정거리며 거닒.

로 살고 있다. 기다려도 기다려도 백년하청百年河淸! 올 리 없는
봉황을 기다리듯!

　그러나, 비록 끝내 못 만나고 말았을지라도, 그것은 괜한 헛것
을 기다리다 속았다는 후회로 이어지기는커녕, 그 바로 '사는 보
람'이요, '사는 맛'이어서, 그 덕에 항상 아름다운 꿈으로 인생을
살아오게 된, 고마움으로 이어지게 마련이다.

　기다리다 어제는 가고, 오늘도 기다린다.
　내일로 이어지면 기다림도 이어지리?
　무엇을 기다리는지야 뉜들 어이 알리요?

　기다리다 기다리다 끝내 못 만나고
　못 감는 그 눈으로 떠난 인들 좀 많으랴?
　황홀한 그 만날 맛에 사는 보람 있었느니―.

다 정 도 병 인 양 하 여

정민교

간밤에 불던 바람

간밤에 불던 바람 만정滿庭 도화桃花[01] 다 지거다![02]
아이는 비를 들고 쓸으려[03] 하는고야![04]
낙화落花ㄴ들 꽃이 아니랴 쓸어 무삼 하리요?[05]

지난밤 잠결에 듣던 비바람 소리를 무심히 들었더니, 꽃비 한 마당 난장亂杖 치는 소리였을 줄이야! 피기 바쁘게 져버린 빈 가지들! 어차피 한 번은 겪어야 할 상춘傷春의 가슴앓이기는 하다손, 그 너무도 덧없는 꽃들의 요절에, 그저 어이없어할 뿐이다!

구태여 쓸려 마라! 꽃샘바람의 그 무지막지한 범행犯行의 현장을, 그대로 한 마당 '무상無常'으로 넣어두고, 봄을 앓는 타는 가슴에 술이나 한잔 들어붓고 싶구나!

---

01 만정 도화: 뜰에 가득한 복사꽃.
02 지거다!: 졌다. 졌구나!
03 쓸으려: 쓸려.
04 하는고야!: 하는구나!
05 무삼 하리요?: 무엇 하리요?

잠결의 비바람이 꽃비 지는 소리였군!
구태여 쓸려 마라. 낙화도 꽃이거니,
한 마당 붉은 채 두고 애달파나 하자꾸나!

폈다간 지는 것이, 왔다간 가는 것이,
우주의 섭리攝理려니 새삼 슬퍼하랴마는
그 너무 덧없음에야 한잔 생각 어쩌료?

길 위의 두 돌부처

> 길 위의 두 돌부처 벗고 굶고 마주 서서
> 바람비 눈서리를 맞도록 맞을망정
> 인간에 이별 없으니 그를 좋아하노라.

김상헌의 한시 〈길가의 무덤〉과 똑같은 소재인 '한 쌍의 돌사람'이건만, 감개는 서로 다르다.

> 길가에 묵어 있는 저 외로운 무덤 하나
> 자손은 어디 가고 한 쌍의 돌사람이
> 긴 세월 떠나지 않고 지키고들 있는고?   **원문 407쪽**

비록 헐벗고 굶주릴지라도, '이별 없이 사는 부러움'을 노래한 전자의 감개와; 자손도 하기 어려운 묵은 옛 무덤을, 오랜 세월

비바람을 무릅쓰고 수호守護하고 있는, '두터운 신의'에 대한 후자의 감개는; 같은 사물을 두고도 이렇게 서로 다르다. 다 각각 반영하는 마음의 거울 탓이다. 전자는 '이별의 슬픔'에 지친 나머지요, 후자는 '인간 사회의 신의 없음에 목말라함'에서리라.

길가의 묵은 무덤 지켜 선 두 돌사람!
무너진 봉분 자리 나무들만 무성하다,
백골도 흙 됐으려니 돌이 되레 민망해라!

이중집 외

뉘라서 날 늙다턴고

뉘라서 날 늙다턴고[01] 늙은이도 이러한가.
꽃 보면 반갑고 잔 잡으면 웃음 난다.
춘풍에 흣나는 백발이야 낸들 어이하리요?　　　　　이중집

마음아! 너는 어이 매양에 젊었느냐?
내[02] 늙을 적이면 넨들[03] 아니 늙을소냐?
아마도 너 쫓아다니다간 남 웃길까 하노라![04]　　　　서경덕

다음의 왕백王伯의 시는 바로 그 '남 웃기는' 사례의 하나이리라.

시골집 간밤 비에 복사꽃이 활짝 폈다.

---

01 늙다턴고: '늙다 하던고'의 축약.
02 내: 나의 이 '몸'이.
03 넨들: 나의 이 '마음'인들.
04 남 웃길까 하노라: 몸은 늙었는데 마음은 늙지 않아, 젊은 사람 행세하다가, 사람들의 비웃음을 살까 걱정스럽다.

허여 센(허옇게 센) 귀밑머리 취중에 깜박 잊고
꽃 꺾어 머리에 꽂고 봄바람 앞에 섰네.

원문 408쪽

술에, 꽃에, 봄바람에 취한 나머지, 그예 나이도 깜박한 채, 꽃
꺾어 흰머리에 꽂고는, 봄바람 앞에 썩 나서서, 청춘인 양 착각하
고 있는 이 주책바가지! 신로심불로身老心不老의 촌극寸劇이며, 술
깬 뒤엔 으레 따를 자괴自愧 · 자조自嘲 · 자탄自歎이다.
그러나 늙는 건 '몸'일 뿐 '마음'까지 늙었다 마라.

터럭05은 희어서도 마음은 푸르렀다.
꽃은 나를 보고 태없이06 반기거늘
각시네07 무슨 탓으로 눈흘김은 어째오?

김수장

늙기 설은 줄을 모르고나 늙었는가?
춘광春光이 덧이 없어08 백발이 절로 났다.
그러나 소년 적 마음은 감減한 일이 없어라!

김삼현

이 몸이 늙었은들 마음조차 늙었으랴?
노기老驥09 복력伏櫪10하여도 지재천리志在千里11라 하였느니,12
두어라! 노당익장老當益壯13하니 슬퍼하여 무엇 하리?

실명씨

05터럭: 털. 모발毛髮.
06태없이: 뽐내는 일 없이.
07각시네: 아가씨들.
08덧이 없어: 덧없어. '덧'은 시간.
09노기: 늙은 천리마千里馬.
10복력하여도: 마판(마구간)에 엎드려 있어도.
11지재천리: 뜻이 천 리를 달리는 데 있다.
12하였느니: 옛글에 일렀느니.
13노당익장: 늙을수록 더욱 건강함. 노익장老益壯.

다정도 병인 양하여

'꽃 보면 반갑고 술 대하면 흥겨워짐'은, 연륜에 따라 질량質量
이 달라지는 것! 젊었을 때의 들뜬 풋사랑도, 나이 들수록 한결
차분히 곰삭아가는, 더 차원 높은 애정으로 안정된 자리를 잡아
가게 마련이라, 늙은이 늙은이대로의, 더 깊고 차분한, '사랑 맛'
있는 것을─.

'꽃 보면 반갑고 잔 잡으면 흥겨움'은
늙을수록 살뜰히도 곰살궂게 되는 것을!
한결 그 결곡한 정을 젊은이는 몰라라!

정에도 정 나름의 격 높은 그 맛이야,
변덕 심한 젊은 때의 들뜬 사랑보단,
늙은이 곰삭은 정은 깊고도 듬직하이!

봄꽃들은 향기보단 빛으로 요염妖艶하되,
태양의 정精 우주의 기氣로 영글어온 가을꽃의
깊고도 드높은 향기야 어디에다 견주리?

연민·무상·시름

황진이의 무덤에

다정도 병인 양하여

청초青草 욱어진 골에 자는다? 누웠는다?[01]
홍안紅顏[02]은 어디 두고 백골白骨만 묻혔는다?[03]
잔 잡고 권할 이 없으니 그를 슬허하노라!

강개慷慨한 시인이요, 호협豪俠한 풍류 남아였던 백호白湖 임제林
悌! 그가 평안도사平安都事로 부임하는 도중, 외진 길가 풀숲 서리
에 적막히 묻혀 있는 황진이의 무덤에, 술 한잔 부어놓고 축문 삼
아 불렀다는 시조다. 빈 골짜기에 나직이 흐르는 계면조界面調의
굽이굽이 슬픈 가락에, 지나던 바람도 구름도 발길을 멈추었을
듯, 39세를 일기로 한, 다정다감한 요절 시인 백호의, 진이를 울
고, 자신을 울고, 인생을 운 허희탄식歔欷歎息이다.
　황진이 같은 만고 시인이, 비록 짧은 동안이나마 이 땅을 다녀

01자는다? 누웠는다? : 자느냐? 누웠느냐?
02홍안: 젊은 사람의 혈색 좋은 얼굴.
03묻혔는다? : 묻혀 있느냐?

갔음은, 이 땅의 자랑이며, 우리 문학의 행운이라 할 만하다. 참다운 시詩란 것이 어떤 것인가를, 수천 장의 시론詩論으로 가르쳐 준 이상으로, 몇 수의 시 자체로서, 산 채로 통째로 시사示唆해주고 간 그다. 기녀라 멸시하여 거두지 않아 인멸되어버린 수많은 시들 가운데, 요행히도 기록되어 남은 것으로, 기껏 시조 6수와 한시 6수가 고작이나 수수 편편 그 모두가 다 인정을 극極한 절창絕唱 아님이 없다.

저자 또한 그녀의 무덤에 한 마리[首] 부치노니;

'동지 밤도 길다더니', 이 긴긴 밤 어이하노?
진랑眞娘도 필경 '물'이런가? 가곤 아니 온다마는'
'시'만은 만구萬口에 살아 만년토록 전하리라!

이는 그녀의 시조에서 각각 집구한 것이다. 초장은 그의 시조;

동짓달 기나긴 밤을 한 허리를 둘에 내어
춘풍 이불 아래 서리서리 넣었다가
어른님 오신 날 밤이어드란 굽이굽이 펴리라.

의 초장에서 따왔으며, 중장은 그의 시조;

산은 옛 산이로되, 물은 옛 물 아니로다.
주야에 흐르니 옛 물이 있을 소냐?
인걸도 물과 같다. 가고 아니 오도다!

의 종장에서 따온 것이다.

우탁 외

백발이 제

먼저 알고

한 손에 가시 들고 또 한 손에 막대 쥐고,
늙는 길 가시로 막고 오는 백발 막대로 치렸더니,
백발이 제 먼저 알고 지름길로 오더라!   우탁(361쪽에도 나옴)

춘산春山에 눈 녹인 바람 건듯 불고 간 데 없다
적은덧01 빌어다가02 머리 위에 불리고자
귀밑에 해묵은 서리03를 녹여볼까 하노라.   우탁

백발아 너는 어이 무단이04 절로 오니?
뉘라서 보내더냐? 내 언제 부르더냐?
아마도 너 오는 때면 다 늙은가 하노라.   백경현

01 적은 덧: 잠깐 동안.
02 빌어다가: 빌려다가. 차용(借用)해 와서.
03 해묵은 서리: 오래된 백발.
04 무단이: 까닭 없이. 예고도 없이.

춘풍春風이 건듯 불어 적설積雪을 다 녹이니
사면四面 청산靑山이 옛 얼굴 나노매라![05]
귀밑에 해묵은 서리[06]야 녹을 줄이 있으랴?   김광욱

반半 나마 늙었으니 다시 젊든 못 하여도
이후나 늙지 말고 매양 이만하였고자
백발아! 네 집작하여 더디 늙게 하여라.   이명한

백발이란, '늙음'과 '장수'의 양면성을 지니고 있다. 사람들은 장수는 원하면서도 백발은 싫어한다. 늙지 않고 오래 살, 불로장생不老長生의 지나친 욕심에 가려, 장수의 고마움은 미처 안중에 들어오지 않아서이리라.

충분한 햇빛을 받음으로써, 그 독특한 빛과 향과 맛으로 과일이 익어가듯, 인생의 진미眞味를 누릴 대로 누리며, 삶이 원숙해 가는, 백발의 은빛 광택이야 관록은 될지언정, 미움의 대상이 될 수는 없지 않으랴 싶다.

백발을 '원수'라니? 고마울손 '장수'로다.
병도 탈(사고)도 많은 세상 용하게도 잘도 피해,
칠팔십 은모발이야 그 아니 '훈장'이랴?

05나노매라: 나는구나!
06귀밑에 해묵은 서리: 여러 해 묵은 서리와 같이 하얗게 센 귀밑털. 곧 백발이 된 구레나룻.

흐뭇한 햇살 아래 과일이 익어가듯,
독특한 빛과 향으로 인생 맛이 배들려면,
한 백 년 풍상風霜에서야 곰삭은 맛 들려니—.

녹발綠髮은 저 한때요, 은발銀髮은 이 한때라.
구십 고지高地에서 뒤돌아 굽어보니,
어쩌랴? 길동무〔同途人〕들이 새벽별 지듯 해라!

어느 궁녀

앞 못에 든 고기들아

> 앞 못에 든 고기들아. 뉘라서[01] 너를 몰아다 넣거늘 든다?[02]
> 북해北海 청소淸沼[03]를 어디 두고 이곳에 와 든다?
> 들고도 못 나는 정은 네오 내오[04] 다르랴?

어느 궁녀의 작품이라 한다.

갇혀 있는 몸! 연못의 고기들이 그의 고향인 바다나 강을 그리워하듯, 여염閭閻(백성들이 살고 있는 곳)이 그리운 것이다. 거긴 산이 있고 들이 있고 자유가 있다. 거긴 가난하게 살아도 이웃이 있고, 정이 있었다. 소꿉장난하던 만수도 삼돌이도 헌헌 총각이 되었으리? 금분이 정순이도 시집갔을 듯. 지루한 돌담 안! 판에 박은 나날! 고운 옷 고운 치장이 짚새기만도 못하다!

---

01 뉘라서: 어느 누가 있어서.
02 넣거늘 든다: 넣기에 들었느냐?
03 북해 청소: 북쪽 바다와 맑은 웅덩이.
04 네오 내오: 너나 나나.

연못의 고기들아 너나 나나 애닲구나!
뉘 있어 날 몰아다 이 궁 안에 가뒀는고?
차라리 짚새기 신고 봄 들판을 뛰놀고지고!

학문도 직업도 갈피갈피 외진 곬에,
광맥 따라 파고만 드는 갇혀진 외곬 인생,
모두들 어우러져 사는 고향 산천 그리워라!

박효관 외

임 그린 상사몽이

임 그린 상사몽相思夢[01]이 실솔蟋蟀[02]의 넋이 되어
추야장秋夜長[03] 깊은 밤에 임의 방에 들렀다가
날 잊고 깊이 든 잠을 깨워볼까 하노라.　　　　　박효관

귀또리, 저 귀또리! 어여쁘다 저 귀또리!
어인 귀또리! 지는 달 새는 밤에, 긴 소리 짧은 소리, 절절節節
이[04] 슬픈 소리, 제 혼자 울어녀어,[05] 사창紗窓 여원잠[06]을 살뜰
히도 깨오는지고!
두어라! 제 비록 미물微物이나, 무인동방無人洞房[07]에 내 뜻
알 이는 저뿐인가[08] 하노라.

사설시조 실명씨

01 상사몽: 임을 그리워하는 꿈.
02 실솔: 귀뚜라미.
03 추야장: 긴긴 가을밤
04 절절이: 마디마디. 구절마다.
05 울어녀어: '녀다[行]'는 행동의 연속을 나타내는 보조동사. 울어 울어. 계속 울어.
06 여원잠: 깊게 들지 못한 설핏한 잠.
07 무인동방: 남편 없이 혼자 있는 안방.
08 저뿐인가: 귀뚜라미뿐인가.

귀뚜라미는 그 소리 너무나 애잔하고 가엾어서, 잠 못 드는 사람의 세세한 정한情恨을 낱낱이 헤아려, 그 밤을 함께해주는 불면의 밤 벗이다.

긴긴 가을밤을 임 그려 잠들지 못해 뒤척이다, 비몽사몽간에 임의 방에 들렀더니, 임은 정작 나를 잊고, 깊은 잠에 빠져 있다. 그 얼마나 야속하며, 그 얼마나 허탈하랴? 그 자는 베개맡에서, 애잔한 고운 소리로 귀뚤귀뚤 귀뚤귀뚤 울어 울어 그 잠을 깨워놓고 싶다는, 그만 정도의 심술이야 너무나 당연하다.

그러나 진정 그리운 사이라면, 잠 못 들어도 함께 못 들어야지, 한쪽은 뜬눈으로 새우고 있는데, 다른 한쪽은 무심하게도 드르렁 드르렁 코까지 골며 자고 있다면, 야속하다 못해 괘씸하기까지한 나머지, 여권女權이 사나워진 오늘날은 손가락 집게에 코가 확 비틀려도 할 말은 없으리라.

긴긴 밤 뒤척이다 임의 방에 설핏 드니
날 잊고 드렁드렁 코를 골며 자고 있다.
어이구! 저 코를 그만, 확 비틀어놓고지고—.

송계연월옹

칠십에 책을 써서

연민·무상·시름

늙어지니 벗이 없고 눈 어두워 책 못볼싀.01
《고금가곡古今歌曲》02을 모도와03 쓰는 뜻은,
여기나 흥을 붙여서 소일消日코자04 하노라.

칠십에 책을 써서 몇 해를 보잔 말고
어와05 망령이야06 남이 일정07 웃을랏다.08
그래도 팔십이나 살면 오래 볼 법 있나니—.

---

01 못 볼싀: '못 보겠으이'의 축약. 못 보겠네.
02 《고금가곡》: 책 이름. 송계연월옹(영조 때의 가인歌人으로, 본명 미상)이, 고금의 여러 문사들의 294수의 시조
　와 11편의 가사 작품을 모아 엮은 책. 본인의 시조 14수가 이 책에 실려 있다.
03 모도와: 한데 모아.
04 소일코자: 시간이나 보내고자, 심심풀이나 하고자.
05 어와: 애 감탄사.
06 망령이야: 노망이로구나.
07 일정-定: 틀림없이.
08 웃을랏다: 비웃을 일이로다.

송계연월옹松桂煙月翁이 《고금가곡》을 편찬하면서 서문조로 읊은 소감이다.

칠십이면 고래로 드물다는 장수로, 언제 떠날지 모를 임발臨發 (곧 길 떠나야 할 참)의 나이에서, 엉뚱스럽게도 책을 쓰고 있다니, 스스로도 같잖아 자조自嘲하듯 적고 있다.

저자에게도 그런 감개 없지 않아, 자서自敍 몇 줄 덧붙여보고 싶구나.

중년엔 지병持病으로 시난고난 골골하다, 의사 아들의 끈질긴 정성으로 칠십 고개를 넘고 나니, 그제야 병도 슬그머니 물러나는 듯, 허송한 그동안 세월이 너무나 한스러운 한편, 생애에 답쌓인 하고 싶은 말! 말! 말들이 무시로 꾸역꾸역 가슴에 북받쳐 올라, 신들린 듯 내갈기기 시작한 것이 《옛 시정을 더듬어》였다. 이로부터 내처 씀으로써 1, 2년 터울로 한 책씩 나온 것이 십여 책, 아직도 현역으로 이 글을 쓰고 있다.

일흔에 책 쓰기 시작, 아흔토록 내처 쓰니,
여남의 책 내 분신分身이 세상에 태어났다.
글 쓰는 재미에 빠져 떠날 길도 잊은 듯다!

* * *

어와 세상 늙은 분네! 늙었다 놀려 마소.

놀면 심심하고, 심심하면 지겨우리?
인생이 지겨워지면 삶이 도로 욕되려니―.

글을 읽든 글을 쓰든 그 일도 일이지만,
그 무슨 일이든지 하다 보면 정이 들지.
정든 일 정들고 나면 아니하곤 못 견디리?

젊은이도 못 얻는 일! 얻기 어이 쉬우랴만,
세상엔 일도 많아 찾으면 찾아지리.
정 없음 빈 땅 구석구석 꽃이라도 가꿔보소.

물을 주듯 정을 주며 꽃이라도 가꿔보소.
형형색색 송이송이 정으로 반겨오리?
정과 정 어우러진 거기 사는 맛도 달라지리?

일하면 재밌어요. 운동 따로 필요 없죠.
갖가지 봉사활동 그런 일도 하다 보면,
그 일에 보람 느껴져 사는 맛 새로우리?

일을 하면 즐거워요, 일을 하면 사는 답죠!
노인정 연기 속에 화투나 치려 말고,
일하소. 일을 해보소. 소금밥도 꿀맛이지―.

연민·무상·시름

어와 내 일이여!

어와 내 일이여! 나도 내일[01] 모를로다.
우리 님 저승 갈 제 못 가게 제 못 막고?
보내고 이 진진 세월 살뜰 생각[02] 어이료?

    아내를 먼저 보내고, 내내 잊지 못해하는 그 마음! —살아 있을 때의 자질구레한 갖가지 잊히지 않는 기억들! 구석구석 살뜰히도 그리워지는 그 마음이다.

    '나도 내일 모르겠다'니, 자신에게도 이제 그 마지막 길 떠날 날이, 임박한 듯 예감되어서이리라.

    그렇지! 누구나 없이 한세상 살았으면, 기거하던 방을 비워주듯, —이승에서 차지하고 있는 공간 좌표도 비워주고 떠나야지. 그 마지막 숨 거두는, 그 운명의 고비 넘길 일 생각하면 걱정이

---

01 내일: '나의 일'과 내일來日, 곧 '장차 닥쳐올 일'의 겹뜻.
02 살뜬 생각: 이런 일 저런 일 알뜰히도 그리워지는 마음.

아니 될 수 없다.

내 임종에 그가 있어 수발들어준다면, 호강스럽기도 하련마는, 아들 며느리의 궂은일 바라지는 그 무슨 형벌이랴? 한 생애의 마지막을 그렇게 '본인 의지'와는 아랑곳없이, 어느 검은 세력에 의하여 함부로 아무렇게나 꾸겨지고 망가져도 되는 것이랴?

모두들 찍소리도 못한 채, 자신의 의지와는 아랑곳없는, 그 무지막지한 세력 앞에, 그저 처분만 기다리듯, 마지막 가는 길이 걱정되지 않을 수 없다.

한 백 년 잘 살았으니 오늘 가다 서러우랴?
안심입명安心立命으로 그날 오길 기다리나,
남들의 죽음을 보매 걱정 또한 덜컥 난다.

바람으로 쓰러져서 고목처럼 누웠을 제,
그대 있어 수발들면 호강도 되련마는,
자식들 애먹여쌓면 딱해서 내 어쩔꼬?

치매 걸려 횡설수설 가족도 몰라보고,
엉뚱한 행동으로 치사한 짓 일삼으며.
한평생 지켜온 체면 다 꾸기면 내 어쩔꼬?

어쩌다 산송장인 식물인간 되어 있어,
한달 두달 한해 두해 죽도 살도 아니하며

자손들 못살게 하면 그 죄를 내 어쩔꼬?

이제는 다 비워주고 떠날 일만 남았는데,
제발 하룻밤 사이 자는 듯 가고지고!
죽는 복 못 타는 날엔 그 형벌을 내 어쩔꼬?

내 죄면 내 받을 형벌, 자식들에 미쳐서야,
공연한 지레짐작 입방아 부질없다,
인사人事를 하노라 했거니 천명天命이나 기다리자!

7

꽃·벌·나비

이정보 외

국화야 너는 어이

다정도 병인 양하여

> 국화야 너는 어이 삼월 동풍東風[01] 다 지내고
> 낙목한천落木寒天[02]에 네 홀로 피었느니?
> 아마도 오상고절傲霜孤節[03]은 너뿐인가 하노라.
>
> 이정보
>
> 국화야 너는 어이 삼월 춘풍春風 싫어하니?
> 성긴 울 찬비 뒤에 차라리 얼지언정
> 반드시 군화群花[04]로 더불어 한 봄 말려[05] 하노라.
>
> 안민영

봄꽃은 사람을 매혹魅惑케 한다. 꽃봉오리가 나날 부풀어 오르는 일은, 봄의 의지가 안으로 안으로 팽창해짐에 따라서요, 드디어 꽃으로 '입'이 벌어지는 일은, 바깥을 내다보고 싶은, 너무나

---

01 동풍: 봄바람.
02 낙목한천: 나뭇잎이 떨어지는 추운 계절.
03 오상고절: 서리를 업신여기는 고고한 절개.
04 군화: 뭇 꽃. 온갖 꽃들.
05 한 봄 말려: 같은 봄에 피지 않으려.

도 간절한 염원의 나머지, 세상을 내다보는 '창'으로서의 역할마저 겸하고 있는 것이다.

여의도의 벚꽃이 한물인 때, 그 꽃그늘 아래 서 보라. 나무마다 이글거리는 그 수천수만의 창으로 내다보며, 경이로움에 놀라 외치는 그 수천수만의 입들의 환호! 저들끼리 딱따그르르 딱따그르르 웃어대는 웃음 주저리들! 봄은 빛과 소리의 화려한 잔치판! 벌 나비랑 어울려 즐기는 동식물의 사육제謝肉祭(카니발)다.

꽃향기 속엔 알코올기도 다분히 있는 듯, 저절로 어릿어릿 취기醉氣 같은 꽃멀미를 느끼게도 된다.

그러나 여기 한구석에 볼품없는 잡초인 양 그저 묵묵히, 그 화려하고도 고혹적인 봄바람의 유혹 다 물리치고, 긴긴 봄여름의 심한 가뭄, 거센 비바람을 견디며, 오직 진한 '태양의 정精'과 '우주의 기氣'를 안으로 안으로 모아 모아 다지고 다져, 찬 서리 내려, 벌 나비도 자취 감춘, 숙살肅殺(쌀쌀한 서리 기운으로 초목의 잎을 죽이는 일)의 와중에서야, 비로소 횃불 켜 밝히듯, 높은 향기 뿜어내는 '국화'가 있다.

그러기에 국화를 사군자四君子의 반열에 추대하여, 대기만성大器晚成의 '군자의 덕'과, 오상고절의 '지사의 기개'를 갖춘, 꽃 중의 꽃으로 극진히도 사랑하던, 저 유명한 도연명陶淵明같이, 국화의 진가를 알아주는 이 적음을 한탄하며, 매화 시인으로 유명한 안민영도 국화를 찬양했으니;

일심어06 느직 피니07 군자君子의 덕德이로다.
풍상風霜에 아니 지니 군자의 절節이로다.
세상에 도연명08 없으니 그를 설워하노라.

후기 위항시인인 이덕함李德涵도; 국화는 그 아름다운 자태도 자태려니와, 그 진정 아름다움은, '높이 빼어난 그 정신'이라고 찬양했다.

온갖 풀 다 시드는 늦가을 찬 서리 속,
홀로 국화만이 울타리에 가득하다.
빼어난 높은 그 정신! 자태만도 아닐레라!

원문 408쪽

집집마다 울타리 밑에 떨기떨기 가꿔오던 황국화! 봄마다 그 묵은 뿌리에서 돋아나는 새싹에서, 가족과 함께 봄 여름 가을을 함께하던, 정으로 정으로 어우러지던 국화!

남들 다 즐기는 화려한 봄 접어두고,
오직 우주의 정기 모아 모아 다지고 다져,
늦가을 세상 밝히는, 오! 만절晩節의 꽃이여!

남들 다 누리는 봄의 환락 외면하고,
오직 지덕智德을 쌓는 기나긴 인고忍苦 끝에,
드디어 세상 밝히는, 오! 만성晩成의 군자여!

---

06 일심어: 일찍 심어.
07 느직 피니: 느지막이 피니.
08 도연명: 꽃 중의 군자로 유난히 국화를 사랑했던 중국 진晉나라 때의 시인.

실명씨

나비야 청산 가자

나비야 청산 가자 범나비 너도 가자.
가다가 저물거든 꽃에 들어 자고 가자.
꽃에서 푸대접[01]하거든 잎에서나[02] 자고 가자.

감당할 수 없는 춘심春心의 발동이요, 솟구쳐 오르는 여정旅情의 낭만이다.

'꽃'이란 무엇인가? '봄앓이'를 하는 '사랑의 열병熱病'이, 홍진紅疹에 열꽃이 내돋듯이, 겉으로 내뿜은 발진發疹이요, 춘정春情의 나상裸像이며, '에로스'의 극치極致이다.

삼천리엔 청산마다 사랑의 봄 축제가 한창인데, 나도 장자마냥 나비로 화신化身하여, 노랑나비 흰나비들 문관文官으로 거느리고, 호반虎班 출신 범나비 떼, 호위병護衛兵으로 거느린, '왕나비' 되

01푸대접: 탐탁하지 않은 대접. 냉대. 박대薄待. 괄시恝視.
02잎에서나: '나'는 '나마'의 준꼴. 약간 미흡하기는 하나, 그런대로-.

어, 봄바람에 너울너울 팔도강산 청산마다 상춘행각賞春行脚이나 나서 볼까나!

가다가다 날 저물면 꽃 속에 들어 향기 속 일박하면 그 아니 황홀하랴? 축제 기간 중엔 숙박은 물론, 향기로운 꿀 식사며, 매혹적인 잠자리며, 감미로운 갖은 시중! 다 모두 무료라니, 일 년에 단 한 번의 이런 기회를 어이 차마 놓칠손가? 그런 일 없겠지만 어쩌다 꽃에서 괄시라도 할 양이면, 잎에선들 어떠하리? 초록 이불 싱그러운 향기 속의 그 한 밤도 또한 아름답지 아니하랴?

내킨 김에 훨훨 날아 북쪽까지 다녀오자. 영변의 약산 동대 진달래도 흐드러지게 피었으리? 반세기 애마르던 정! 남남북녀 그리웁다!

내 비록 늙었으나 이 봄 어이 허송하리?
나비들아 날 따라라! 청산 훨훨 가자꾸나!
봄빛이 덧이 없거니 어정거릴 겨를 없네.

삼천리 방방곡곡 봄 축제가 한창일다,
사랑의 열병을 앓아 산마다 붉어 있어
어디나 잔치판이라 어서 오라 손치잖니?

임 그리운 꽃송이들 교태 지어 아양 떨고,
향기 놓아 외치면서 "날 좀 보소" 보채거늘,
어이해 푸대접하리? 청산 가자, 나비들아!

다
정
도
병
인
양
하
여

영변 약산 진달래도 임 그리워 붉었으리?
나비들아 훨훨 날아 휴전선 넘어 다녀오자.
그리던 남남북녀! 회포라도 풀고 오자!

다정도 병인 양하여

황희 외

강호에 봄이 드니

강호江湖에 봄이 드니 이 몸이 일이 하다.[01]
나는 그물 깁고 아이는 밭을 가니
뒷메[02]의 엄 긴 약초[03]는 언제 캐려 하느니?　　　　황희

산가山家에 봄이 오니 자연이 일이 많다.
앞 내에 살도 매며[04] 울 밑에 외씨도 뻐고[05]
내일은 구름 걷거든 약을 캐러 가리라.　　　　이정보

정원에 봄이 드니 나 할 일이 전혀 많의[06]
꽃남ㄱ은 뉘 옮기며 약밭은 언제 갈리?
아희야 대 비어 오너라. 사립[07] 먼저 결으리라.[08]　　　　실명씨

---

01 일이 하다: 일이 많다.
02 뒷메: 뒷산.
03 엄 긴 약초: 싹이 길게 자란 약초.
04 살도 매며: '살'은 어살[魚梁], 곧 내를 가로질러 발을 쳐서 고기가 걸리도록 하는 시설.
05 뻐고: 뿌리고.
06 전혀 많의: 매우 많으이! 꽤나 많네.
07 사립: 사립문.
08 결으리라: 결어서 만들리라. 원형은 겯다[編].

정원에 봄이 드니 고인古人만 그랬으랴? 아파트에 봄이 드니 내게도 일이 많다.

앞뒤 뜰에 화단 일궈 꽃씨도 뿌려야 한다. 과꽃, 분꽃, 봉선화, 채송화, 접시꽃……, 줄 올릴 만한 곳을 찾아 나팔꽃도 심어야 하고. 단지 내 돌아다니며 장미도 손봐야 한다. 뿌린 꽃씨 싹이 트면, 솎아주랴, 물 주랴, 걸음 주랴, 김매주랴…….

그러는 사이, 어느덧 맏머리는 꽃 피기 시작한다. 수줍은 송이 송이! 그걸 어찌 꽃이라고만 하랴? 정에 겨운 임들의 모습! 귀엽고도 사랑홉다.

그 하나하나에 우주의 정기精氣 깃들어 있고, 어느 먼먼 옛날부터 우리네 조상 대대로 정들어 귀염받던, 그 모습 그대로 올해도 와준 것이다. 한껏 정겨운 눈을 주며, 정겨운 말로 예뻐해주면, 저도 점점 더 예뻐지려고 짓을 하며 태를 내는 것! 형형색색 그 모두가 단장하고 나서는 내 님인 양, 그 황홀한 임들 속에 봄여름은 너무 짧다. 늦가을이면 태초의 유언이 알갱이마다 깃들어 있어, ─'내년 봄'을 기약하는 생명의 알갱이들을 거두어, 봉지 봉지 간수해야 한다.

정은 만물 공통어! 가는 정에 오는 정! 오는 정에 가는 정!

[여담이지만] 내 산책하는 길갓집에 말만 한 개가 있어 어찌나 사나운지, 모두가 저주하며 어머나! 어머나! 그 길을 벗어나지만, 나는 (마음속으로 '내 너와 친하고 싶다'는 염원을 잔뜩 담아) 짐짓 빙그레 웃으며 손을 흔들어주어도, 아무 반응 없기를 한 열흘 하더니, 마침내 기미가 보이기 시작, 짖어대기는 여전하나, 꼬리를 약간 흔들락 말락, 사나운 기세가 차차 누그러들어, 한 달이나 지난 요

즘은, 요란하게 꼬리를 흔들어대며, 온몸을 비틀며 '끙끙'거려댄다. 매이지만 않았으면 막 뛰어와 몸을 비벼댈 기세다. 개도 역시 웃는 얼굴엔 침 못 뱉고, 정에 모질 수만은 없었던가 보다.

포로록 포로록 나는 연습을 하고 있는 참새 새끼도 내 손자같이 귀엽거니, 산과 물, 청풍명월淸風明月도 정으로 대하면 정으로 반응해 오는 것, 자연도 무심치 않아, 이정감응移情感應의 현상은 어디나 일어난다.

거리를 오가다 만나는 사람들! 서로 무심히, 소 닭 보듯, 닭 소 보듯, 심상히 지나치지만, 말을 건넬 양이면, 그 어느 누구도 같은 우리말로 반색하며 손을 잡을 수 있는 사람들이 아니던가? 우리는 그런 사람들과 무심히 옷깃을 스치며 묵묵히 지나치고 있는 것이다. 모두 바쁘게 살다 보니, 그럴 수밖에 없어서이겠지만, 그러는 가운데 얼마나 많은, 사랑을 잃고, 친구를 잃고, 기회와 우연을 잃고, 또 많은 이야기들을 놓치고 있는 것이랴?

정 두었다 뭣에 쓰리? 오히려 쓰면 쓸수록 무진장으로 샘솟아나는 정인 것을! 백 년도 못 되는 인생, 정이나 펑펑 쓰다 가자!

아파트에 봄이 드니 내 할 일이 하고많다.
앞뒤 뜰에 화단 일궈 꽃씨도 뿌려야 하고,
단지 내 돌아다니며 장미도 손봐야 한다.

아흔이 넘고 나니 힘에야 부친다만
꽃 가꾸어 꽃이 피니 송이송이 임 보는 듯,

정 주고 정 오는 거기 늙은 줄을 잊어라!

내가 정을 주면 저도 내게 주는 것을!
꽃도 새도 짐승들도 정은 서로 통하는 것
하물며 사람 사이의 오가는 정임에랴?

서로 손잡으면 체온이 넘나들고,
말을 걸 양이면 정이 서로 흐르나니―,
정으로 어우러지는 거기, '참 사는 맛' 있거니―.

내 늙고 가난하여 가진 거란 정뿐이라,
쓸수록 샘솟는 정, 정이나 쓰다 가자!
온 천지 만물에 두루 아낌없이 쓰다 가자!

꽃·별·나비

어리고 성긴 가지

어리고 성긴 가지 너를 믿지 아녔더니[01]
눈 기약[02] 능히 지켜 두세 송이 피었구나!
촉燭 잡고 가까이 사랑할 제 암향暗香[03]조차 부동浮動터라.[04] 안민영

모첨茅簷[05]에 달이 진 제, 첫잠을 얼풋[06] 깨어
반벽半壁 잔등殘燈[07]을 의지 삼아 누웠으니
일야一夜에 매화발梅花發 하니[08] 임이신가 하노라.   권섭

　　오래 묵은 분매화盆梅花(화분에 심은 매화)다. 투박하고 괴괴하게
뭉친 등걸과는 어울리지도 않게, 짧고 가녀린 가지 몇 개가 돋아

01아녔더니: 아니하였더니.
02눈 기약: 눈 내리면 피겠다던 약속.
03암향: 그윽이 풍기는 향기.
04부동터라: 풍기더라.
05모첨: 초가의 처마.
06얼풋: 어렴풋이 깨니.
07반벽 잔등: 벽 한가운데 걸려 있는 가물거리는 등잔불.
08일야에 매화발하니: 한밤중에 매화가 피니.

난 것뿐이다. 하도 가망 없어 보이기에, 혼잣말로

"올해는 꽃을 볼 수 없겠구나!" 했더니,

"아녜요. 눈 내리면 저도 필 거예요." 하는 것이 아니던가?

물론 이는 이심전심의 묵계默契였지만, 그래도 차마 믿겨지지 않았는데, 그러나 보라! 그 약속 능히 지켜, 눈 내리는 이 밤, 과연! 과연 피어난 저 두세 송이의 매화!

연정과도 같은 그윽한 향기 풍기며, 소복단장한 고운 님이 살며시 방에 들어와, 한잠 들어 자고 있는 내 베갯맡에 나비처럼 접고 앉아, 향기 놓아 날 깨웠는 듯, 그예 꽃망울을 터뜨린 한밤중의 매화 소동!

하 대견도 하고 사랑스러워 잠을 이룰 수가 없어, 다시 일어나 촛불을 켜 들고, 이리 비춰보고 저리 비춰보고, 굽어보고 쳐다보며, 애상愛賞할수록 사랑홉다.

초장의 '너를 믿지 아녔더니'의 '너'를 다시 음미해보라. 이 의인화擬人化에서 이미 물아物我의 간극間隙 없는, '꽃=임'의 등식等式으로 이어져 있음을 볼 것이다.

설월雪月09이 창에 흰데, 이 어인 귀한 행차!
그윽한 맑은 향기 자는 나를 깨웠구나!
살며시 임이 와 앉았는 듯 설레이는 이 가슴!

어리고 성긴 가지! 피어난 두어 송이!

09 설월: 눈과 달.

너 두고 잠이 오랴? 다시 일어 불을 켜니,
이 어인 그윽한 향기 연정인 양 하여라!

고울사! 너 매화여! 반만 여윈 너 매화여!
이 밤 저 달 아래 네가 와주었다니!
그윽한 그 향기 어쩜 취함이랴? 꽃멀미랴?

다정도 병인 양하여

안민영

해 지고 돋는 달이

해 지고 돋는 달이 너와 기약 두었던가?
합리閤裏[01]에 자던 꽃이 향기 놓아 맞는고야![02]
내 어찌 매월梅月[03]이 벗 되는 줄 몰랐던가 하노라!

규중에 자고 있던 요조窈窕한 숙녀가, 밤에 만나자는 밀약이라
도 있었더란 말인가? 그윽한 향기를 놓아 보내면서 달을 맞아들
이다니? 이는 심상치 않다는 듯, 자신의 우둔함을 후회하듯, 자
조自嘲하듯⋯⋯. 사랑에 겨워 부리는 익살이다.

01합리: 안방. 규중閨中.
02맞는고야!: 맞는구나!
03매월: 매화와 달.

달이 이 밤중에 밀회密會라도 하자 터냐?
규중에 자던 그가 향기 놓아 맞는구나!
던덜아!04 매월이 한통속임을 이제서야 알다니?

다정도 병인 양하여

---

04 던덜아!: 던덜이야! '던덜이'란, 유심히 듣거나 보지 않고, 귀 밖으로 흘려듣거나 눈 밖으로 흘려보아, 염두
에 두지 않는 사람. 곧 모든 사물에 데면데면하여, 유의하지 않는, 소홀한 사람을 비아냥조로 이르는 말
이다. '던덜애'는 그런 사람을 조롱하여 부르거나, 그러한 자신의 버릇을 자조自嘲하거나 자책自責하여 이르
는 감탄사. 방언이나, 버리기 아까운 귀한 우리말이다.

8

평화 · 한정

초암이 적료한데 ㅣ김수장 외

짚방석 내지 마라 ㅣ한호 외

곡구릉 우는 소리에 ㅣ오경화

벗을 기다리며 ㅣ율곡과 퇴계

김수장 외

초
암
이

적
료
한
데

초암草庵[01]이 적료寂寥[02]한데 벗 없이[03] 혼자 앉아
평조平調 한 잎[04]에 백운白雲이 절로 존다.
어느 뉘[05] 이 좋은 뜻을 알 이[06] 있다 하리요?

김수장

'평조'란 시조를 창唱할 때의 곡태曲態를 이름이다. 곡태에는
평조, 우조羽調(날래고 씩씩한 가락), 계면조界面調(슬프고 처절한 가락)의
세 가지가 있는데, 평조란 '웅숭깊은 저음低音' 곧, 도량이 크고
넓고 깊숙하여; 되바라지지 않고, 야하지 않고, 거죽에 드러나지
않게, 으늑하고 느직하게 불리어지는 평화로운 가락으로, 온 세
상에 봄기운이 가득 떠도는 듯, 백성들의 시름도 다 풀리어 함께

01 초암: 짚이나 띠를 이은 작은 집. 초가草家.
02 적료: 고요하고 쓸쓸함.
03 벗 없이: 친구 없이.
04 한 잎: 한 잎大葉. 여기서는 초중대엽初中大葉. 곧 노래 한 가락.
05 뉘: 누가.
06 알 이: 알 사람이.

즐김 직한 태평스러운 가락이다. 시로서는, 저 유명한 소강절邵康節(소옹邵雍의 시호)의;

　월도 천심처月到天心處 풍래 수면시風來水面時
　일반 청의미一般清意味 요득 소인지料得少人知

가 대표적으로 불리곤 한다. 이를 시조 가락으로 옮겨보면;

　달은 천심天心[07]에 두렷이 밝아 있고
　바람은 솔솔 수면水面을 스쳐 올 제,
　맑고도 시원한 이 맛! 참 아는 이 드물레라!

　과연 평화로운 내용이 아닌가? 옛 가객歌客들은 이 한시에다 토만 달아서 평조로 읊곤 했으니;

　월도 천심처요, 풍래 수면시라.
　일반 청의미를 요득 소인지라.
　어즈버[08] 청풍명월이야 어느 그지 있으리?[09]

　한술 더 떠, 금주琴酒[10]까지 등장시키기도 했으나, 그 때문에 오히려 '청의미'는 축나지나 않았던지?

07천심: 하늘 한가운데. 또는 하늘의 마음. 여기서는 전자의 뜻.
08어즈버: 감탄사. 아아!
09어느 그지 있으리?: 어찌 끝이 있으리오?
10금주: 거문고와 술.

월도천심처月到天心處에 오현금五弦琴[11] 빗기 안고[12]
풍래수면시風來水面時에 일준주一樽酒[13] 자작自酌[14]하니
세상의 일반청의미一般淸意味는 나뿐인가 하노라!　　　　실명씨

　초당이 하 고요하고 다사로운 한낮! 명경지수明鏡止水로 가라앉은 맑은 심경! 저절로 평조 한 가락이 흘러나온다. 나직하나 웅숭깊은 목소리, 그 맑고 평화로운 정대正大한 기상의 목소리가 천지에 가득 번지는 듯, 하늘을 건너던 흰 구름도 걸음을 멈추고, 그 평화로운 가락에 귀 기울여 듣다가 잠이 들어버린 듯, 만물이 한결같이 옴짝하지 못하는 가운데, 평조의 평화로운 가락만이, 하늘과 땅 사이를 가득 메워 흐르고 있는 한낮의 정황이다.

흰 구름도 듣다 조는 평조 한 잎 흐르는데,
소올소올 봄바람에 나뭇가지 간지러워
바스스 꽃봉지들 열고 눈부시게 내다본다.

평조 가락 한 가락에 천지는 잠이 들고
오직 듣는 인 개울물뿐이어라!
돌돌돌! 반주 넣으며 돈닢처럼 반짝인다.

---

11 오현금: 다섯 줄로 된 옛날 거문고.
12 빗기 안고: 비스듬히 안고.
13 일준주: 한 단지의 술.
14 자작: 손수 술을 따라 마심.

한호 외

짚방석 내지 마라

짚방석01 내지 마라 낙엽엔들 못 앉으랴?
솔불02 켜지 마라 어제 진 달 돋아온다
아이야 박주산채薄酒山菜03일망정 없다 말고 내어라.   한호

띠 없는 손이 오거늘 갓 벗은 주인04이 맞아
여나무05 정자 아래 박장기06 벌려놓고
아이야 선술07 걸러라 외 안준들 어떠리?   실명씨

  흉허물 없이 서로 터놓고 지내는 이웃 친구끼리의 내왕이라,
까다로운 예절에 얽매일 것이 없기에, 동저고리 바람(두루마기를 입

01짚방석: 짚으로 결어 만든 방석.
02솔불: 관솔불.
03박주산채: 맛없는 술과 산나물 안주.
04띠 없는 손, 갓 벗은 주인: 서로 혐의 없이 대하는 친한 사이기에 예를 갖추지 않은 차림새.
05여나무: 나무 이름인 듯. 정자나무.
06박장기: 박 쪽으로 간편하게 만든 장기.
07선술: 덜 괸 술. 설익은 술.

지 않은 차림새)으로 찾아가면, 상투 바람(갓을 쓰지 않은 차림새)으로
맞아, 주객이 무간하게 즐긴다.

한낮 나무 그늘 아래 장기판을 벌이기도 하고, 달을 등촉 삼고,
낙엽을 방석 삼아, 막걸리에 오이 안주로, 주거니 받거니 권커니
잣거니…… 한다.

동저고리 바람으로 찾아오는 이웃 친구!
상투 바람으로 맞이하는 주인 사이
권커니 잣거니 하며, 장군이야 멍군이야……!

빚은 술 갓 익으면 담 너머로 손짓하고……,
울타리 틈 사이로 별미別味가 넘나들고……,
이웃 정 어우러진 거기 사는 맛 오죽하리?

집값이 백 냥이면 이웃 값은 천 냥이라,
그래서 이웃사촌! 살맛 나던 그 옛 정분!
아파트 생활에서도 못 찾을 리 없으련만—.

오경화

곡구롱 우는 소리에

'곡구롱谷口嘿'[01] 우는 소리에 낮잠 깨어 일어보니
작은아들 글을 읽고 며늘아기 베 짜는데, 손자는 꽃놀이 한다.
마초아[02] 지어미[03] 슐 거르며 맛보라[04]고 하더라!   엇시조

꾀꼬리는 가끔 낮잠 자는 사람을 비아냥거리기도 하고, 심한
욕지거리도 서슴지 않는다. "늑 할애비 코 꿰로우?(너의 할아버지 코
펠 거야!)", "고게 고게고!(그것이 그것이고…… 곧, 암만 변명해봤자 그게
그것일 뿐이란 뜻)" 해쌓는 꾀꼬리 핀잔 바람에 부스스 낮잠이 깨어
일어나니, (큰아들은 들일 나갔지만), 동부레기(뿔이 날 만한 나이의 송아
지) 같은 작은아들 녀석은, 공부에 신이 난 듯, 글 읽는 소리가 낭

---

01 곡구롱: 꾀꼬리 우는 소리의 의성[擬聲音]. 표기된 한자의 뜻은 '골 어구에서 꾀꼬롱 꾀꼬롱 지저귀는 새'란 뜻.
02 마초아: 때맞추어.
03 지어미: '아내'의 옛말(※지아비: 남편).
04 맛보라: '술맛 보다'는 전국에 물을 타서 막걸리로 걸러내는데, 그 농도濃度의 되고 묽음을 알아내는 일. 너
무 되면 물을 더 타고, 너무 묽으면 전국을 더 넣어 알맞게 조절하기 위해 시음試飮하는 일.

랑한데, 이에 반주라도 넣듯, 며늘아기 베 짜는 소리는 짤각짤각 연달아 손바람이 나 있는가 하면, 마당에선 어린 손자 녀석이 꽃밭에서 팔랑팔랑 나비랑 놀고 있다.

아니라도 자고 일어난 목이 컬컬하던 참인데, 부엌에선 술을 거르는 듯 처정거리는 소리가 들려오더니, 이윽고 마누라가 '술맛을 봐 달라'며 바가지를 내민다. 장차 술상이 들어오겠지?

아! 군침 도는 살맛 나는 집안이여!

사는 맛이 별것이랴? 헛된 욕심 멀리하여,
시름없음 살맛이요! 자족自足하면 더 살맛이!
정으로 엉긴 집안이야 살맛 중의 살맛이지—.

가정은 정의 둥지, 집집마다 오순도순!
이웃 정도 서로 엉겨 알콩달콩 사는 재미!
지구촌 어디라 없이 그랬으면 좀 좋으랴?

다정도 병인 양하여

벗을 기다리며

일곡一曲은 어드메오? [01] 관암冠巖 [02]에 해 비친다.
평무平蕪 [03]에 내 걷으니 [04] 원산遠山이 그림이로다.
송간松間에 [05] 녹준綠樽 [06]을 놓고 벗 오는 양 [07] 보노라.   율곡 이이
〈고산구곡가(高山九曲歌)의 제1곡(第一曲)〉

메꽃에 홀리어 산길을 헤매는가?
새싹 밟기 애처로워 가려 밟느라 늦어지나?
그 친구 끝내 안 오면, 이 술병은 또 어쩔꼬?   퇴계 이황

不禁山花亂 還憐徑草多
可人期不至 奈此綠樽何   〈춘일한거차노두육절구(春日閑居次老杜六絶句)〉

　　율곡은 고산에서, 퇴계는 도산에서, 두 분이 다 '송간松間에 녹
준綠樽을 놓아두고', 벗 오는 길목을 지켜보고 있는 양이, 서로 비
슷하다.

율곡의 경우는, 바야흐로 저 아래 비탈길로 헐레벌떡 올라오고 있는 친구를, 빙그레 바라보고 있는 것과는 달리; 퇴계의 경우는 다르다. 그가 오려면 고개를 넘어와야 하는 그 길목을, 아무리 쳐다보고 있어도 오는 기척이 없다. 약속 시간이 지나고도 한참이건만 소식이 감감할 뿐······.

이 친구 아무래도 흐드러진 산꽃에 넋이 홀려 화하미花下迷(꽃에 홀려 꽃나무 아래 방황하는 일)를 하고 있는 것은 아닌지? 아니면 길바닥 어디 없이 빽빽이 올라오고 있는 새싹 밟기 애처로워, 빈자리 가려 밟느라, 늦어지는 것은 아닌지? 어! 참, 어찌 이리도 소식이 없단 말인가? 이러다가 끝내 아니 오는 것이야 아닐 테지? 끝내 아니 오면 난 이게 뭔가? 어찌 또 나뿐인가? 날 따라와서, 저리도 긴 목을 늘이어 학수고대鶴首苦待하고 있는, 저 푸른 청자 술병은 또 어쩌란 말인가?

참으로 아름답고도 멋스러운 위약違約 사유事由가 아닌가? 풍류風流 전아典雅한 작자 자신의 이심추심以心推心(자신의 마음으로 남의 마음을 미루어 짐작함)이니, 진실로 메꽃처럼 새싹처럼 맑고도 향기롭다.

다정도 병인 양하여

---

01 어드메오? : 어느 곳이냐?
02 관암 : 바위 이름. '갓바위'.
03 평무 : 잡초 우거진 들판.
04 내 걷으니 : 안개 걷히니.
05 송간에 : 솔숲 사이에.
06 녹준 : 푸른 술그릇. 곧 술그릇의 애칭. 여기서는 목 긴 청자 술병으로 상정想定한 것.
07 벗 오는 양 : 벗이 오고 있는 모습.

꽃에 홀려 길을 잃고 방황하여 못 오는가?
새싹 밟기 애처로워 가려 밟느라 늦어지나?
어찌해 이리 늦는고? 아니 옴이야 아닐 테지?

술병이랑 목을 늘여 기다린 지 몇 때인고?
구름이랑 바람이랑은 잘도 넘어와 쌓건만,
컬컬한 목을 참으며 '어느 제나 오려나?'

〈송석원시사야연도松石院詩社夜宴圖〉
어느 밤, 인왕산 아래 송석원에 장혼·조수삼 등 중인 신분의 여항문인들이 모여 시 모임
인 시사詩社를 열고 있다. '시 짓는 모임'이라는 뜻에서 시사는 달리 시회詩會라고도 했
다. 김홍도(1745~?)의 그림이다.

9

절개·우국

이 몸이 죽어죽어

다정도 병인 양하여

이 몸이 죽어죽어 일백 번 고쳐 죽어[01]
백골白骨이 진토塵土[02]되어 넋[03]이라도 있고 없고
임 향向한 일편단심一片丹心[04]이야 가실 줄[05]이 있으랴?   정몽주

포은 정몽주의 이 〈단심가丹心歌〉는, 이방원李芳遠(후에 태종)이 포은의 뜻을 회유 겸 탐색하기 위하여 부른, 〈하여가何如歌〉에 대한 답가答歌라 한다.

이런들 어떠하며 저런들 어떠하료?[06]
만수산萬壽山[07] 드렁칡[08]이 얽혀진들 긔 어떠리?

01고쳐 죽어: 다시 죽어.
02진토: 티끌과 흙.
03넋: 혼魂, 혼백魂魄.
04일편단심: 한 조각 붉은 마음. 자나 깨나 잊지 못하는 충성스러운 마음.
05가실 줄: 변할 줄.

우리도 이같이 얽혀져 백 년토록 누리리라!　　　〈하여가〉 이방원

　신진 세력인 이성계의 아들 이방원이, 구세력의 우두머리인 정몽주를 설득 회유하려는 의도를 담아 부른 노래다. 시비곡직是非曲直 따지지 말고, 우리 모두 한마음이 되어, 새 나라의 영화로운 앞날을 함께 누리자는 내용이다. 그러나 이에 대한 답가인 〈단심가〉에 나타난, 태산부동泰山不動의 흔들림 없는 포은의 의지를 확인하고는, 그날 밤 하수인을 시켜 선죽교에서 살해하게 한 것이라 역사는 전한다.
　사례는 다르지만, 불의不義에 굽힐 줄 모르는 또 한 예를 보자.

이 몸이 죽어가서 무엇이 될꼬 하니
봉래산蓬萊山[09] 제일봉第一峰[10]에 낙락장송落落長松[11] 되었다가
백설白雪이 만건곤滿乾坤[12]할 제 독야청청獨也靑靑[13]하리라!　성삼문

　사육신의 한 사람인 성삼문이, 단종 복위를 꾀하다 사전에 발각되어, 세조의 혹독한 친국親鞠 끝에, 형장刑場에서 남긴 유시遺詩라 한다.

　권력의 세계에는 오직 권력만으로 만사 해결하려고 할 뿐, 그것을 용납할 수 없는 '정의正義, 정도正道'와는 타협이 어렵게 마

06어떠하료?: 또한 좋지 않겠느냐의 뜻.
07만수산: 개성 서쪽, 고려 왕릉이 여럿 들어서 있는 산.
08드렁칡: 높다랗게 큰 덩굴로 얼크러져 있는 칡덩굴.
09봉래산: 동해에 있어, 신선이 살고 있다는 전설의 산. 여기서는 금강산을 이른 듯.
10제일봉: 가장 높은 봉우리.
11낙락장송: 우람하게 높고 큰 소나무.
12만건곤: 천지에 가득 참.
13독야청청: 홀로 푸르디푸름.

런이다.

　충국忠國과 충군忠君; 주권재군主權在君에서 주권재민主權在民으로 옮겨간, 민주국가에 있어서는, 모든 국가 기관은, 충군忠君이 아닌, '충민忠民' 곧 국민을 위한 충성, 모든 국민의 행복을 증진하기 위하여 기여하는 모든 정성이어야 할 뿐이다.

　하기야 '충忠'의 바른 대상은, 옛날이나 지금이나, 그 근본은 '충국(이 말에는 '충국민忠國民' 곧 충민忠民의 개념도 내포되어 있다.)'이건마는, 민주주의 이 시대 사람들도 가끔 혼동 착각하여, 그르치는 사례가 적지 않음을 보게 되나, '충국 정신'이야말로, 오늘날도 여전히 살아 있는 최고 이념임에 변함이 있을 리 없다.

정부가 갈아든들 주권이야 바뀔 손가?
여야가 뒤바뀌다 나라 충성 달라지랴?
온 백성 다 '잘 살도록' 골고루 배려하소.

물질로만 잘 사는 사나운 세상보단,
정으로 얽힌 믿을 수 있는 세상!
맘 편히 살 수 있어야 '잘 사는 삶'이려니?

인사人事가 만사萬事[14]거니, 넓은 천하 두루 찾아
덕德 있는 천하 인재로 보좌 진영 잘 갖추면,

───────────────

14 인사가 만사: 널리 천하의 인재를 두루 찾아 보좌진영補佐陣營을 잘 갖추는 일. 이 일이야말로 '국사國事 만사萬事'의 근본이라, 그 인사만 잘 갖추어지고 나면, 다 맡겨놓고 가만히 지켜보고만 있어도, 나라 통치는 절로 이루어진다는 뜻.

파리나 잡고 있어도 나라 통친 절로 되리.

나라 통치하시는 분! 여론을 새겨들소.
천청天聽이 민청民聽[15]이라 삼가는 마음으로,
언제나 겸허히 들어 거울 삼음 잊지 맙소.

나라 통치하시는 분! 두루 국민 껴안으면,
흑백도 화합하거니, 한겨레사임에랴?
덕으로 다스리고서야 만민이 우러르리ㅡ.

자고로 연민憐愍의 정情[16]은 약자에로 쏠리거니,
강자야 제대로도 떵떵거리리 잘 살거니,
그래서 억강부약抑强扶弱[17]을 성군들은 힘썼거니ㅡ.

소득 없는 무인노도 국토로 소중하듯,
약한 백성 하나라도 어였비 거두어서.
영원할 민주 역사에 빛으로 남으시길ㅡ!

15천청이 민청: 天視自我民視, 天聽自我民聽 《서경(書經)·맹자(孟子)》: 하늘이 이 세상의 민정民情을 살필 때는, 우리
백성들의 '보는 눈'을 통해서 살피게 되고, 하늘이 이 세상의 민정을 듣고자 할 때는, 우리 백성들의 지껄
거리는 소리들을 통하여 듣는다는 뜻. 이는 곧, '민심民心이 천심天心'이란 경구와도 같은 뜻으로, 여론輿論
은 하늘이 시청視聽하는 바이니, 여론을 엄숙히 들어 정사에 반영하라는 교훈.
16연민의 정: 가난하고 힘 없는 백성을 가엾이 여기는 마음.
17억강부약: 돈 많고 권세 있어 오만해진 강자. 곧 '오복자傲福者'를 억누르고, 돈 없고 힘없는 약자를 거두어
보살핀다는, 옛 성군들의 연민의 정이다.

엊그제 버힌 솔이

다정도 병인 양하여

엊그제 버힌 솔이 낙락장송 아니던가?
저근덧 두던들 동량재棟樑材01 되리러니,
어즈버! 명당明堂02이 기울면 어느 낡이03 받치리?

〈도임사수원사가(悼林士邃寃死歌)〉04 김인후

어와05 동량재를 저리하여 어이할꼬?
헐뜯어06 기운 집07에 의논도 하고많다.
뭇 지위08 고자자09 들고 허둥대다 말려느냐?

정철

---

01 동량재: 기둥과 들보가 될 재목. 나라에 중용重用될 인재人材의 비유.

02 명당: 임금이 정사政事를 보는 대궐大闕의 정전正殿.

03 낡이: 나무가.

04 도임사수원사가: 임사수의 억울한 죽음을 애도함. '사수'는 임형수林亨秀(1504~47)의 자. 호는 금호錦湖. 문과에 급제, 벼슬이 부제학에 이르렀고, 학문과 문장이 뛰어나 장래가 촉망되었으나, 명종 2년 정미옥사丁未獄事에 사사賜死되었음. 나주의 송재서원松齋書院에 제향되었고, 저서에 《금호유고》가 있음.

05 어와: 감탄사. 아아!

06 헐뜯어: 헐고 뜯어. 훼손毀損하여.

07 기운 집: 기울어진 국가.

08 뭇 지위: 여러 목수들. 여러 정객政客들.

09 고자자: 먹통과 자. 각자의 주의 주장. 당파의 당론黨論.

나라의 대들보 감인 큰 인재를, 허구로 죄를 얽어 죽이곤 하던, 그 옛날 당쟁 시대의 행태를 한탄한 내용이다. 칠실漆室 이덕일李德一의 탄식을 들어보자.

힘써 하는 싸움 나라 위한 싸움인가?
옷밥에 묻혀 있어 할 일 없어 싸우놋다.
아마도 그치지 아니하니 다시 어이하리요?

이는 저 외다 하고, 저는 이 외다[10] 하네.
매일에 하는 일이 이 싸움뿐이로다.
이 중에 고립무조孤立無助[11]는 임뿐인가 하노라.

말리소서. 말리소서. 이 싸움 말리소서.
지공무사至公無私[12]히 말리소서. 말리소서.
진실로 말리옷 말리시면[13] 탕탕평평蕩蕩平平[14]하리이다.

대의를 명분인 양하면서도 실상은 파쟁派爭을 일삼던 그 소용돌이 속에서, 벼슬한다는 것! 그것은 그지없는 영광이기에 앞서, 인생을 건, 죽기 살기의 모험이기도 한 것이었다. 서로가 원수 되어, 중상모략으로 잔인한 원옥冤獄과 살상殺傷이 엎치락뒤치락 되풀이되던, 그 옛날 그 행태는, 새 시대에는 깨끗이 청산되어야 할 것이다.

10저 외다, 이 외다 : 저 사람이 그르다, 이 사람이 그르다.
11고립무조 : 도움이 없는 외로운 처지.
12지공무사 : 사사로움이 없이 지극히 공변됨.
13말리옷 말리시면 : '옷'은 '곳(串)'의 'ㄱ'탈락형인 강세. '말리시기만 말리신다면'의 뜻.
14탕탕평평 : 탕평을 겹쳐 강조하는 말. 탕평은 일당一黨의 전제專制를 없애고, 두루 화합하는 정책을 펴는 일.

그러나 오늘날의 각종 의정 단상에도, 그때 그 음습한 악령의 그림자가 가끔 스쳐가는 듯, 우리를 걱정스럽게 하고 있음은 어인 일인가?

민주주의 의정 단상 새 시대 맞았건만,
여야 다투는 양은 당쟁 시대 흡사하다.
타협을 모르는 고집 보는 맘도 불안하다.

나라 위한 다 같은 맘! 근본 어이 저리 달라,
보수니 진보니 편차도 심할시고!
'서민'에 바탕을 두면 가닥 절로 잡히련만—.

자고로 위정자야 '연민의 정' 근본이라.
약자에 쏠리는 마음 그 마음에 근본하면,
영원할 민주 역사에 우러르는 빛이 되리—.

김종서 외

삭
풍
끝 은
에 나
불 무
고

삭풍朔風[01]은 나무 끝에 불고 명월明月은 눈 속에 찬데,
만리변성萬里邊城[02]에 일장검一長劍[03] 짚고 서서,
긴파람[04] 큰 한 소리에 거칠 것이 없어라!   김종서

장검을 빼어 들고 백두산에 올라보니
대명천지[05]에 성진腥塵[06]이 잠겼어라.
언제나 남북풍진南北風塵을 헤쳐볼꼬 하노라!   남이

백두산 나린 물이 압록강이 되었도다.
크고 큰 천지天地에 분계分界[07]는 무슨 일고?
슬프다! 요동遼東 옛 땅[08]을 뉘라서 찾을 손가?   강응환

> 백두산석白頭山石은 마도진磨刀盡[09]이요 두만강수豆滿江水는 음마무飮馬無[10]라.
>
> 남아이십男兒二十 미평국未平國[11]이면 후세수칭後世誰稱 대장부大丈夫아?[12]
>
> 아마도 이 글 지은이는 남이 장군南怡將軍인가 하노라. 사설시조 실명씨

　국경을 사이하여 여진女眞과 대치하고 있던, 일촉즉발一觸卽發의 당시 상황과, 이를 평정하고야 말리라는, 장군들의 굳센 의지와 시퍼런 기개가 번득이는 작품들이다.

　그러나 오늘의 상황은 어떠한가?

　만주 방면의 광활한 옛 '고구려의 땅'이며 '요동의 땅'은 다 잃은 채, 압록강 두만강으로 경계한 축소된 국경은 또 고사하고, 무수한 남북 동포의 희생을 치른 6·25 전쟁도 성과 없이, 다시 그어진 국경 아닌 원한의 휴전선! 이민족과도 아닌, 동족끼리 원수로 갈라서 겨누는 현실! 이 애달픈 현실은 언제나 끝낼 수 있을 것인가? 답답하여라! 언제면 그날이 올 수 있단 말이냐?

---

01 삭풍: 북풍.
02 만리변성: 만 리나 먼 국경의 성.
03 일장검: 한 자루의 긴 칼.
04 긴파람: 긴 휘파람.
05 대명천지: 환하게 밝은 세상.
06 성진: 비린내 나는 티끌. 곧 전진戰塵. 전운戰雲.
07 분계: 경계를 나눔. 국경을 나눔.
08 요동 옛 땅: 발해渤海의 우리 옛 강토. 또는 만주에 있던 옛날의 우리 강토.
09 마도진: 칼을 갈아서 다 닳아 없어짐.
10 음마무: 말에게 먹여 없어짐.
11 미평국: 나라를 평정하지 못하면.
12 후세수칭 대장부아?: 후세에 그 어느 누가 '대장부'라고 일컬어주겠는가?

북풍은 울부짖고 눈달(雪月)은 얼었는데,
국경 아닌 휴전선을 총칼 겨눠 마주 서니,
겨레의 이 애달픈 한은 어느 제나 씻는다니?

얄타[13]에 모여 앉은 바보 영웅 작란으로,
그어진 38선에 흘린 피가 그 얼만데,
여태도 못 깨닫고서 남의 손에 놀아서야?

손잡으면 따사로운 체온이 넘나들고,
입을 열면 다 같은 정에 겨운 우리말의
반만년 지켜온 역사 이제 와서 갈릴 수야?

남의 손에 놀아나서 매양 어이 원수 되랴?
동서독 남북 예멘 평화통일 그 언젠데,
우리만 왜 여태도록 합칠 의논 못 하는고?

분단을 거부하여 한사코 항거하던,
남북 부조父祖들의 초심初心으로 돌아가서
형제여! 가슴을 열고 쌓인 회포 풀자꾸나!

13얄타회담: 1945년 2월 미국의 루스벨트, 영국의 처칠, 소련의 스탈린이 얄타에서 만나 전후 처리 문제를
최종적으로 합의한 회의. 38선을 기준으로 한반도를 분할 점령하기로 합의한 것이 이 얄타회담에서다.
독일은 동서독으로 분단됐으나, 1989년에 이미 평화통일을 달성했다.

이순신

한산섬 달 밝은 밤에

> 한산섬 달 밝은 밤에 수루戍樓[01]에 혼자 앉아
> 큰 칼 옆에 차고 깊은 시름 하는 적에
> 어디서 일성一聲 호가胡笳[02]는 나의 애를 긋느니?[03]

　죽관竹管을 타고 굽이굽이 휘돌아나는 피리 소리는, 그 음색音色부터가 처량하다. 구곡간장九曲肝腸 굽이굽이 애틋하게 흐느끼는, 그 목쉰 듯 투명한 피리 소리는, 공연히 사람의 마음을 서글프게 하기에 족하거늘, 하물며 달 밝은 아닌 밤에, 멀리서 들려오는 피리 소리를, 피비린내 나는 전선戰線에서 들음에 있어서랴?

　'계명산鷄鳴山 추야월秋夜月에 장량張良의 옥통소 소리에, 초패왕楚霸王의 팔천 군사가 뿔뿔이 흩어졌다는 초한지楚漢誌의 고사'

01수루: 적군의 동정을 살피려고 성곽 위에 높이 지은 집.
02호가: 갈잎을 말아 부는 피리. 풀피리. 또는 관악기의 일종. 날라리.
02애를 긋느니: 창자를 끊어지게 하느냐? 창자가 끊어지듯 슬프게 하느냐?

도 그랬듯이, 가을밤 피리 소리에 집 생각 나지 않는 목석이 어디 있으며, 또한 집 생각 간절해짐에야, 병졸이나 장군이나 다를 것이 무엇이랴?

이 밤 들려오는 피리 소리에 애간장이 녹아나는 그 속내야, 말할 것도 없이 '집 생각(집 걱정)'일 것은 이르나 마나다. 홀로 계시는 어머니 생각, 아내 생각, 자식들 생각······!

이를 굳이 '나라 걱정〔憂國心〕'으로 풀어야 한다고 고집하는 사람들! 그래야 장군의 체모가 선다니, 딱하기만 하다.

충무공은 한장悍將이 아니라, 정에 여리고 눈물이 많은 현장賢將이며 성웅聖雄이었다. 그의 《난중일기亂中日記》의 처처에 눈물 어린 문자들을 보지 못하는가? 전선의 밤 피리 소리에 애간장이 끊이는 거기, 인간 이순신의 참 면모가 서려 있음을 어이 보지 못하는고? 시로도 살고, 인간으로도 살고, 장군으로도 사는, '집 생각'을 굳이 외면하고, '나라 걱정'으로만 고집하는 주장은, 필경 시로도, 인간으로도, 장군으로도 죽이고 마는, 일이 되지 않으랴 싶다.

그의 한시 〈한산도야음閑山島夜吟〉의

저무는 가을 바다 기러기 떼 높이 날고,
시름겨워 뒤척이는 지새는 저 달빛에
되비쳐 싸늘히 바랜 활과 칼의 차가움이여!　　　　원문 408쪽

의 '시름〔憂心〕'도 같은 '집 생각'일 것임은 말할 것도 없다.

달 밝은 전선戰線의 밤, 들려오는 피리 소리!
잊었던 집 생각을 알뜰히도 일깨울 제,
그 밤 그 애끓는 심사! 차마 어이 견디신고?

나라가 거덜 나는 소용돌이 속에서도
혼미한 조정 군신君臣 파쟁派爭 버릇 못 고치고
전국戰局을 몇몇 번이나 자멸自滅로 이끌은고?

덕으로 군민軍民을 품고 지혜로 전구戰具를 갖춰
원수 왜적의 무리 무찌르고 무찌른 끝에
슬프다! 그 몸은 죽고! 이 나라는 살아났네!

집에서는 어진 가장, 선비요 군자君子ㄹ러니,
일선에 서고 보니, 지장智將이요 현장賢將일다.
명필名筆은 그늘에 가려 일컬을 틈도 없네!

※ 전망戰亡 중에 틈틈이 날려 쓴 《난중일기》의 그 종횡무진 거리낌 없이 휘
달린 주필走筆은, 글씨만으로도 명필로 이름나기에 충분하건마는, 워낙 장군
으로서의 큰 성과에 가려, 일컬어질 겨를이 없어, 여태도록 언급마저 없는 상
태다. 늦었으나마 내, 그 문필文筆 또한 빼어났음을 아울러 찬양하는 바이다.

다 정 도 병 인 양 하 여

춘산에 불이 나니

춘산春山[01]에 불이 나니 못다 핀 꽃[02] 다 불는다.

저 뫼[03] 저 불은 끌 물이나 있거니와

이 몸에 내 없는 불[04]이 나니 끌 물 없어 하노라.   김덕령

김덕령金德齡(1567~1596)은 임진왜란에 의병장이 되어, 여러 차례 왜적을 무찔러, 적이 가장 두려워하는 장수였건만, 선조 24년 반란을 일으킨, 이몽학과 내통했다는 무고誣告로, 투옥되어, 일방적인 혹독한 국문 끝에, 30세를 일기로 옥사獄死한 무장武將이다. 바야흐로 국토는 왜적의 발길에 쑥대밭이 되어가는 그 와중에서도, 당쟁 버릇 못 고치고, 구국救國 길의 의병장에까지 무고한 죄를 씌워, 죽게 하는 이 몹쓸 옥사獄事! 그 가슴속 타는 불길이야

---

01 춘산: 봄철의 산.
02 못다 핀 꽃: 다 피지 못한 꽃.
03 뫼: 메. 산.
04 내 없는 불: 연기 없는 불. 가슴속의 울화증.

뉘 있어 안다 하리? 물로도 끌 수 없는, 그 가슴속 타는 불길! 꾸역꾸역 연기도 없이 타는 답답한 그 불길을! 어찌 또 그 형벌, 당자에만 그치리요? 뜻을 같이하는 많은 동지들은 물론, 어린 자식에까지 미치는, 그야말로 '못다 핀 꽃들까지 다 타게 되는', 그 처참한 가슴속을 뉘야 진정 안다 하리?

반대당에 인물 나면, 자당에 불리할세라, 배 아파 못 견디던 시대! 다시 무엇이라 이르리요?

간밤에 불던 바람 눈서리 치단 말가?
낙락장송이 다 기울어지단 말가?
하물며 못다 핀 꽃이야 일러 무삼 하리요?　　　　　유응부

지은이는 사육신의 한 사람으로, 단종 복위를 꾀하다가 발각되어, 그 낙락장송과도 같은 나라의 동량棟樑 감들이 하룻밤 사이에 다 쓰러지고 만, 계유정난癸酉靖難(단종 계유년에, 수양대군이 여러 고명顧命 대신들을 죽이고 정권을 잡은 난)의 처참함을 읊은 내용이다. 여기서도 '못다 핀 꽃'의 안쓰러움을 일컫고 있다.

왕실에 모반할까 전전긍긍 과민하여, 여차하면 우선 죽이기부터 해놓고, 후에 보아 아니면 말고, 정 미안하면 증직贈職(죽은 뒤에 벼슬을 돋우어줌)으로 벼슬이나 돋워주면, 그것으로도 감은感恩하는 관행! 성한 사람이 몇이나 있었던고? 오백 년 동안, 소위 '충신'으로 파직罷職당하거나 옥살이 귀양살이 안 한 이 몇몇이며, 이렇듯이 죽어서 된 충신은 또 얼마이던고?

후에 신원伸寃되어, 위의 두 분도 다 병조판서에 추증追贈되었

으나, 생때같은 생목숨 생죽음 앞에서야 그까짓 게 다 무엇이랴?

왕실에 모반할까 어이 그리 과민하여,
충신을 죽이기에 하 그리도 바쁘던고?
지지고 주리 튼 끝엔 으레 따르는 수순手順일다!

죽여놓고 다시 보니 알짬 같은 충신이라,
위계位階 돋워 증직贈職하니 군은君恩에 감읍感泣하네.
어이타! 이런 관행이 그 세월로 행해진고?

〈백사회야유도白社會野遊圖〉

문인 화가 정수영(1743~1831)이 그린 그림으로, 봄 꽃이 만개한 자연 속에서 백발이 다 된 관료 문인들이 모여 시 모임을 갖고 있는 장면이다. 시흥이 절로 이는 정겨운 그림 이다.

10

인륜·도덕

- 어버이 살아신 제 _정철 외
- 도산십이곡 중에서 _이황
- 이고 진 저 늙은이 _정철
- 내해 좋다 하고 _변계량
- 네 아들 효경 읽더니 _정철
- 청산은 어찌하여 _이황 외
- 인ᄉ이 인ᄉ이라 한들 _안창후 외
- 아버님 날 낳으시고 _정철 외
- 형아 아우야! _정철 외
- 한 몸 둘에 나눠 _정철 외

정철 외

어버이 살아신 제

어버이 살아신 제[01] 섬길 일란[02] 다하여라.
지나간 후면 애닯다 어이하리?
평생에 고쳐 못 할[03] 일이 이뿐인가 하노라.　　　정철

　　송강의 〈경민가警民歌〉 중의 '자효子孝'다.
　　너무 직설적 훈계조라서, 문학적 향기는 적은 편이나, 내용인
즉 폐부肺腑에 새길 말들이다. 낭원군朗原君 이간李侃도;

어버이 날 낳으셔 어질과자[04] 길러내니,
이 두 분 아니시면 내 몸 나서 어질 소냐?
아마도 지극한 은덕恩德을 못내 갚아[05] 하노라!

01살아신 제: 살아 계신 때에.
02섬길 일란: 받들어 섬기는 일일랑.
03고쳐 못 할: 다시 못 할.
04어질과자: 어질게 되도록 하고자.
05못내 갚아: 다 못 갚을까.

그래 세상의 자식들은, (비록 제 나름대로는 효성으로 받들었다 할지라도) 부모의 죽음 앞에서는, 뼈에 사무치는 회한의 눈물을 쏟지 않을 수 없게 마련이다.

부모님 계실 제는 부몬 줄 모르다가,
부모님 여읜 후에 부모님을 알게 된들,
인제야 이 마음 가지고 어디다가 베푸료?　　　　　　　이숙량

효도를 하려 해도 베풀 대상을 잃고 말았다는 한탄이다. 부모를 봉양하는 길은, 심신을 편안하게 받들어, 항상 기쁘게 해드리는 일이나, 가난한 처지다 보니, 매양 힘이 못 미쳐, '좀 나아지면……, 좀 더 나아지면……' 하며 미루는 사이, 그러나 어버이는 기다려주지 않았으니, 그 원통함이야 오죽하랴? 그래서 예로부터 "나무는 고요하고자 하나, 바람이 그쳐주지 아니하고, 자식이 효양孝養하고자 하나, 어버이는 가다려주질 않는다〔樹欲靜而風不止 子欲養而親不待〕"라고 한탄했다. 아무리 한탄하고 애통한들, 다시 어이할 길이 없는 일이다. 이야말로 '평생에 다시 할 수 없는 일'이 아니고 무엇이랴?

다음에, 위당爲堂 정인보鄭寅普의, 40수 연시조로 된, 〈자모사慈母思〉 중 맨 끝 한 수를 옮겨본다.

설워라![06] 설워라! 해도 아들도 딴 몸이라.
무덤 풀 우북한 오늘 이 살 붙어 있단 말가?
빈말로[07] 서른 양함을[08] 뉘나 믿지 마옵소.

06 설워라: 서러워라.
07 빈말로: 속 빈 말로. 가식假飾으로.
08 서른 양함을: 서러운 듯이 행동함을.

무덤의 풀이 우북할 만큼 일월日月이 지났으니, 어머님 시신은 이미 육탈肉脫(살은 빠지고 뼈만 남은 상태)이 다 됐으련만, 이 아들은 서러워라 서러워라 하면서도 그것이 참 서러움이었다면, 이 몸이 어찌 살이 빠지지 아니하고 이렇게 멀쩡할 수가 있단 말인가? 필경 아들도 딴 몸이라서, 이렇게 멀쩡한 상태를 유지하고 있으니, 이 '멀쩡한 것'이 죄스럽기 그지없을 뿐만 아니라, 그동안 서러워라 서러워라 했음도 한갓 가식에 불과한 것이 아니었던가 하는, ─불효를 자책하는 애절한 고백이라, 오히려 그 애달픈 효심의 하염없는 충정에, 독자 또한 뉘 아니 눈시울 뜨거워짐을 느끼지 않으리오?

그런가 하면 이와 같은 감동적인 시조가 또 있으니,
저 고산孤山 윤선도尹善道의;

220

산은 높고 높고 물은 멀고 멀고
어버이 그린 뜻은 많고 많고 하고 하고
어디서 외기러기는 울고 울고 가느니?

고산은 돌아가신 지 이미 오래된 부모님 산소에 성묘차 올라가고 있다. 지팡이에 힘을 실어, 한 굽이 한 굽이 굽이돌아 올라가고 있다. 숨이 차면 몇 번이고 길섶에 앉아 쉬어쉬어 가며, 꽤나 높은 위치에 있는 묘소에 이르렀다.

계하階下에 재배하고 봉분을 둘러보는 사이, 그렁그렁해진 눈을 식히려고 묘정에 앉아, 끔벅끔벅 하염없이 먼 곳을 바라보고 있노라니, 삼면을 멀찍이 둘러 있는 산, 산, 산들! 산들은 끝끝내 베풀어주신 어버이의 사랑인 양, 한결같이 울멍줄멍 높기만 하고, 어버이 그리운 절절히 애달픈 이 마음은, 멀리 굽이굽이 흐르고 있는 강물인 양, 끝없이 끝없이 이어져가고 있다. 슬픈 마음 더욱 격해져, 그예 울음을 터뜨리고 만다. 늙은 아이, 아이 울음으로 한바탕 엉엉 울어버린다. 허공으로 흩어지는 울음소리 끝에 딸려오는 소리가 있다. 끼룩끼룩 기러기 소리다. 대열을 잃은 외기러기가, 저 넓은 하늘 벌판을 지향도 없이 허위허위 울며 울며 어디론가 가고 있다. 아! 나야말로 이 허허로운 우주 공간에 오직 하나 외로운 한 마리 외기러기와 같은 고아가 아니고 무엇이랴? 싶다.

　높고 높고…… 멀고 멀고…… 많고 많고…… 하고 하고……
울고 울고……

　어버이 그리움이 오죽이나 했으면, 이렇게도 애달프게 부르짖음이랴? 그립고도 애달픈 마음! 잘해 드리지 못했던 지난날의 절절한 회한! 의지할 곳 잃은 외로움! 등, 그 모두를 고조하는 첩어疊語들! 그걸 다시 또 반복법으로 고조하기를 다섯 번이나 거듭하는 가운데, 시정詩情은 천야만야千耶萬耶 극에 이르러, 독자로 하여금도 각자의 처지에서의 어버이 그리움과 한스러움이 가슴 가슴에 사무치게 하고 있다. 그것은 초·중·종장이 한결같이 현재진행으로 일관되어 있음으로 해서, 더욱 긴박하게 이끌어가고 있기에 더욱 그러하다.
　시가 이 경지에 이르면, 이는 '신운神韻'이라 이를 뿐이니, 읽고 읽고 또 소리 내어 읽어볼수록, 그 그윽하고 아득히 서리는 정한을 감당하기 어렵거든, 하물며 애원처창哀怨悽悵한 계면조界面調에 없어 굽이굽이 읊어내는 창唱의 경우야 더욱 일러 무엇 하리오?

〔여담이지만, 고산에게 몇 글자만 바꿀 것을 건의하고 싶은 데가 있다.

'어디서 외기러기는 울고 울고 가느니'의 종장을;
'어디라 외기러기는 울며 울며 가는고?'로 바꾸었으면 하는 것이다.

기러기의 우는 위치가 '공간의 어느 정지된 곳에서'가 아닌, 어디를 지향도 없이 가면서 울고 있음이라, '어디라'가 제격일 것 같아서며, 또 우는 것이 연속되는 데는 '울고 울고'로 도막 나기보다는 '울며 울며'로 이어지는 것이 더 적합할 것 같으며, 맨 끝을 '가는고'로 하면, 초장·중장의 끝 '-고', '-고'와 각운脚韻으로 가지런히 통일이 될 뿐만 아니라, '-고'가 모두 11군데나 반복되어 있어, 형식미形式美, 운율미韻律美에, 정제미整齊美마저 갖추게 됨으로써, 더욱 완미진선完美盡善의 수사修辭가 되지 않을까 하는 생각에서였다.

그러나 다음 순간, 이내 그게 아님을 깨닫게 되었다. '울고 울고'의 '-고 -고'는, 그 위에 여덟 번이나 씌어온 '-고'의 여세餘勢를 이어받은 것이요, 또 '가느니?'는 종장의 끝인 동시에, 전편의 맨 끝이라, 그마저 '-고'로 { 'ㄱ+ㅗ→고'('ㄱ'은 끝이 닫히는 폐쇄음이요, '오'는 촬구음撮口音(입을 오무려서 내는 소리))} 입을 오므려서 소리를 좁은 공간으로 제한하고 보면, 끝이 경색梗塞해질 것이 아닌가? '-니'와 같은 구장개방음口張開放音으로 끝을 활짝 헤쳐 열어줌으로써야, 글도 소리도 비로소 너울너울, 산도 물도 그리움도 숨통이 트이는 듯, 기러기의 울음도 단절 없이 이어져가는, 그야말로 '말은 끝났으나 정情은 다하지 못한' 긴긴 여운餘韻으로 남게 될 것임을 깨닫게 된 것이다. 그러고 보니, 내가 건의하고자 했던 것 중 '어디라'를 제외한 다른 하나하나는, 작자가 이미 그렇게 해보려다가 기각했던 것을, 부질없이 뒷공론한 것에 불과했음을 깨닫게 되었으며, 한편 놀랍기도 하였으니, 그의 많은 작품들에서 나타나듯, 과연 우리말을 부려 쓰는 조사措辭의 귀재鬼才임에 재탄再歎 삼탄三歎이 터져 나오지 않을 수가 없었던 것이다.]

고산보다 약 반세기 뒤의 허강許橿의 시조는, 고산의 이 작품에서 깊이 감명된 흔적이 보인다.

산은 높으나 높고 물은 기나길다.
높은 산 긴 물에 갈 길도 그지없다.
임 그려 젖은 소매는 어느 제나 마를꼬?

을사사화 때 좌찬성左贊成이던 아버지 자磁가 모함으로 귀양 가서 죽자, 벼슬 뜻을 버리고, 일생을 강호에 방랑하면서, 아버지의 원통한 죽음과, 그 간절한 하염없는 그리움의 눈물을 이렇게 읊었던 것이다.
써오다 보니, 노계蘆溪 박인로朴仁老의 〈조홍시가早紅枾歌〉를 또한 빼놓을 수가 없구나!

반중盤中 조홍早紅감[09]이 고와도 보이나다.
유자 아니라도[10] 품음 직하다마는,[11]
품어가 반길 이 없음에 그를 슬퍼하나이다.   박인로

　한음 이덕형 댁을 방문했을 때의 일이다. 소반에 차려 내온 홍
시를 보고, 옛날 육적陸績이 그랬던 것처럼, '유자'를 품어 가서
어머니께 드려야지 하는 생각에 무심코 손이 나가는 순간, 아차!
어머니는 이미 이 세상에 계시지 않음을 깨닫고는, 얼른 손을 거
두며 울먹거리고 있는 것을, 한음이 까닭을 묻자, 이에 답한 시조
라 한다.

　차려 내온 저 홍시가 하 곱고도 탐스러워
　무심결 손길이 나가 소매 속 감추려다,
　눈시울 핑 도는 바람에 도로 얼른 거두다.

　고려 때의 효자 문충文忠이, 오관산 아래 살면서, 그 어머니를
즐겁게 해드리려고 애쓰던 그 마음도, 한자리에 차려보자. 본디
우리말 노래인 '고려가요'의 하나였으나, 원가는 전해지지 않고,
이제현의 한역가로 전하는 것을 다시 현대어로 복원해본다.

　목두개비로 꼬마 당닭을 새겨내어
　젓가락으로 집어다가 벽 횃대에 앉혀놓자
　이 닭이 꼬끼오 울면 어머님 얼굴 환해질까?   문충(원문 409쪽)

09반중 조홍감: 소반에 놓여 있는 홍시.
10유자 아니라도: 유자가 아니지마는. 후한 때 효자 육적陸績이, 어린 나이로 원술袁術을 뵈러 갔을 때, 차려
　내온 유자가 하 탐나서, 슬쩍 감춰 가서 어머니께 드렸다는 고사.
11품음 직하다마는: 몰래 몸에 감추어 갈 만하다마는.

쓰고 남은 나무토막으로 작은 당닭〔왜계矮鷄〕한 마리를 새겨내어, (하도 작아서) 젓가락으로 집어다가 횃대에 앉혀놓자, 이 닭이 '꼬끼오오오오' 하고 울면, 어머님이 환하게 웃으실까?

부모를 받들어 모심〔奉養〕에 있어, 좋은 음식으로 몸만 기르는 일은, 가축을 기름이나 무엇이 다르랴? 늘 공경하여 마음을 즐겁게 해드리는 일이야말로 참 효도라고 한, 공맹孔孟의 가르침이야말로 효도의 요체要諦라 할 것이다.

김수장은;

부모 살아신 제 시름을 뵈지 말며,
낙기심樂其心[12] 양기체養氣體[13]하여 만세萬歲를 지낸 후[14]에
마침내 향화부절香火不絕[15]이 긔 옳은가 하노라!

부모의 마음을 늘 즐겁게 해드리는 길은, 크게 두 가지라 할 수 있으니; 좋지 않은 일은 숨기어 근심스러운 얼굴을 보이지 않는 소극적 방법과, 위에서 보인, 문충의 당닭처럼 일부러 일을 꾸며서라도, 기쁘게 해드리는 적극적 방법이라 할 수 있으리라.

어버이 살아신 젠 천년만년 살 줄 알다,
떠나신 후에서야 서럽다 서럽다 한들,
평생에 다시 못할 일! 땅을 친다 어이하리?

12낙기심: 그 마음을 즐겁게 함.
13양기체: 의식衣食으로 그 몸을 받들어 기름.
14만세를 지낸 후: '오래 살다 돌아가신 후'를 완곡하게 이르는 말.
15향화부절: 제사를 끊지 아니함, '향화'는 향불.

손톱 발톱 모지라지게 가난살이 꾸려가며,
금야 옥야 귀여운 정 웁쌀 얹어[16] 기르면서,
자식에 쏟아지는 정! 사는 보람 컸느니ㅡ.

자식에 바라는 건 고량진미 그 아니며,
비단옷 그 아니며, 호사로움은 더 아닐레!
자손들 한데 어우러진 정에 살다 가고지고!

다정도 병인 양하여

증에서

도산십이곡

1. 고인도 날 못 보고

> 고인도 날 못 보고, 나도 고인 못 뵈[01]
> 고인을 못 봐도 예던 길[02] 앞에 있네.
> 예던 길 앞에 있거든 아니 예고 어쩌리?

고인古人과 금인今人이 서로 면대할 수는 없으나, 고인이 행하던 길은, 선성先聖들의 경전經傳을 통해, 또는 대대로 이어오는 앞사람들의 관습화된 실천 행동에 의해, 오늘날까지 우리 앞에 탄탄대로로 펼쳐져 있어, 앞사람들이 다 이 길을 따라갔고, 지금 사람들도 이 길을 따라가고들 있으니, 우리도 이 길을 따라가지 않을 수 있겠느냐는 것이다.

그러나 오늘의 사회현상은 어떠한가? 사회악은 날로 만연해가는 추세라, 크고 작은 짓거리들이 고인의 길과는 동떨어진 엇길,

---

01못 뵈: 못 보이. 곧 못 보네그려!
02예던 길: 가던 길. 행하던 길, 도의道義의 길.

그것은 다름 아닌 짐승의 길을, 짐승들과 함께 어울려 가고 있는 것이 아니던가? 인도人道에서 벗어난 금수禽獸의 도를 저렇게 달려가고 있는 오늘의 사회현상이 그저 한탄스럽기만 하다.

고인도 날 못 보고, 나도 고인 못 본대서,
고인의 가던 길을 함부로 외면하고
저처럼 짐승의 길을 짐승이랑 가다니?

2. 당시에 예던 길을

> 당시에03 예던 길04을 몇 해를 버려두고
> 어디 가 다니다가 이제야 돌아온고?
> 이제나05 돌아오나니 딴 데 마음 말오리―.

도학道學에만 잠심하여 그 실천에만 전념하려던 당초의 작심을, 몇 해 동안이나 이탈하여, 환해풍파宦海風波에 시달리다 이제야 돌아와, 다시는 명리名利의 세계에 발을 끊고, 초심대로 정진하리라 다짐하는 내용이다.

그러나 일반적으로는 지켜지는 일이 드물다. 소명召命이 내리

03당시에: 수도修道하던 그 당시에.
04예던 길: 가던 길. 행하던 도리.
05이제나: 이제나마. 늦기는 하였으나 이제라도.

면 다시 출사出仕하고, 이리하여, 사환仕宦, 유배流配, 은서隱棲 생활이 일생에 몇 번이고 되풀이되는 경우를 우리는 보아왔다. 지은이는 을사사화 때 삭직削職되었다가 명종 7년에 다시 소환되어 대사성, 부제학 등에 임명되었으나 모두 사양하고, 향리로 돌아와 후진 양성에만 전념하였으니, 그 초심을 끝내 지켜낸 셈이다.

다음은, 한 가지 목표를 위한 지속성이 없이, 항상 불안과 방황으로 자신을 가누지 못하는 현대인의, 그 스스로 안타까워하는 심경을 역조逆調로 읊어본 것이다.

당시에 행하던 길, 몇 해 만에 돌아와서
다시는 딴맘 말려 다짐 다짐 해놓고는
어느덧 또 엇길 들었으니 이를 장차 어쩌료?

3. 우부도 알며 하거니

우부愚夫[06]도 알며 하거니[07] 긔[08] 아니 쉬운가?
성인도 못다 하거니[09] 긔 아니 어려운가?
쉽거나 어렵거나 중에 늙는 줄을 몰라라!

06우부: 어리석은 사나이. 불학무식不學無識한 사람.
07알며 하거니: 알아서 행하거니.
08긔: 그것이. 곧 '도道'라는 것이.
09못다 하거니: 다하지 못하거니.

인간이 지키고 행해야 할, 인륜도덕人倫道德의 '도道'란 것은, 미묘한 것이어서, 불학무식한 사람도 천성天性으로 이를 깨달아 어느 만큼은 행할 줄을 아는 것으로 보면, '도'란 것이 어렵기만 한 것이 아닌, 쉬운 것 같지마는, 이를 진선진미盡善盡美 철저하게 행함에 있어서는 성인도 미처 다하지 못할 만큼 어려운 것이라, 그 쉽고도 어려운 도를 일평생 지상至上의 명제命題로 삼아; 행하는 일이 도에서 벗어날세라, 행함에 있어 도를 소홀히 함이 있을세라, 일념 잠심潛心하여 노력하는 가운데, 어느덧 백발이 머리에 가득하게 되었다는 감개다.

사람마다 타고난 '천성', 쉬운 말로 '양심'이라.
양심이 향하는 길! 그 길이 곧 '도道'인 것을!
구태여 쉽다 어렵다 말고 우직愚直하게 따르렴!

이고 진 저 늙은이

이고 진 저 늙은이 짐 풀어 나를 주오
나는 젊었거니 돌인들 무거울까?
늙기도 설웨라커든⁰¹ 짐을조차⁰² 지실까?

  그러나 요새 인심은 어떠하던가? 짐을 날라다주겠다는, 그 고
마운 마음마저도 일단 의심해보지 않을 수 없게 된다. 짐을 맡겼
다가 줄행랑을 놓게 되면 어쩌나?

  서울 아들네 집 찾아오다 그런 일 당한 노부부 이야기, 신문에
도 방송에도 이미 있었던 터라, 이런 의심이 앞서다가도 부랴부
랴 지우고 만다. 고마운 뜻을 의심으로 받아들이다니? 자책하다
가도 또 도지는 의심! 이렇게 수없이 고마움과 의심 끝에, 태도
를 정해야 한다. 결국 '고맙기는 하나, 아직은 그냥 갈 만하니, 너

---

01 설웨라커든: 서러워라 하겠거든 하물며……..
02 짐을조차: 짐(을+조차). '을'은 짐까지 진다는 것은 천만부당하다는 어감의 강세 조사.

무 걱정하지 말아 달라'며 사양하고 만다. 부끄러운 세상 탓이다.
자탄하며 읊어본다.

고마운 저 젊은이 짐을 져다 주려 하나,
혹시나 해 망설이니 스스로도 한심하다.
이마저 불신不信으로 갚는 이런 때에 살다니?

내
해
좋
다
하
고

내 해[01] 좋다 하고 남 싫은 일 하지 말며,
남이 한다 하고 의義 아녀든[02] 좇지 마라.[03]
우리는 천성天性[04]을 지켜 삼긴 대로[05] 하리라.

　내 하기 좋다 하여, 남에게 폐 되는 일을 해서는 아니 되며, 또 남들이 다 한다 해서, 덮어놓고 따라 해서도 아니 된다. 우리는 타고난 '천성 = 양심'이 있으니, 스스로 양심을 지켜, 양심의 시키는 대로 행하리라는 마음다짐이다.

　부정을 저지르면 낯가죽이 간지러워지는, 부끄러움을 타게 마련이니, 이는 다름 아닌 '양심의 가려움증' 곧 '부끄럼증'으로 나

01내 해: '내 하기'의 준 꼴.
02의 아녀든: 옳은 일이 아니거든. 맹자의 사단四端에서, '수오지심羞惡之心은 의義의 단서端緒'라 했다. 곧 불의不義를 부끄러워하고 불선不善을 미워하는 마음.
03좇지 마라: 따라 하지 말라.
04천성: 날 때부터 타고난 성품. 곧 하늘이 준 착한 성품.
05삼긴 대로: 날 때 타고난 성품 그대로. 곧 타고난 '천성대로'.

타나지만, 양심이 먹통이 되면, 낯가죽은 철면피鐵面皮로 굳어져 감각을 잃게 되고 만다. 온갖 비리 부정으로 치부에만 동분서주 하는 가운데, 어느덧 죄를 짓고도 도시 부끄러워할 줄 모르는 '중 증 양심 장애인'이, 가끔 사회질서를 어지럽힘을 보게 된다.

'부끄러움'은 인간과 금수를 분간하는 '바로미터'요, '리트머스 시험지'라 할 만하다.

사람마다 타고난 천성! 쉬운 말로 '양심'이라!
양심에 거리끼면 낯가죽이 가렵나니,
부끄럼 탈 줄을 알면 양심 살아 있음일다.

양심이 마비되면 가렴증도 먹통되어,
온갖 부정 비리 수없이 범하고도
낯가죽 가렵지 않음 원숭이나 다르랴?

정 철

네 아들 효경 읽더니

네 아들 《효경》[01] 읽더니 어도록[02] 배웠나니?
내 아들 《소학》[03]은 모레면 마칠로다.
어느 제 이 두 글 배워 어질거든 보려뇨?[04]

자식 공부하는 재미! 그 재미, 그 보람은 세상에 둘도 없는 것!
곧잘 부지런하고 재주 있어, 연달아 좋은 과정 단계 단계 다 마치
고, 의젓한 인격자 되어, 사회의 모범으로 제 할 일 맡아 하면, 그
아니 신이 날까?

불 밝은 새벽 창에 낭랑한 글 읽는 소리! 그 소리에 가락 맞추
듯, 안방에선 연해 나는, 도드락도드락 다듬이 소리! 어느 음악
의 화음이 이보다 더 아름다우랴? 복신福神이 복 한 짐 짊어지고

---

01 《효경》: 공자가 그 제자인 증자曾子에게 효도孝道에 대하여 가르친 말을 적은 책.
02 어도록: 어느도록. 얼마만큼.
03 《소학》: 중국 송나라 때 유자징劉子澄이, 어린이들을 가르치기 위하여 편찬한 책.
04 보려뇨?: 보게 될 것인고?

새벽길을 가다가, 이런 불 밝은 따뜻한 집에 복 한 덩이씩 담 너
머로 던져 넣고 간다지 않던가?
　아무럼! 그런 집에 길이 복이 있을진저!

자네 아들은 중학교에 들었다지?
우리 딸은 이제 겨우 오학년에 오른다네.
어느 제 대학 마치고 의젓하면 보려뇨?

입시 지옥, 사교육비, 변덕스런 문교 정책!
돈 없으면 꿈도 못 꿀 대학 등록금에
가슴이 까맣게 타는 부모 마음 뉘야 알꼬?

236

* * *

특수고교 일류 대학 입학 준비하는 데도
학원이야 족집게야 원어민 몰입교육······
호구도 어려운 처지, 애만 타는 부모 마음!

남들은 능력 있어 조기 유학 딸려 보내,
앞선 나라 앞선 교육 원 없이 받건마는
내 자식 아까운 재주 묵혀두고 보는 마음!

이황 외

청산은 어찌하여

청산은 어찌하여 만고에 푸르르며,
유수는 어찌하여 주야에 긏지 아닣는고?[01]
우리도 그치지 말아 만고상청萬古常靑[02]하리라.　　　　　　　이황

태산이 높다 하되 하늘 아래 뫼이로다.
오르고 또 오르면 못 오를 이[03] 없건마는
사람이 제 아니 오르고 뫼만 높다 하더라.　　　　　　　양사언

잘 가노라 닫지[04] 말고 못 가노라 쉬지 마라.
부디 긏지[05] 말고 촌음寸陰[06]을 아껴 쓰라.
가다가 중지 곧 하면 아니 감만 못하니라!　　　　　　　김천택

---

01 긏지 아닣는고: '그치지 아니하는고?'의 준 꼴.
02 만고상청: 오랜 세월 언제나 푸르기만 함.
03 못 오를 이: 못 오를 사람이.
04 닫지: 달리지.
05 긏지: 그치지. 중지中止하지.
06 촌음: 한 치의 광음, 곧 짧은 시간. 도막 시간.

선현先賢들의 이런 좋은 권고를 세상 사람들은 수긍首肯은 하면서도, 어른들은 누구나 으레 하는 소리로 치부해버리기가 일쑤다. 너무 교훈적인 것은 집안 어른들에게서도 귀에 못이 박히도록 들었기에, 별로 감동하는 기색이 없다. 그중에 혹은 발심發心하여 마음에 새기면서도 작심삼일作心三日로 끝내버리기가 또한 일쑤다.

그런가 하면 한편;

노세! 노세! 젊어서 노세! 늙어지면 못 노느니,
화무십일홍花無十日紅[07]이요, 달도 차면 기우나니,
인생이 일장춘몽一場春夢이라, 아니 놀고 어이리?　　　　　실명씨

일정一定[08] 백 년 산들 긔 아니 초초草草[09]한가?
초초한 인생이 무엇을 하려 하여
내 잡아 권하는 잔을 덜 먹으려 하는다?　　　　　정철

우정위정[10]하며 세월이 거의로다.
흐롱하롱[11]하며 이룬 일이 무슨 일고?
두어라! 이의이의已矣已矣[12]니 아니 놀고 어쩌리?　　　　　정철

세상 사람들아! 이내 말 들어보소.

다정도 병인 양하여

---

07 화무십일홍: 꽃은, 열흘 동안이나 붉어 있는 꽃이 없다는 뜻으로, 아름다운 것은 목숨이 짧다는 탄식.
08 일정: 꼭. 틀림없이.
09 초초: 덧없는 모양.
10 우정위정: 어정어정. 하는 일 없이 어정거리는 모양.
11 흐롱하롱: 힝뚱행뚱. 흥청거리는 모양.
12 이의이의: 이미 다 틀리고 말았다는 한탄.

청춘이 매양이며 백발이 검는 것가?
어찌타! 유한有限한 인생이 아니 놀고 어이리?　　　　　**김천택**

인생을 헤아리니 한바탕 꿈이로다.
좋은 일 궂은일, 꿈속의 꿈이거니,
두어라! 꿈같은 인생이 아니 놀고 어이리?　　　　**주의식**

세상 사람들이 인생을 둘만 여겨
두고 또 두고 먹고 놀 줄 모르더라
죽은 후 만당滿堂 금옥金玉[13]이 뉘 것이라 하리요?　　**인평대군**

이런 노래도 그러려니와, 정철의 〈장진주將進酒〉에 이르러서는,
그 낭만, 그 퇴폐가 극도에 이르러 있다.

　한 잔 먹세그려! 또 한 잔 먹세그려! 꽃 꺾어 산算 놓고[14], 무
진무진無盡無盡 먹세그려!
　이 몸 죽은 후면 지게 위에 거적 덮여 주리여[15] 매여 가나;
유소보장流蘇寶帳[16]에 만인萬人이 울어 예나;[17] 어욱새[18] 속새 떡
깔나무 백양白楊 숲에 가기 곧 가면, 누른 해, 흰 달, 가는 비,
굵은 눈, 소소리바람[19] 불 제, 뉘 한 잔 먹자 할꼬?

13금옥: 금과 옥. 돈과 보물.
14꽃 꺾어 산 놓고: (꽃나무 아래 술판을 벌인 터라,) 술 한 잔에 꽃 한 가지씩 꺾어놓아, 먹은 술잔 수를 계산해가면서.
15주리여: 부피가 작아지게(縮). 졸리어. 졸라.
16유소보장: 오색 술을 드리운 화려한 상여.
17만인이 울어 예나: 수많은 사람이 울면서 뒤따라가나.
18어욱새: 억새.
19소소리바람: 소슬한 바람.

하물며 무덤 위에 잰나비[20] 파람 불 제[21]야 뉘우친들[22] 어쩌리?

사설시조 정철

이런 노래들에 이르러서는 즉석에 감동한다. "진실로 그렇커니!" 탄성까지 올리며, 연거푸 잔을 비워낸다. 왜 그럴까?

전자(표제의 노래들)는, 의지에 호소하여 실천의 일관된 노력을 요구하는, 쓰디쓴 맛인 반면; 후자(노세! 노세!의 노래들)는, 감정에 호소하는 감미로운 넋두리라, 아니라도 쏠리기 십상인 낭만의 깃에, 가랑잎에 불 댕기듯, 순식간에 옮겨 붙으니, 이내 활활 탈 수밖에—.

그러나 이들 퇴폐적인 낭만물浪漫物도, 이백李白 이래로 술자리에서의 우정 시늉해보는 허풍일 뿐, 평소의 소행이야 자자근면孜孜勤勉, 성의정심誠意正心, 본색은 다 군자君子를 지향하는 유교인儒敎人들일 뿐이다. 술자리에서의 거나해지는 취기와 함께 천야만야 부풀어 올랐다가, 술 깸과 동시에 푹 꺼져버리는 풍선과 같은 헛바람들인 것이다.

이는 마치 소량의 당해當該 병원病原을 주입注入함으로 해서, 각종 전염병의 면역免疫 효과를 얻게 되는 것과 같은 이치라 함 직도 하다 하리?

다정도 병인 양하여

---

20 잰나비: 원숭이.
21 파람 불 제: 휘파람 불 때에. 원숭이 울음 울 때.
22 뉘우친들: 후회한들. 살았을 때 즐겁게 놀지 못했던 일을 후회한들 이미 때가 늦었다는 뜻.

청산처럼 푸른 마음 유수처럼 쉼이 없이,
태산을 오르듯이 의지 하나 굳건하면
이 세상 무슨 일인들 못 해낼 일 있으랴?

안일安逸(일 없이 놂)을 좋아 마라 마디마디 녹스나니,
땀 흘려 애쓰는 거기 보람도 쌓이느니,
인생이 하나뿐인 줄을 행여 잊지 말려마!

단것만 즐겨 마라. 쓴 것이 약이니라.
팔자타령 하지 말고 앞길을 헤쳐 열라.
모처럼 태어난 인생 아깝지가 않으랴?

스스로 천대하고야 남이 그를 천대하고,
제 버린 후에서야 남이 그를 버리나니,
떠버리 호걸보다는 진실한 범부凡夫(평범한 장부)이고자!

인ㅅ이 인ㅅ이라 한들

> 인ㅅ이 인ㅅ이라 한들 인ㅅ마다 인ㅅ일소냐?
> 인ㅅ이 인ㅅ이라야 비로소 인ㅅ이어너.
> 진실로 인ㅅ이고자 할진댄 반구저기反求諸己[01] 하였어라![02]

사람 인자 여섯 자 '人人人人人人'을 죽 달아 써놓고, 뜻이 통하도록 토를 달아라 하는, 옛 수수께끼가 있다. 정답은;

'人이 人이면 人인가? 人이 人이라야 人이지.'

그러나 이 시조는 人이 여덟 번이나 되풀이된, 더 난해한 수수

---

[01]반구저기: 어떤 일의 원인을 나 자신에게서 찾음. 실패하면 그 실패의 원인을 자기 자신에게 돌이켜 구할 것이라는 뜻. 예컨대, 활을 쏘아 맞추지 못했음은, 먼저 내 마음이 바르지 못했기 때문이니, 마음이 바르지 못한데 자세가 어찌 바를 수 있었겠는가? 잘못은 언제나 나 자신의 내부에 있음을 알고, 반성하는 태도를 잃지 말라는 교훈. 《예기禮記》, 《중용中庸》, 《맹자孟子》 등에 나오는 말. 반기反己.
[02]하였어라: '했어야 할 것이다'의 감탄형.

께끼에 답까지 아예 끼워 나온, 농조弄調인 듯하면서도, 심오한
교훈이 담겨 있다.

　다시 다섯 자를 더한, 열석 자로 해볼거나!

　人인들 다 人이랴?　人 같은 人도 있네.
　人 닮은 人 아닌 人이, 人보다 더 人 같네.
　人인 양 人 아닌 人이, 人들 속에 독판치네.

아
버
님

날
낳
으
시
고

아버님 날 낳으시고 어머님 날 기르시니,
두 분 곧 아니시면 이 몸이 살았을까?
하늘 같은 은덕恩德[01]을 어디 다여[02] 갚사오리?

부모가 자식 기를 적에, 그 기르는 것을 '은혜를 베푸는 일'이라
의식하거나, 훗날 '이 자식이 효도하여, 지금 베푸는 이 은혜에
보답해 오리라' 기대하거나 하는 부모가 어느 세상에 있으랴? 다
만 '애정'일 뿐이다. 하나에서 열까지 오직 '애정'으로서다. 무조
건적으로 샘솟아나는 애정! 더 원초적인 말로는 '정情'으로서다.

이것을 '은혜' 운운하는 것은 이 경우의 말이 아니다. '은혜'란
베푸는 것, 갚아야 할 의무가 따르게 마련인 대차관계貸借關係 같
은 것이지만, '정'은 작용作用에 반작용反作用하듯 그 즉시로 호응

01은덕: 은혜와 덕.
02다여: 닿이어, 곧 어디다 견주어.

하여, '가는 정'에 '오는 정'으로, 서로 어우러지는 현장 반응의 물리적 현상이기도 한 것이다. 더구나 부모 자식 간의 정은, 분신 分身으로서의 무조건적으로 쏠리게〔傾倒〕되는 정이며, 유전자적 인력에 의하여 끌리게 되는 '천륜의 정'임에랴? 그것은 인간이면 누구나 타고나는 천성의 하나로서, 그 극히 초보적인 현상은 동물들에도 나타남을 본다. 다만 차원이 다를 뿐이다.

부모의 '은혜' 운운은, 부모의 '정'의 순수를 흐리게 할 염려가 없지 않다. 부모가 자식에게 주는 것은 오직 정이다. 그것은 무조건적인 순수한 정일 뿐이다. 만일 그것을 은혜로 따진다면, 가난과 무식을 대물림하는 부모 자식 간에는 무슨 은혜가 주어졌단 말인가? '낳아준 은혜?' 그건 도리어 패륜아들이 대들며 폭언하는 원망거리가 아니던가? "왜 낳았느냐?"고—.

핏덩이 때부터, 아니 배 속에서부터, 아니 배태되는 그 과정이 이미 '정과 정'의 극치에서 점지된 만큼, 정에서 나, 정을 먹고 자라면서, 정으로 커가는 자식들!

왼팔 베고 왼 젖 물려 엉덩허리 툭툭 치며
금자동아! 옥자동아! 만고강산 보배동아!
금을 준들 너를 사며, 옥을 준들 너를 사랴?

이러굴어 정은 정으로 상승相乘하며, 육친의 정, 천륜의 정! 천야만야 어우러져, 유년, 소년, 청년으로 자라나던 그 자식들!

보라! 저 가난과 무식을 대물림하는 헐벗고 못 배운 자식들의, 부모에 대한 정이; 어찌 금지옥엽으로 호사롭게 자라 배울 대로 배우고, 많은 유산까지 물려받는 행운아들보다, 못하다 할 수 있겠는가? 오히려 더했으면 더했을까—.

또 부모가 늙어 자식에게 바라는 것은, '효도'라 이름 지어진— 세상의 모든 자식들에게 의무적으로 짐 지워져 있는 법제 윤리의 '효도'가 아니다—고량진미도 아니며, 비단옷도 아니며, 호사로움도 아니다. 조죽석죽일망정 자손들 두루 함께 정으로 어우러진, 정 속에 살다 가고 싶어 할 뿐이다.

고래로 "하해 같은 부모 은혜, 효도로 되갚는다"는 시가며 기록들의, 그 한결같은 심한 착오가, 그저 민망스럽기만 하다.

다정도 병인 양하여

'은혜'로 기르다니? 정에 겨워 길러갈 뿐,
'효도'로 '갚는다'니? 정에 겨워 받듦일 뿐,
내리 정 받드는 정이 그 모두가 '정'인 것을!

정에서 나 정에 자라 정으로 엉긴 가족
그래서 인류의 정! 그래서 천륜의 정!
정으로 묶여진 단위, 가정이란 정의 둥지!

자식에 바라는 건 고량진미 그 아니며,
비단옷 그 아니며 호사로움은 더 아닐레!
자손들 한데 어우러진 정에 살다 가고지고!

정철 외

형아 아우야!

형아 아우야! 네 살을 만져보아
뉘에게서 태났기에 양자[01]조차 같아 산다?[02]
한 젖 먹고 길러나 있어 딴마음을 먹지 마라.　　　　　정철

강원도 백성들아 형제 송사訟事[03] 하지 마라.
종꿰 밭꿰[04]는 얻기에 쉽거니와
어디 가 또 얻을 것이라 흘낏할낏[05] 하느니?　　　　정철

형제 두 몸이나 일기一氣[06]를 나눴으니
인간의 귀한 것이 이 밖에 또 있는가?
값 주고 못 얻을 것은 이뿐인가 하노라.　　　　　　김상용

우리 몸 갈라 난들 두 몸이라 알지 마소.
분형연기分形連氣[07]하니 이 이론[08] 형제니라!
형제야! 이 뜻을 알아 자우자공自友自恭[09]하자스라!　　낭원군 이간

> 형은 날 사랑하고 나는 형 공경하여
> 형우제공兄友弟恭[10]하니 이 아니 오륜五倫[11]인가?
> 진실로 동기지정同氣之情[12]은 한없는가 하노라.
>
> 실명씨

　형제는 외모만 닮는 것이 아니라, 품성도 서로 닮는다. 같은 부모의 유전자를 받아 났고, 같은 젖을 먹고 자랐으며, 같은 가정, 같은 정서 같은 분위기 속에 자랐으니 그럴 수밖에―. 그래서 동기同氣니, 연지連枝니, 우익羽翼이니, 안항雁行이니 한다. 형제끼리 집안에서는 짜그락거리는 일이 있다가도, 외부 세력에 대해서는 언제나 공동방어共同防禦에 나선다. 그래서 형제는 양손 같고, 양날개 같다고들 한다. 그래서 부자 형제자매 사이의 떳떳한 도리를 천륜天倫이라고들 한다.

　딴 몸으로 태난 중에 형제 같음 또 있는가?
　부모 정기 나눠 받아 한 젖 먹고 자라나며

다정도 병인 양하여

---

01 양자樣姿: 모양. 얼굴 모양과 몸매.
02 같아 산다?: 같은 것이냐?
03 송사: 소송訴訟하여 다투는 일.
04 종꿔 밭꿔: '꿔'는 '따위'에 해당하는 접미사. 종 따위, 밭 따위. 곧 노비奴婢 따위, 전답田畓 따위.
05 흘깃할깃: 눈 흘기는 모양. 형은 흘깃흘깃, 아우는 할깃할깃.
06 일기: 한 가지 기운. 똑같은 부모의 기운.
07 분형연기: 형상도 서로 비슷하게 나눠었고, 기품氣稟도 같은 부모의 기품으로 연결되어 있다는 뜻.
08 이 이론: 이것이 이른바. 이 소위所謂.
09 자우자공: 아우는 스스로 형을 공경하고, 형은 스스로 아우를 사랑한다는 뜻.
10 형우제공: 형은 아우를 사랑하고, 아우는 형을 공경함.
11 오륜: 다섯 가지 인륜. 곧 부자유친父子有親, 군신유의君臣有義, 부부유별夫婦有別, 장유유서長幼有序, 붕우유신朋友有信.
12 동기지정: 형제자매 사이의 정.

정으로 동여진 인연! 길이 변치 말기를—.

형제로 다 자라서 흘깃할깃 꼴사납고,
억만금 유산을 두고 더 가지려 으르렁거림,
공룡들 다투는 양은 보기만도 끔찍해라!

정철 외

한 몸 들에 나눠

한 몸 들에 나눠 부부로 삼기실사!
있은 제 함께 늙고 죽으면 한데 간다.
어디서 망령의 것[01]이 눈 흘기려 하느뇨?

정철

남으로 삼긴 것[02]이 부부夫婦같이 중할런가?
사람의 백복百福[03]이 부부에 갖았거든
이리도 중한 사이에 아니 화和코 어이리?[04]

박인로

부부는 반신이 반신을 만나, 비로소 온전한 한 몸을 이룬 인격
체다. 이승에 있는 동안은 함께 늙고, 늙어 죽어서도 같은 묘역에
묻히게 마련이다. 그런 사이인지라, 어느 망령스러운 것이 감히
그 사이를 비집고 따고 들 수 있을 것인가?

---

01 망령의 것: 망령스러운 것. 부부 사이를 따고 들려는 불순한 존재.
02 삼긴 것: 태어난 것.
03 백복: 온갖 복. 모든 행복.
04 아니 화코 어이리?: 화목하지 아니하고 어이하리?

그러나, 혼전까지는 각자 제대로 자란 터이기에, 때로는 서로 사이 못마땅함 불만스러움이 어찌 없으랴마는, 그래도 이미 '내 사람' 된 바에는 그 바로 '내 몸'이매, 그때마다 서로 조율調律하여 맞춰가자니, '부부는 서로 닮아간다'고들 한다. 당연한 일이다.

그러나 요새는 어떠한가? 현대인은 과속 시대·과민 시대에 살고 있는 탓이런가? 조급하고 경망하고 참을성 없는, 듬직한 무게나 포용성이 전혀 없는, 수양되지 못한 인간들도 종종 있어, 극도의 이기주의로 개성만 강해가지고, 분수없이 남을 부러워하여, 제 탓을 상대에로 억지 씌워, 걸핏하면 갈라서기를 예사로 하고 나서는 젊은이도 적지 않으니, 그 아니 한심하며, 그 어찌 사람이랴?

인류·도덕

외로이 짝을 그려 애타게 찾던 끝에
비로소 얼싸 만나 정으로 맺은 부부!
알뜰한 사랑의 씨앗 아들 낳고 딸 낳고…….

반신半身이 반신을 만나 고락 애환 함께하며,
서로 아껴 정든 사이 어이 그리 모질은고?
자식들 고아 만드니 그 죄 또한 어이하리?

아무리 다투어도 칼로 물 베기거늘,
백날이 편안할, 고 한때를 참지 못해
이승에 더 없는 원수로 갈라서고 말다니?

만신창이 헌 인생이 남은 앞날 어이하리?
비록 새 짝 또 만난들 모진 딱지 떼어질까?
자식에 끼친 그 상처 당대에 아물 것가?

11 자연 친화

대추 볼 붉은 골에 ┃황희
매암이 맵다 하고 ┃이정신
잔 들고 혼자 앉아 ┃윤선도 외
샛별 지자 종다리 떴다 ┃이재 외
헌 삿갓 짧은 되롱 ┃조헌명
녹수청산 깊은 골에 ┃이명한 혹은 이의현
청산리 벽계수야 ┃황진이
청산은 내 뜻이요 ┃황진이
동창이 밝았느냐 ┃남구만
말 없는 청산이요 ┃성혼 외
보리밥 풋나물을 ┃윤선도 외
대 심어 울을 삼고 ┃김장생 외
우는 것이 뻐꾸긴가? ┃윤선도

右夏雨謠

右日暮謠

대추 볼 붉은 골에

> 대추 볼[01] 붉은 골에 밤은 어이 듣들으며[02]
> 벼 벤 그루에 게는 어이 나리는고?[03]
> 술 익자 체 장수 돌아가니[04] 아니 먹고 어이리?

　'마음씨 좋은 정승'으로, 갖가지 일화도 많은 '황희 정승'의, 벼슬에서 물러난, 만년의 시골 생활 풍경이다.

　가을 들어 오곡백과가 무르익어가는, 농촌의 흐무뭇한 생활 풍경! 빨갛게 익어가는 대추, 뚝뚝 떨어지는 알밤, 논귀에 엉금엉금 기어 내려오는 게! 그 모두 안줏감으로도 일품인데, 갓 익은 오려주(올벼로 빚은 술) 새 체로 막 걸러내어, 캬! 한잔 죽 들이켜는

---

01 볼: 뺨.
02 듣들으며: 뚝뚝 떨어지며.
03 중장의 뜻: 벼를 베어 낸 무논에 게는 엉금엉금 물고 쪽으로 기어 내려오는고? 안줏감으로 일품이란 뜻.
04 체 장수 돌아가니: 체 장수가 "체 사려……" 외치면서 담 모롱이를 돌아가니, 그 체 장수 불러, 체 사서, 술 걸러, 한잔 아니 마시고 배길 수 있겠느냐는 풍정이다.

농촌의 가을 홍치다.

　동글갸름한 풋대추의 예쁜 초록 얼굴에도, 사춘기 소녀 같은 부끄러움을 타, 두 볼이 홍조紅潮(부끄러워 붉어진 얼굴)로 물들어갈 무렵이면, 털보할아버지 밤송이는, 그 수염치레의 얼굴을 파안일소破顏一笑(얼굴을 활짝 열어 한 번 크게 웃음)로, 한 얼굴 활짝, 웃음을 터뜨린다. 그 벌어진 입 안에는, 빤질빤질한 갈색 알밤 두세 개씩을 삐죽이 내보이면서, '내일 아침 먼저 오는 사람에게 주겠노라'며 애들을 꾀고 있다.

　담장 밑 석류나무에는 '알알이 붉은 속의 속정'을 보라는 듯, 주렁주렁한 석류들이 가슴마다 빠개 젖히고, 빼곡히 들어찬 홍보석紅寶石(진홍빛의 보석. 루비) 같은 속 알맹이를 눈부시게 드러내 보이고 있다.

　가을은 성숙의 계절! 오곡백과가 드레드레 주렁주렁, 천시天時 인공人功이 흐무뭇이 무르익어가는 결실의 계절이다.

　풋대추 소녀 얼굴 두 볼에 홍조 들면,
　털보할범 밤송이도 파안대소破顏大笑 터뜨리고,
　석류는 빠개 젖히고 속의 속정 보라 한다.

　들마다 넘실넘실 황금물결 일렁이고,
　나무 나무 포기 포기 드레드레 주렁주렁
　가을은 천시天時 인공人功의 흐무뭇한 축제여라!

오려주 게 안주로 한잔 주욱 들이켜는,
봄여름 땀 흘린 뒤의 축배 어이 사양하리?
삶이란 아름다운 것! '아름답다' 여길수록…….

이정신

매암이 맵다 하고

> 매암이 맵다 하고 쓰르라미[01] 쓰다 하네.
> 산채山菜를 맵다느냐? 박주薄酒를 쓰다느냐?
> 우리는 초야草野[02]에 묻혔으니 맵고 쓴 줄 몰라라!

매미는 '매암매암⋯⋯!' 쓰르라미는 '쓰르람쓰르람⋯⋯!' 온 종일 동네가 떠나가라 울어대는 것은, 어쩌면 산나물 맛이 맵다는 듯, 막걸리 맛이 쓰다는 듯, 그런 양으로 듣고 나니, 들을수록 늘 그런 양으로만 들려온다.

그러나 우리네 시골 사람들이야, 산나물도 꿀맛이요, 막걸리도 선미仙味인 것을! 저 녀석들의 입은 너무나 사치스러운 것 아니냐 싶다.

아무 욕심 없이 순박하게 살고 있는 시골 사람들에게는, 청산

---

01 쓰르라미 : 매미의 일종. '쓰르람쓰르람' 운다 하여 붙여진 이름.
02 초야 : 궁벽한 시골 땅. 벼슬 없이 삶.

유수 청풍명월 등 자연 경물은 말할 것도 없거니와, 개, 닭, 소, 돼지……, 날고 기는 산짐승들이며, 자잘한 곤충들도, 다 감정 교류의 알뜰한 대상 아님이 없다.

봄밤의 두견이, 가을밤의 귀뚜라미, 겨울밤의 부엉이, 아침 까치, 밤 까마귀……, 심지어 두더지, 고슴도치, 여우, 사슴, 노루, 삵, 너구리, 호랑이, ……도, 인간으로 순화한 갖가지 전설 속에, 친숙히 교감交感하는 사이 아닌 것이 없다.

6, 7년 긴긴 세월 깜깜한 땅속에서
굼벵이로 천대받다 날개 신선 되었거니,
왜 하필 맵고 쓴 거랴? 이슬이나 먹으렴!

정으로 듣다 보면 매미와도 말 통하고,
정으로 보다 보면 굼벵이도 다 귀엽다.
한세상 함께 살거니 정 나누며 살고지고!

다정도 병인 양하여

윤선도 외

잔 들고 혼자 앉아

잔 들고 혼자 앉아 먼 메[01]를 바라보니
그리던 임이 오다[02] 반가움이 이러하랴?
말씀도 우음[03]도 아녀도[04] 못내[05] 좋아하노라!

기러기 떴는 밖에[06] 못 보던 산 뵈는구나!
낚시질도 하려니와 취取한 것이 이 흥이라.[07]
두어라! 석양이 눈부시니 천산千山이 금수錦繡로다.[08]

윤선도

산은 말이 없이 언제나 그 자리를 지켜, 봄 여름 가을 겨울 철
철이 옷 갈아입고, 새 얼굴로 다가오되 믿음으로 대해온다. 높은

01메: 산.
02오다: 온다 한들.
03우음: 웃음.
04아녀도: 아니하여도.
05못내: 그지없이. 잊지 못하고 내내.
06기러기 떴는 밖에: 기러기가 떴는 하늘 바깥에.
07취한 것이 이 흥이라: 목적으로 삼은 바가 '산을 바라보는 흥미興味'라.
08금수로다: 비단에 수놓은 듯 아름답구나.

259

자
연
친
화

덕으로 우뚝하여 만인의 우러름을 받으면서도, 그저 그런 양 수더분하고 듬직하다. ─백 년을 함께해오는 임인 양, 범범하고 덤덤해도 속정은 깊고 깊다.

산을 대해 앉아, 한잔 죽 기울이면, 잗다란 세상 시름이야 후월후월 흰 구름이랑 영 넘어가고 만다.

고려 때 시인이요 국사國師였던 위원개魏元凱의 시도 한자리에 차려보자.

나날이 산을 봐도 양이 차지 아니하고
물소리 늘 들어도 물리지를 않는구나.
그 소리 그 빛 속에서 마음 마냥 즐거워라!   **원문 409쪽**

물소리보다 아름다운 음악이 어디 있으며, 산빛보다 아름다운 그림이 어디 있으랴? 그는 산수 속에서 이목耳目을 맑히며 마음을 편안히 기르고 있는, '산수에 인 박인' 수도자였다.

만물을 품어 기르는 자애로운 모정이여!
철철이 단장하는 화사한 여인이여!
산울림, 이내, 노을, 상고대, 조화의 여신이여!

별무리, 너구리, 아침 해, 저녁놀,
진달래, 뻐꾸기, 여우, 바위, 약수, 계곡,
개울물 지절대는 노래 풍요의 여신이여!

다정도 병인 양하여

산은 수더분 말없이 거기 있어
덤덤히 마주 보나 그 깊은 속정이야
평생을 함께해오는 의지로운 내 님 같다.

이재 외

샛별 지자
종다리 떴다

다정도 병인 양하여

샛별 지자 종다리 떴다. 호미 메고 사립 나니
긴 수풀 찬 이슬에 베잠방이[01] 다 젖는다.
아이야 시절이 좋을 새면[02] 옷이 젖다 관계하랴?   이재

비슷한 내용의 강희맹姜希孟의 한시도 있다.

맑은 아침 호미 메고 들일하고 돌아오니,
흐뭇이 내린 이슬 아직도 덜 말랐다.
다만지[03] 곡식 장할 새면[04] 옷이 젖다 어쩌하리?   **원문 409쪽**

농사꾼은 몸을 사리지 않거니, 하물며 옷 젖는 것쯤이야! 아침

01 베잠방이: 삼베로 지은, 남자의 홑으로 된 반바지.
02 좋을 새면: 좋을 것이면,
03 다만지: 다만. '-지'는 강세의 접미사,
04 장할 새면: 장할 것이면. 곧 (곡식이) 무성히 자랄 바이면.

마다 새 얼굴을 대하는 듯, 성큼성큼 자라는 곡식들의 싱싱한 윤기 어린 푸른빛에 신명이 절로 난다. 금년은 소출이 많이 나리란 타산에서가 아니다. 씩씩하게 자라는 자식을 바라보는 듯, 그저 괜히 흥이 나고 신바람이 나는 것이다. 한편 암암리에 들 이웃과의 경쟁도 없지 않다. 옆 논보다 작황作況이 빠지거나, 이웃 밭보다 못하면 애가 탄다. 이웃 논에는 물이 청청한데, 내 논이 말라 있으면 화가 난다. 소출이 적을세라 타산에서가 아니다. 그저 무조건적인 것이다. 이 심정을 농군 아닌 사람들은 이해하기 힘들 것이다.

꽃을 가꾸다 보니 꽃농사도 농사라서, 전적으로 공감이 간다.

꽃모종하기 좋은 가랑비 오는 아침, 옷이 젖다 놓칠 손가? 빗속에 옮긴 모종! 이제야 비로소 제자리 잡아 앉은 안도감도 그러려니와, 빗물로 세수한, 함초롬 고운 얼굴! 그것은 그 자체 이미 꽃이 아닐 수 없으며, 어쩌면 신방에 모셔다 놓은 초록 싱싱한 새 색시인 양 싱그러운 새물내가 난다.

보슬비 내리는 아침 꽃모종하기 꼭 알맞다.
봉선화 과꽃 모종 포기 포기 옮겨놓니
함초롬 싱그러운 얼굴 그대로도 꽃일레라!

이슬비 내리는 속 꽃모종 시집갈 제
자르르 윤기 어린 초록 싱싱 여린 얼굴!
신방에 모셔다 놓은 새색신 양 싱그럽다!

헌 삿갓 짧은 되롱

헌 삿갓 짧은 되롱[01] 삽 짚고 호미 메고[02]
논둑에 물 보리라,[03] 밭 기음[04]이 어떠터니?[05]
아서라![06] 박장기 보리술이 틈 없은가[07] 하노라.

지은이는 영조 때의 탕평책蕩平策을 주장한 영상領相으로, 한세
상 열심히 살아 높은 벼슬 지내고는, 물러나 고향 돌아와, 남은
삶을 즐기는 장면이다.

---

01 되롱: 도롱이. 우장雨裝. 곧 삿갓 쓴 밑에 받쳐 어깨에 두르는, 짚으로 엮어 만든 거적, 농부들의 우구雨具
　의 하나.
02 삽 짚고 호미 메고: 손에는 논물 보는 살핏대(작은 삽)를 지팡이 삼아 짚고, 논물 보고는, 또 밭에 가서 김
　매려고 호미는 어깨에 걸고.
03 물 보리라: 논의 물이 알맞은지 어떤지를 살피는 일.
04 밭 기음: 밭에 난 잡초.
05 어떠터니: 어떠하더냐?
06 아서라: 감탄사. 아아!
07 틈 없은가: 쉴 틈이 없는가 싶다. 늘 할 일이 연속하게 된다는 뜻.
＊중장의 전체 뜻은; 살핏대 짚고 논둑을 걸으면서 논물을 다 보고 나면, 이번에는 밭에 난 잡초가 또 걱정
　이 되는 것이다.

마을 사람들과 똑같은 농부 차림으로(초장), 늘 관심하는 일은 농사일이며(중장), 여염 사람들과 터놓고 어울려 무간하게 즐기는(종장), 소탈한 생활상이다.

흔히는 높은 벼슬 지내고는, 그대로 서울에 눌러앉아, 고루거각에 백성들 범접 못 할, 초연한 권위의식 버리지 못하고, 특종 계층인 양 행세하며, 거들먹거리고 떵떵거리며 호령하려 하거늘; 재직 시에도 부려보지 못한 권위! 고요히 옛 고향으로 돌아와서, 소꿉친구들과 다시 어울려, 농사일 돌보면서, 바둑 장기에 막걸리 타령 틈이 없다니, 아아! 진실로 그 얼마나 멋을 다한, 세표世表(세상의 모범)의 인물이랴? '황희 정승'은 때마침 혼자였기, 혼자서 마시더라만, 그도 여럿과는, 또한 어울려 마셨을 테지?(254쪽) 한세상 멋지게 살다 간 분들! 그 이름 만세!

어찌 옛일뿐이랴? 오늘날도 봉하마을에는 그런 분 있다던데! 일국의 원수元帥 자리에 있으면서도 언제나 그러했듯, 털털한 성격, 투박한 언행, 우직한 한마음으로, 낙향 후에도 동네 사람들과 어우러져, 자전거, 고무장화, 밀짚모자, 공동작업 마치고는, 막걸리 잔 기울이는 멋! 그 진정 사람 사는 맛이기도 하려니ㅡ.

높은 벼슬 마감하고, 흰머리로 돌아와서,
소꿉친구 어우러진 정에 겨운 삶의 현장!
소탈한 멋들어진 풍채 산천도 빛났으리?

특종인 양 사는 이들 몸 매무새 신경 쓰며,

권위 손상 입을세라, 못 늦추는 경계 속에,
언제나 날[刃] 세워[08] 있기 그 얼마나 고역이랴?

허허허 터놓고 지냄 서로가 편하련만,
시퍼런 권위 서슬 안하무인 홀로 높아,
제멋에 제길량한들[09] 그 무슨 살맛이람?

다
정
도
병
인
양
하
여

이명한 혹은 이의현

녹수청산
깊은 골에

녹수청산綠水青山[01] 깊은 골에 청려 완보青藜緩步[02] 들어가니,
천봉千峰[02]은 백운白雲이요, 만학萬壑[04]엔 운무雲霧[05]로다.
이곳이 경개景概[06] 좋으니 예와 놀려 하노라.

우리 강산이야 금강金剛 설악雪岳이 아니라도, 처처에 소규모
의 그런 곳은 있어, 사람의 발길을 기다리고 있다.

계곡물 콸콸거리는 물 따라 거슬러 돌길 따라 가노라면, 이윽
고 길은 구불구불 감아 돌아 산으로 오르게 되고, 드디어는 꼭대
기에 서게 마련이다. 굽어뵈는 산마루마다 흐르는 것은 흰 구름

---

01 녹수청산: 푸른 물과 푸른 산.
02 청려 완보: 청려장青藜杖을 짚고 느릿느릿 걸어감. '청려장'은 명아줏대로 만든 지팡이. 가벼워서 노인들
   지팡이로 좋음.
03 천봉: 수많은 산봉우리.
04 만학: 수많은 골짜기.
05 운무: 구름과 안개.
06 경개: 경치.

이요, 골짜기마다 자욱한 것은 안개다. 흔히 이런 곳을 물외物外의 경境이니, 선경仙境이니들 한다.

가끔은 이런 곳 만리풍萬里風에 속진俗塵(세속의 티끌)을 떨고 나면, 저 아득히 굽어뵈는 인간 세상에서의 갖가지 희로애락이야, 그 얼마나 하찮은, ─한 파람 휘파람만도 못한 것들이 아니던가? 천야만야 오만해진 기개氣槪! 석양에 돌아오는 하산 길의 가뿐한 살맛이야 오죽하랴!

삼천리 우리 강산 방방곡곡 어디 없이
작은 설악·작은 금강 옹기종기 차려놓고,
열나는 사람들은 와서 식히고들 가라 한다.

청산 너른 품엔 노루 사슴 기르면서,
저 바닥 골몰하는 사람들도 받아들여,
찌들은 먼지랑 때를 날려도 주고 씻어도 주고…….

골에선 속인俗人이다 산에선 선인仙人이라![07]
중생들 힘들어도 청산이 저만치 있기,
가끔씩 바라봄으로도 피로 절로 가신다.

다정도 병인 양하여

청산리 벽계수야

청산리靑山裏[01] 벽계수碧溪水[02]야 수이 감을 자랑 마라.
일도창해一到滄海[03]하면 다시 오기 어려웨라!
명월明月이 만공산滿空山[04]하니 쉬어 간들 어떠리?

"청산을 갈피갈피 누비면서 바쁘게도 흘러가고 있는 저 시냇물이여! 한번 가면 다시 못 올 그 길인 것을! 어찌하여 그리도 숨차게 줄곧 내닫기만 하는 것이냐? 콸콸거리는 너의 그 가쁜 숨소리! 너의 그리도 진동한동 내쳐 서두름이, 세월을 다그치는 듯, 인생을 몰아세우는 듯, 조바심 나게 하는구나! 보라! 저 달도 저리 느직이, 한세상 휘영청 밝아 있거늘, 잠시나마 멈추어, 가쁜 숨결이나 고르고 가려무나!"

---

01 청산리: 청산 속.
02 벽계수: 푸른 시냇물.
03 일도창해: 한번 넓은 바다에 들고 나면.
04 만공산: 빈산에 가득히 참.

산수와의 대화요, 자연과의 통정이다. 인생의 살아가는 끝이 어딘지를 모를 리 없으련만, 노상 악착스럽게 아글아글 살기에 조바심하는 사람들에게, 너무 서두르지 말고, 좀 느직하고 너그럽게 살아가자고 권고라도 하듯, 유유한 자세, 달관한 풍도로 타이르고 있는 장면 같다. 이에 다시 무엇을 덧붙이랴?

심심한 호사자好事者가 천박한 염담艶談(남녀 간의 사랑 이야기)을 조작하여 작품을 더럽힌 것을, 또한 신기하고 괴이한 것 좋아하는 호기심好奇心의 입맛에 꼭 들어, 그것이 진실인 양 맹신盲信하는 사람들!

명월이란 기명의 황진이가, 종실의 한 사람인 '벽계수'를, 꼬이기 위한 계략으로, 어느 달 밝은 밤, 이 노래를 불렀더니, 지나던 벽계수가 너무 감동한 나머지, 그만 낙마落馬(말에서 떨어짐)하여 망신을 자초했다는 이야기다. 작자나 작품을 모독함이 실로 도에 넘친다.

생각해보라. 종실의 어떤 껄렁이가 '벽계수'란 호를 달고 다녔더란 말인가? 황진이의 기명은 '명월'이 아닌 '진이'요, '진랑眞娘'이다.

염담의 진원은 《해동가요海東歌謠》다. 이 시조 끝에 어느 누구의 소행인지, 열석 자의 낯선 작은 글자로, 碧溪水卽宗臣碧溪守明月眞伊라, 두 줄로 낙서되어 있던 것이, 인간印刊 때도 함께 휩쓸려 들어간 것으로, 《해동가요》보다 전에 된 《청구영언靑丘永言》에도 없고, 그보다 후에 된 《가곡원류歌曲源流》에도 없는 것을, 거기 살을 붙여 꾸며낸 이는 서유영徐有榮이란 사람의 《금계필담錦溪筆談》이란 시화류詩話類의 기록물이다. 이것이 이곳저곳으로 번지고, 재미 따라 물들어져, 이 만고 걸작을 형편없이 꾸겨버리고 만 것이다. 어리석은저!

그 쉬 휩쓸려 든 사람들이여! 진실로 맹자의 말씀대로 "盡信書면 不如無書(글이라 해서 다 믿는다면, 글 없느니만 못 하다)"가 아니랴?

홍양호의 〈청구단곡靑丘短曲〉에는 다음과 같이 한역되어 있다.

청산 속 시냇물아! 뉘 시켜 뜀박질고?
창해에 한번 들면 돌아올 날 없는 것을,
저 달도 밝아 있거니 어이 그리 못 쉬는고?　　　원문 410쪽

그런가 하면, 자하 신위는 그의 〈소악부〉에서 이렇게 읊었다.

청산 속 푸른 시냇물이여 쉬 흐른다 자랑 마라.
한번 창해에 들면 다시 보기 어려운 것을!
저 달도 저리 느직이 춤 자락 너울대거니…….　　　원문 410쪽

또 이유원李裕元의 〈가오악부嘉梧樂府〉에는;

청산이 쏟아내니 구름이랑 흘러 멋질 않네.
창해에 한번 들면 다시 오진 못하려니,
휘영청! 한 하늘 달도 예런듯 밝았거니—.　　　원문 410쪽

모두가 순수를 순수대로 받아들였을 뿐, 그런 요사스러운 뜻으로 비틀지는 않았지 않은가?

푸른 냇물 청산을 누벼 진동한동 서두름이
세월을 다그치듯, 인생을 몰아세우듯,
그 가쁜 숨소리 어쩜 조바심 나게 하는구나!

세상 사람들은 어이 저리 바쁘신고?
인생 백 년 끝이 어딘지 아시려니,
서로들 정이나 나누면서 쉬엄쉬엄 서두르소.

한 백 년 살 양이면 느직이 살 것이,
어울려 살 양이면 너그러이 대할 것이,
백 년이 쇠털 같거니 유유히 살자꾸나!

다정도 병인 양하여

황진이

청산은 내 뜻이요

청산靑山은 내 뜻이요,[01] 녹수綠水는 임의 정情이![02]
녹수 흘러간들 청산이야 변할 손가?
녹수도 청산 못 잊어 울어녀어 가는고?[03]

나는 청산! 임은 녹수! 청산 두고 떠나는 녹수! 전들 어이 안 슬프랴? 그 슬픔 오죽했으면, 저리도 여울여울 울며 울며 가는 것을! 이 길로 가고 가면, 이승의 영이별을! 청산도 몸을 떨어 메아리로 울며 울며 하염없이 전송하네.

01내 뜻이요: 나의 의지요. 산처럼 변하지 않는 굳은 '절개'를 이름.
02임의 정이: 임의 애정인 것이.
03울어녀어 가는고?: 노상 울면서 가고 있구나! '녀어'는 '녀다[行]'의 부사형으로, 행동이 지속적임을 나타내는 보조동사.

청산 두고 가는 녹수! 전들 마음 오죽하랴?
구곡간장 굽이굽이 울어 울어 가는 것을!
청산도 목을 놓고는 하염없이 울어라!

녹수랑 떠나는 임! 여울여울 울어 엘 제,
만류할 길 바이 없이 굽이굽이 보내면서
산이랑 넋을 놓고는 메아리로 울어라!

동창이 밝았느냐

> 동창이 밝았느냐. 노고지리⁰¹ 우지진다.⁰²
> 소 치는 아이놈⁰³은 상기⁰⁴ 아니 일었느냐
> 재 넘어 사래 긴 밭⁰⁵을 언제 갈려 하느뇨?

　노인은 아침잠이 없다. 노곤하여 눈은 뜨지 못한 채나, 귀는 늘 열려 있자니, 종다리 지저귀는 소리가 들려온다. 그것도 이른 아침 하늘로 단계 단계 치달을 때는 '삐삐용 삐삐용……' 하지마는, 지금은 '기알 기알…… 조중낭 조중낭……' 하고 있지 않은가? 저건 날이 활짝 밝았을 때 하는 소리다. 마을 상공의 어느 정지된 위치에 '제자리 날기'를 하면서, 마을을 굽어보며, 늦잠꾸러

---

01 노고지리: 종다리. 종달새. 운작雲雀.
02 우지진다: 울어 지저귄다.
03 소 치는 아이놈: 소를 먹이는 작은 머슴아이.
04 상기: 아직.
05 사래 긴 밭: 이랑이 긴 밭. 큰 밭.

기를 비아냥거리는 소리다, 동창이 이미 환할 것은 눈떠 보나마
나다. 그런데도 큰 머슴 작은 머슴 모두가 한밤중이 아닌가? 노
인은 시종 눈은 감은 채, 종다리 소리에 애만 통통 달아 있다.
　그렇다고 일어나 "야, 이놈들……!" 하며 부산하게 소리쳐 깨
우다가는, 수다니 별나니 하다가, 정 배짱이 뒤틀리면 '농땡이'[06]
나 부릴 테고, 참고 있자니 속이 탄다.
　그때나 이때나 노사勞使는 불협화不協和의 숙연宿緣이였던가?

봄 아침이 밝았다고 종다리는 지지배배!
큰 머슴 작은 머슴 아직도 밤중일다.
주인님 눈은 감은 채 애가 애가 달아라!

혀를 차며 일 시키면 각박하다 투덜대고,
호통 쳐 꾸짖다간 농땡이나 부릴 테니,
진실로 머슴 부리기 '속 썩는다' 하는구나!

주인과 머슴 사이 그 또한 인연인 걸!
정으로 대해주면 정으로 갚아 오리.
정으로 어우러진 거기 무슨 트집 생기리?

한 사람 머슴 뒤에 많은 식구 딸렸느니,

06농땡이: 파업罷業의 한 가지로, 꾀를 부려 일을 게을리하는 일. '태업怠業'과 같은 말. 고양이 손이라도 빌려
야 할 한창 바쁜 농번기에, 머슴이 농땡이를 부리면 주인은 쩔쩔맬 수밖에 없다. 그래 "머슴이 상전"이란
말도 있다. 종같이 부리려다 낭패하는 예다.

가진 쪽이 각박하면 없는 쪽이 서러우니,
더 남기려 하지 말고 거느리고 함께 사소!

세상의 기업인들! 노사勞使로 구별 말고,
많은 식구 딸린 식구, 내 식구로 보듬어서,
다 함께 살아간다면 그 공덕功德이 오죽하리?

말 없는 청산이요

> 말 없는 청산이요, 태 없는 유수로다.
> 값없는 청풍이요, 임자 없는 명월이라.
> 이 중에 병 없는 이 몸이 분별없이 늙으리라.　　　　성혼

　청산은 말이 없이 듬직하고, 흐르는 물은 일정한 모양으로 굳어짐이 없이 주위 환경에 따라, 자유롭게 처신處身한다. 맑은 바람은 아무리 그 시원함을 만끽해도 값을 요구하지 아니하고, 밝은 달은 그 밝음을 누리는 사람이 곧 임자일 뿐, 아무리 누려도 바닥나는 일이 없다. 이런 거룩한 대자연 속에, 건강한 이 한 몸이, 천하에 거리낌 없이, 늙기도 자유분방하게 늙으리라 다짐한다.

　이는, 다음 〈자연가〉와도 상통한다.

청산도 절로절로 녹수도 절로절로
산 절로절로 수 절로절로 산수 간에 나도 절로절로
이 중에 절로절로 자란 몸이니 늙기도 절로절로 하리라.

송시열(24쪽에도 나옴)

이들 작품은 또 다음 시조와도 서로 통한다.

청산靑山이 불로不老하니[01] 미록麋鹿[02]이 장생長生[03]하고,
강한江漢[04]이 무궁하니 백구白鷗의 부귀富貴로다.
우리는 이 강산 이 풍경에 분별없이 늙으리라!

임의직

이는 또 소동파蘇東坡의 〈적벽부赤壁賦〉의 한 대문과도 통한다.

'이 세상의 모든 것은 저마다 임자가 있으니, 내 소유가 아닐진
댄 털끝만큼도 취하지 말아야 할 것이나, 오직 저 맑은 강바람과,
저 밝은 산간의 달은, 귀로 들어서는 풍악이요, 눈으로 보아서는
그림이라. 아무리 차지해도 금하는 이 없고, 아무리 사용해도 바
닥나는 일이 없으니, 이야말로 조물주의 무궁무진한 보고로서,
우리들이 다 함께 두고 즐기는 바이로다.'

원문 411쪽

속세에는 옳으니 그르니 말도 많고, 예의니 범절이니 규범도
많아, 운신運身하기도 어렵고 성가신 일이 많지마는, 세속을 떠난
이곳, 이 대자연에는 청산은 말이 없고, 흐르는 물은 자유롭게 처

01청산이 불로하니: 청산은 늙지 않고 언제나 푸르니.
02미록: 고라니와 사슴.
03장생: 오래도록 삶.
04강한: 크고 작은 모든 강물.

신한다. 나도 청산유수를 본받아, 자유분방하게 늙어가려니, 다
시 또 무엇을 더 바라랴?

무한한 우주 공간, 수도 없는 별무리 속,
생명체 깃들인 곳은 지구별뿐인 중에,
어쩌면 이 한 몸 여기 사람으로 있을 줄야!

품도 너그럽다! 만물을 차별 없이
정도 도타울사! 만물에 공평하게.
억겁億劫의 세월을 두고 자연은 한결같다.

진실로 대자연은 넉넉도 한저이고!
청산유수 청풍명월 누릴수록 그지없다.
백 년이 끝나고서도 그 품 안에 안기느니―.

다
정
도
병
인
양
하
여

윤선도 외

보리밥 풋나물을

보리밥 풋나물을 알맞게 먹은 후에
바위 끝 물가에 슬카지[01] 노니노라.[02]
그 남은 여남은 일이야 부러울 줄이 있으랴?　　　　　　윤선도

석양이 비꼈으니 그만하여 돌아가자.
안류岸柳 정화汀花[03]는 굽이굽이 새롭고야![04]
어쩌타! 삼공三公[05]을 부뤌소냐?[06] 만사萬事를 생각하랴?[07]
　　　　　　　　　　　　　　　　　　　　　　　　윤선도

---

01 슬카지: 실컷. 싫어지도록
02 노니노라: 계속 놀고 있노라! '놀다+니다'의 구조. '니다'는 행동의 지속성을 나타내는 조동사.
03 안류 정화: 물가에 드리운 수양버들과 물가에 핀 꽃.
04 새롭고야: 새롭구나!
05 삼공: 삼정승. 최고의 관직.
06 부뤌소냐?: 부러워할소냐?
07 만사를 생각하랴?: 잗다란 온갖 세상일에 관심할 것인가? 만사무심萬事無心의 뜻.

너무나 뻔한 '낚시질'이기에, 두 수 다 명목을 내세우지 않았다. 주변 원근의 선계仙界인 양 아름다운 경관 속에서의, 이 무진무진한 쾌락의 연속은, 번거로운 세상만사를 아득히 떠났음은 물론, 세상 사람들이 다 부러워하는 높은 벼슬 따위도 부러울 리가 없는 것이다.

추강秋江[08]에 밤이 드니 물결이 차노매라.[09]
낚시 드리우니 고기 아니 무노매라.
무심한 달빛만 싣고 빈 배 돌아오노매라.　　　　**월산대군**

초·중·종장 끝마다 '-노매라'가 각운脚韻으로 받쳐져 있어, 층층으로 흥을 돋우고 있다.

본디 '취적불취어取適不取魚(낚시질하는 목적이, 고기를 잡으려는 것이 아니라, 시간을 즐기려고 함에 있다는 뜻)'였기에, 고기야 잡히든 안 잡히든 즐거움은 마찬가지! 빈 배에 달빛 한 배 만선滿船으로 싣고, 돛폭 불룩! 바람 배불리 신나게 돌아오고 있는, 이 멋은 또 얼마이랴!

삼공三公이 귀貴타 한들 이 강산江山과 바꿀 손가?
편주片舟[10]에 달을 싣고 낚대를 흩던질 제[11]
이 몸이 이 청흥淸興[12] 가지고 만호후萬戶侯[13]ㄴ들 부러우랴?　　　　**김광욱**

다정도 병인 양하여

08추강: 가을철의 강.
09차노매라: 차구나! 차도다. '-매라'는 감탄 종결어미.
10편주: 조각배. 소정小艇.
11흩던질 제: 흩어 던질 때. 여기저기 던져 넣을 때.
12청흥: 맑은 흥치.
13만호후: 큰 고을을 영지領地로 가진 제후왕諸侯王.

추산秋山[14]이 석양을 띠고 강심江心[15]에 잠겼는데,
일간죽―竿竹[16] 드리우고 소정小艇[17]에 앉았으니
천공天公이 한가閑暇히 여겨 달을 딸려 보내더라!   유자신

청계淸溪[18] 맑은 물에 은린銀鱗[19]이 번득인다.
일간죽―竿竹[16] 드리우고 조대釣臺[20]에 앉았으니,
아마도 평생 낙사樂事[21]는 이뿐인가 하노라!   실명씨

　일생을 청렴하게 열심히 살고, 부귀영화 따위 세속적인 욕심에
서 멀리 떠난, 만년의 이 절대 자유의 인생 여백을, 낚시질에 가
탁假託하여, 대자연을 즐기고 있는 이 늙은이에게, 천공도 가상히
여겨 '달을 딸려 보내' 줄 만큼이거니, 그까짓 '삼공'이나 '만호
후' 따위 벼슬과 바꾸자 해서야 어찌 흥정이 이루어지랴?

　한세상 열심히 살고 늙어서나 하는 낚시!
　부디 젊은일랑 시늉 내지 말을 것이
　미늘에 옥걸리고 나면 벗어나지 못할세라!

14추산: 가을의 산. 가을 산.
15강심: 강의 한가운데.
16일간죽: 한 개의 낚싯대.
17소정: 작은 배. 편주片舟.
18청계: 맑은 시내.
19은린: 은빛 비늘.
20조대: 낚시질하기에 편하도록 만든 자리, 또는 낚시질하기 좋은 바위나 언덕 따위를 낚시꾼들이 일컬어
　　하는 말.
21낙사: 재미있고 즐거운 일.

'실내 낚시터'에 지나 새나 틀어박혀
그렁성 소일消日 한다니 차마 어이할꼬?
아무리 백수白手라 한들 못 봐줄 딱함이여!

차라리 그럴진댄 바다에나 나갈 것이,
둥덩실 창파를 타고 대물大物이나 노릴 것이,
어이타! 저 젊은 능력 저러굴어 소진消盡(삭아 없앰)타니?

과분히 노리다가 매양 백수 되기보단,
날 맞아주는 데서 정성을 다하면서
마침내 날개를 펼칠 바탕을 기를진저!

김장생 외

대 심어 울을 삼고

대 심어 울을[01] 삼고 솔 가꾸니 정자[02]로다.
백운白雲 덮인 데 나 있는 줄 제 뉘 알리?
정반庭畔[03]에 학 배회하니 긔 벗인가 하노라!　　김장생

　집 둘레에 대나무를 심어, 산울타리를 만드니, 언제나 바람 소리 그윽한 '대밭집'이 되었고; 뜰 가에 소나무를 심어 정자나무로 자라니, 언제나 그윽한 솔바람 소리 거문고 소린 양 싱그럽다. 이 깊은 산속에 내가 살고 있는 줄, 속세의 사람들이 알 리가 없고, 다만 뜰 가에 학이 배회하고 있으니, 그를 벗 삼아 학처럼 시름없이 여생을 즐기고 있다고 한다.

01울을: 울타리를.
02정자: 여기서는 '정자나무', 곧 앉아 쉬기 좋은 위치에 섰는 그늘 좋은 나무.
03정반: 뜰 가에. 뜰 언저리.

녹수청산綠水靑山[04] 깊은 골에 찾아올 이 뉘 있으리?
화경花徑[05]도 쓸 이 없고 시비柴扉[06]도 닫았는데,
선방仙尨[07]이 운외폐雲外吠[08]하니 속객俗客[09] 올까 하노라.   **실명씨**

낙화로 자욱한 길! 쓸 이 없이 그대로 붉어 있고, 올 이 갈 이
없으니 대낮에도 닫혀 있는 사립문! 신선 개[仙尨](신선으로 자처하자
니, 개도 '신선 개'일밖에)가 저 흰 구름 바깥을 향하여 짖고 있다. 그
바깥은 속세인데, 그쪽을 향하여 개가 짖으니, 속세의 손님이 찾
아오려나?

산이 하 높으니 두견이 낮에 울고
물이 하 맑으니 고기를 헤리로다.
백운은 나의 벗이라 오락가락하는구나.   **실명씨**

모두가 속세를 떠난 깊으나 깊은 산수 속에, 외로이 살고 있는
은사들의 '은거隱居의 변辯'이다.
여긴 수다스러운 말이 없고, 번거로운 인간관계가 없다. 시기
질투도 없고, 원망하거나 탓하는 일이 없다. 노루 사슴 물고기 자
라와 이웃하여, 물소리에 귀를 씻고, 반석에 누워 백운에 졸다,
시장하면 자연의 산물로 요기하면 족하다. 다시 무엇을 더 바라
랴? 이것이 은사들이 자족해하는 소박한 생활상이다.

다정도 병인 양하여

---
04 녹수청산: 푸른 물, 푸른 산.
05 화경: 꽃이 피어 흐드러진 길. 꽃길.
06 시비: 사립문.
07 선방: 신선 같은 삽살개.
08 운외폐: 구름 바깥으로 향하여 짖으니.
09 속객: 속계에서 오는 손님.

내 집이 길처[10]인 양하여 두견이 낮에 운다.
만학천봉萬壑千峰[11]에 외사립[12] 닫았는데,
개조차 짖을 일 없어 꽃 지는데 졸더라! **실명씨**

이는 더욱 멋스럽다. 찾아오는 사람이 없으니, 개도 짖을 일이 없어, '개 팔자 상팔자'로 낮잠이나 자고 있는데, 허다한 곳 다 두고, 하필이면 하롱하롱 꽃잎이 지고 있는 꽃나무 아래 자리하고 있는 것이 아닌가? 그래 개 코며 개 수염에도 낙화가 걸려 있는 희화적戲畵的 골계미滑稽美마저 곁들여 있다.

그러나 은사隱士들이란, 따져보면 소보巢父 허유許由, 백이伯夷 숙제叔齊와 같은 진짜 은사이기보다는, 대개의 경우, 사이비似而非들의 허풍일 경우가 많다. ―송죽을 손수 심어, 그것들이 대숲을 이루고 정자나무가 될 만큼의 오랜 세월, 청렴결백 학같이 살고 있는, 첫 수의 작자야 예외지만―, 그렇다! 말인즉 근사하다. 그러나 사이비들이 어찌 그런 적막한 생활에 오래야 견뎌냈으랴? 그들은 대개 정계政界에서 실각失脚한 고관들로서, 다시 때를 얻어 권토중래捲土重來하기까지의 일시적 은둔처隱遁處 내지 도피처逃避處로 산을 택한 것뿐일 경우가 많다.

인간은 역시 인간 속에서 시달리며 부대끼며 살아야 제 맛임을 알게 되는 존재들이다.

---

10 길처: 지나가는 길의 근처.
11 만학천봉: 수많은 골짜기와 봉우리.
12 외사립: 맞닫이가 아닌, 외짝으로 된 사립문.

참새는 참새끼리 지저귀며 사는 맛이,
물고기는 물고기끼리 떼 지어 노는 맛이,
사람은 사람들끼리 어울리는 맛일레라!

말 많고 탈 많아도 그 맛이 사는 맛이,
시기하고 질투해도 그 맛이 사는 맛이,
물 뿌린 듯 고요만 하면 무슨 맛에 살련고?

* * *

다정도 병인 양하여

지옥에서 발탁되어 천당으로 가는 도중,
천당이 싫증나서 지옥 가는 이 만난 말이,
일 없고 평화롭기만 해 심심해서 못살겠대—.

천당이 심심타니, 그 어인 망발인고?
운동경기, 각종 게임, 그 아니 즐거우랴?
패자敗者는 슬퍼질 일, 그런 건 아예 없대—.

우는 것이 뻐꾸긴가?

우는 것이 뻐꾸긴가? 푸른 것이 버들숲가?
어촌漁村 두어 집이 냇속에[01] 나랑 들랑
맑아한 깊은 소[02]에 온갖 고기 뛰노나다.[03]

    저 들려오는 '뻐꾹뻐꾹……' 하는 소리는, 물어보나 마나 뻐꾸기 우는 소리요, 저 척척 휘늘어져 능청거리는 것은, 물어보나 마나 능수버들일 것이 분명하다. 어부들이 살고 있는 저 물가 집들은 안개의 흐름에 따라, 숨었다 나타났다 숨바꼭질을 하고 있고, 말갛게 갠 깊은 소沼에는, 온갖 물고기들이 은비늘을 번득이며, 번갈아 쩍쩍 소리치며, 날 보라는 듯 뛰어오르고 있다. 규중의 처녀들이 널을 뛰면서 담 너머로 세상 구경 힐끗거리듯이, 저들도 세상 구경을 하고 있는 것일까?

---

01 냇속에: 연무 속에. 안개 속에.
02 깊은 소: 깊은 웅덩이.
03 뛰노나다: 뛰어논다.

봄날의 아침 경은, 듣는 것 보는 것, 그 모두가 멋스럽다.

초장의 '뻐꾸기'와 '능수버들'은, 각각 그 서술부敍述部를 앞내세운 도치倒置의 기교로서, 시청각視聽覺의 공감각共感覺에 의한 '엉뚱의 멋'을 부린 것이, 한결 영상을 인상 깊게 하고 있다. 이는 마치

'물 아래 그림자 지니, 다리 위에 중이 간다(정철의 시조)',
'사람의 그림자가 땅에 있거늘, 쳐다보니 밝은 달일레라
  人影在地, 仰見明月〈적벽부〉'

와 같이, 인과因果를 도치함으로써, '엉뚱의 멋'을 부린 것으로, 신선한 맛을 한 아름씩 안겨다준다.

'뻐꾹 뻐꾹'은 뻐꾸기요, 척 늘어진 건 능수버들!
두어 채 물가 집들 안개 속 숨바꼭질!
널뛰는 물고기들은 세상 구경 힐끗힐끗!

뻐꾸기 봄 타령에 능수버들 제멋에 겨워,
척척 늘어진 실가지들 능청능청 춤바람인데,
널뛰는 물고기들은 장단 맞춰 풀떡풀떡……!

12

해학·풍자

북천이 맑다 커늘

다정도 병인 양하여

> 북천北天이 맑다 커늘01 우장 없이 길을 나니
> 산에는 눈이 오고, 들에는 찬비[寒雨]로다.
> 오늘은 찬비 맞았으니 얼어 잘까 하노라!
>
> 임제
>
> 어이 얼어 자리?02 무슨 일 얼어 자리?
> 원앙침鴛鴦枕03 비취금翡翠衾04을 어디 두고 얼어 자리?
> 오늘은 찬비 맞았으니 녹아 잘까 하노라!
>
> 한우

　백호 임제는 선조 때의, 초탈한 방랑 시인으로, 구름 가듯 물
흐르듯, 39세를 일기로 요절한 시인이요, 한우[寒雨:찬비]는 같은
시대의 평양 명기名妓다. 허다한 고운 이름도 많았으련만, '한우'
라니, 쌀쌀맞고 매몰차서 헤프지는 않을 이름이나, 주거니 받거

---

01 맑다 커늘: 맑다 하거늘.
02 얼어 자다: 얼다(寒: 얼음 얼다)의 뜻과, 얼리다(남녀가 합하다)의 두 뜻으로 된 겹뜻.
03 원앙침: 언제나 암수 붙어 다니는, 금실 좋은 원앙새를 수놓은 베개.
04 비취금: 비취색, 곧 짙은 초록색 비단이불.

니 하는 증답시贈答詩에서, 서로 척척 죽이 맞아떨어지는 것으로
보아, 의사소통은 이미 끝난 셈이다!

남남북녀 만나면서 가락 척척 잘도 맞다.
비에 젖은 저 나그네! 얼어 자든, 녹아 자든,
생애가 촉박하거니 노닐 대로 노니시라!

정철

단잠 깨지 말 것을

단잠 깨지 말 것을, 아이 울음소리로다.
젖줄01 곤고노라02 매양 우는 아이 갈와03
이 누고? 저 누고? 하면 어른답지 않아라!

맛있게 달게 들었던 잠! 아깝게도 깨고 말았다. 아이 우는 소리
때문이기도 하려니와, 아이를 달랜다는, 어른의 못마땅한 잔소리
때문이기도 하다. 아우 서는 탓인지, 젖줄이 딸려, 젖 투정하여
보채는 아이를 달랜다면서 한다는 소리가, "앗! 이게 뭐야? 꼼쥐
아니야?", "앗! 저게 뭐야? 쌍쏘 아니야!" 해쌓며, 노상 겁을 주
어 우는 입을 막으려 하고 있다. '원! 어쩌면 저리도 어른답지도
않게스리' 쯧쯧! 아내의 하는 짓이 몹시도 못마땅한 '짜증'이요,

01젖줄: 젖[乳汁]의 근원. 유선乳腺.
02곤고노라: 돋우느라고, 곧 젖을 나게 하려고 보채는 일.
03갈와: '갏다'는 '맞서다. 지지 않으려고 맞겨루다. 대적對敵하다'의 뜻.

'잔소리'다. 직접 대고 말하지는 못하는 대신, 이처럼 짜증을 능쳐 시조 한 장을 구상하고 있는 것이다. 소재가 노래됨 직도 않은 것을 가지고도, 그의 손길이 닿기만 하면 멋진 한 수의 노래로 변신한다. 이 얼마마한 마음의 여유이며, 이 얼마마한 글솜씬가? 그에 있어서는 생활이 곧 노래요, 노래가 곧 생활이다.

'짜증'도 능치고 나니 여유가 만판이요,
'잔소리'도 운韻을 타니 노래로 꽃이 핀다.
미다스 손길이런가? 닿는 족족 황금일다!

선웃음
참노라
하니

선웃음01 참노라 하니 자채옴에02 코가 시네.03
반교태04 하다가 찬 사랑05 잃을세라.
단술06이 못내 괸 전엣랑07 년데08 마음 말자.

　소인배들이 현재 추진하고 있는 간교한 꿍꿍이속을, 샅샅이 꿰
뚫어 보고 있는 작자로서는, 꾹 참고만 있으려니 입이며 코가 간
질간질, 금시 재채기가 터질 듯, 시큰거려 못 견딜 지경이다. 그
렇다고 섣불리 주상께 아뢰었다가는, 자칫 시기 질투의 모함으로

01선웃음: 쌀쌀한 태도로 웃는 비웃음. 냉소冷笑.
02자채옴에: 재채기가 나려는 기분에.
03시네: 시큰거리네.
04반교태: 섣불리 아양 떠는 태도.
05찬 사랑: 가득한 사랑.
06단술: 찹쌀 죽에 누룩을 섞어 하룻밤 사이에 다 숙성되는 술, 예주醴酒.
07못내 괸 전엣랑: 미처 다 숙성되지 전엣랑.
08년데: 딴 곳에. 다른 곳에.

되잡히어, 지금 받고 있는 가득 찬 사랑마저 놓치고 말지 두렵다. 아서라! 참자. 저 음모가 무르익어, 죄상을 둔갑시킬 수 없는 단계에 이르기까지는, 딴생각하지 말고, 그저 꾹 참아 지켜보고만 있자. —이렇게 자신을 다독거려 달래고 있는 장면이다.

이해득실利害得失 하나하나 계산해가면서, 자기 단속을 하고 있는, 속의 속내! 내심에 깃들었던 시시콜콜 비밀스런 속의 속내! 남이 알면 옹졸한 인간으로 치부되기 십상일, 그런 부끄러운 속내를, 거리낌도 없이, 얼마나 극명하게 사실적으로, 그것도 한자어 한마디 섞지 않은 순수한 우리 고유어로, 실감나게도 그려냈는가를 볼 것이다. '생생하게 살아 숨 쉬는 글'이란, 바로 이런 글을 두고 이름일 것이다.

같은 작자의 그런 글 또 하나 함께 차려볼까.

새원〔新院〕 원주院主 되어09 시비柴扉를 고쳐10 닫고,
유수流水 청산青山을 벗 삼아11 던졌노라!12
아이야 '벽제의 손'이라 커든13 날 '나가다' 하구려.

어디서 오셨나이까? 여쭤봐서, "벽제에서 오느니라" 하거든, (아마도 그 친구, 그 귀찮은 친구일 것이 분명하니), '나를 외출했노라' 일러, 돌려보내라고 분부해 둔다. 이는 물론, 유수청산 벗 삼아 시류時流를 배척하는 뜻이야 뜻이지만, 멀쩡하게 집에 있으면서, 오는 손님을 사립문께서 따돌리는 그런 짓이야 소인배나 하는 일이

09새원 원주 되어: 경기도 새원〔新院〕 땅에 주인이나 된 듯 은거하여.
10고쳐: 다시.
11벗 삼아: 친구 삼아.
12던졌노라: (유수와 청산을) 여기저기 알맞은 위치에다 배치排置하여 두었노라!
13손이라 커든: 손님이라고 하거든.

거늘, 어쩌면 호방한 성격의 점잖은 대감 물림이, 그런 내심을 아 이하고 공모까지 하고 있으니, 듣기도 부끄럽거늘, 그것도 길이 남을 글 속에다 남기다니?

그러나 보라! 이 또한 '생생하게 살아 숨 쉬는 글'이 아니고 무 엇이랴?

속마음 속속들이 숨김없이 꾸밈없이
남이 알면 낯 붉어질 시시콜콜 혼자 속내!
해맑게 다 털어놓은 글! 감동 않고 어이리?

세상에 글 쓰는 이, 연지분 아롱아롱
절세미인 꾸며내도, 아쉬울 손 넋일레라!
민얼굴 맨몸에 풍기는 정기精氣 정채精彩 아쉽더라!

다정도 병인 양하여

안민영

높으락
낮으락
하며

높으락 낮으락 하며 멀기와 가깝기와
모지락 둥으락 하며 길기와 저르기와
평생을 이리하였으니 무삼 근심 있으리?

박효관朴孝寬은 고종 때의 가객歌客으로, 작자와 함께 《가곡원
류》를 공편共編한 그의 스승이기도 하다. 그는 평소에 오직 기뻐
하는 일이 있을 뿐, 노하는 일이 없고, 사람을 대할 때나 사물을
접할 때는, 언제나 상대를 즐겁게 하니, 이야말로 군자의 풍도라
하겠으며, 또한 근심 걱정 없는 태평 늙은이라 할 만하다며; 그
스승인 박효관을 기린 내용이다.
    원시조의 운율을 약간 빗질해보노니;

높아지랑 낮아지랑 멀어지랑 가까워지랑
길어지랑 짧아지랑 모지랑 둥글어지랑
평생을 이렁굴어 살으시니 무슨 시름 있으리?

김천택 외

섶 실은 천리마

섶[01] 실은 천리마千里馬를 알아볼 이 뉘 있으리?
십 년十年 역상槽上[02]에 속절없이 다 늙었다!
어디서 살찐 쇠양마[03]는 외용지용[04] 하느니?

김천택

천리마 망아지로 태어났건마는 사람들 알아보지 못하여, 섶 실
은 달구지를 끌게 한 지 십 년! 이제는 그 혹사에 시달려, 타고난
날랜 성품도 속절없이 풀죽은 '귀느래' 신세가 되고 나니, 도리어
세상에 쓸모없는 살찐 노마駑馬 따위가 오만한 기세로 '삥야호호
호' 큰소리를 치고 있는 판국이다.
홍세태의 〈늙은 말〉도 그렇다.

---

01 섶(薪) : 땔나무.
02 역상 : 마판에서. 마구간에서.
03 쇠양마 : 잘 먹고 놀기만 하여 살만 쪄서 소리만 크게 치는 쓸모없는 말. 노마駑馬.
04 외용지용 : '삥야호호호……' 오만스럽게 소리치는 말 우는 소리. 외용죄용.

용의 갈기 오색 털빛 골격도 장할시고!
천리마 망아지로 세상에 태났건만,
사람들 알지를 못해 섶 달구지 끌게 했네.

서울엔 달림 직한 넓은 큰길 있다 컨만
날마다 산 비탈길 달구지에 찌들리어
두 귀도 척 늘어져 '귀느래'로 늙어가네.　　　　원문 411쪽

천성으로 뛰어난 재능을 타고났으나, 나라에 중용重用되지 못
하는 위항인委巷人으로, 한평생을 가난과 울분 속에 늙어온 사람
의 한스러움이다.

인재를 알아보는 안목 없음을 한탄하는 한편, 비록 인재인 줄
알면서도 중용重用될 수 없는 신분! 그 계급사회의 모순된 신분의
세습 제도에 대한 강한 불만이며, 장지壯志를 펴보지 못한 채, 한
생애를 억울하게 끝마치게 됨의 비분강개悲憤慷慨다.

출생과 동시에 운명적으로 덮어씌워진, 이 기막힌 미천한 신
분! 그 억울한 굴레를 쓰고, 단립短笠 단의短衣, 갖은 수모를 겪어
야 하는 울부짖음이기도 하다.

나면서 덮씌워진 그 몹쓸 신분身分 세습世襲!
그 얼마나 많은 인재 한恨 머금고 살다 간고?
하고한 한 더미 위에 간신히 꽂힌 민주 깃발!

다정도 병인 양하여

민주 깃발 아래 응애응애 태난 영광!
이제는 제 날 탓이니 큰 꿈들 꾸어보렴!
한 생애 뜻하는 일에 온 힘 쏟아 애써보렴!

검은 땅, 검은 피부, 설움 받던 그 민족이
몇 세기를 인고忍苦하고 몇 십 대를 적덕積德했음,
백인 땅 대통령으로 당선된고? 오바마여!

성내어 바위를 차니

성내어 바위를 차니 제 발등이 아파오고
파리 보고 칼을 빼니 고 거동이[01] 녹록하다.
장부의 크나큰 도량[02]은 어떠한지 알 리 없어 하노라.

성난다 해서 바로 대고 분풀이할 수는 없어, 무고한 바위를 걸
어차면, 바위가 깨져주기는커녕 제 발등만 쩔쩔매게 아파올 뿐이
며, 저보다 힘센 상대에는 매양 비굴하게 굴면서도, 모기나 파리
가 귀찮다며 장검長劍을 뽑아드는 따위— 강자에는 비굴하고 약
자에는 오만한, 그런 따위 행동은 진실로 다랍고 잔다랄 뿐이다.
성급한 사람들이 매사에 호드득호드득 제김에 달아올라, 참을성
없이 애 말라하는 양은 차마 보기 민망하다. 어쩌면 저리도 대장
부의 넓은 도량을 닮아보려고도 하지 못하는지, 소인배小人輩의

---

01 고 거동이: 그 하는 짓이. '고'는 '그'의 작은말.
02 도량: 너그러운 마음과 깊은 생각.

하는 짓이 일마다 녹록하여 보기마저 딱하기만 하다는 탄식이다.

성마른 사람들이 제김에 성 못 참아
호드득호드득 방정 떠는 딱한 모습!
어찌해 고치려 않고, '개 못 준다' 하는고?

〔속담〕 제 버릇 개 못 준다.

한 백 년 살 양이면 느직이 살을 것이,
어울려 살 양이면 너그러이 대할 것이,
제 한 몸 앞세우다 보면 실수할 때 많으리─.

더불어 사는 세상 양보가 미덕이며,
욕심이 충돌할 땐 이해심이 먼저거니,
매사에 남의 탓 하다 보면 저만 용렬해지리─.

해
학
·
풍
자

옥에 흙이 묻어

다정도 병인 양하여

옥에 흙이 묻어 길가에 버렸으니,
오는 이 가는 이 다 흙이라 하는구나!
두어라 알 이 있을지니 흙인 듯이 있거라.

윤두서

형산荊山에 박옥璞玉을 얻어01 세상 사람 뵈러 가니,
겉이 돌이거니 속에 든 옥 뉘야 알리?
두어라. 알 인들 없으랴? 돌인 듯이 있거라.

주의식

소금 수레02 메었으니03 천리마千里馬ㄴ 줄 제 뉘 알며,
돌 속에 싸였으니 천하보天下寶04ㄴ 줄 제 뉘 알리?
두어라 알 이 알지니 한恨할 줄이 있으랴?

정충신

01 형산에 박옥을 얻어: 중국 형산에서 나는, 돌 속에 들어 있는 백옥白玉.
02 소금 수레: 소금 실은 수레.
03 메었으니: (수레의) 멍에를 메었으니.
04 천하보: 천하의 보배. 곧 형산박옥을 이름. 화씨벽和氏璧.

흙에 묻힌 옥! 돌 속에 감춰진 옥! 이 드러나지 않은 옥을 뉘라서 옥인 줄 알아볼 것인가? 여항閭巷(백성들이 사는 곳)에 묻혀 있는 비범한 인재를, 어느 뉘 알아보아 나라에 중용重用하랴? 그러나, 언젠가는 알아줄 날이 있으리라, 수굿하게 흙덩인 양, 돌덩인 양, 기다리고 있자고 자제自制 자위自慰하고 있다.

옥을 돌이라 하니 그리도 애닯고야!
박물군자博物君子[05]는 아는 법이 있건마는,
알고도 모르는 체하니 그를 설워하노라!

홍섬

희망하던 대로 알아주는 이가 과연 나타나기는 했으나, 그러나 알면서도 모르는 체함이라, 또한 절망으로 귀결하고 만다. 남에게 인정받는다는 일이, 이처럼 어려우며, 또 인정을 받는다 하더라도 신분이 미천하고서는 또한 중용될 수 없는, 그 몹쓸 지난 시대의 한탄이 서려 있는 한숨들이다.

위의 작품들은, '화씨벽和氏璧(돌 속에 들어 있는 옥)'을 얻은 변화卞和란 사람이, 이를 임금님께 바쳤다가, 임금을 속인다 하여, 두 번이나 발꿈치를 잘리는 형벌인, 월형刖刑에 처해졌던 이야기가 배경으로 깔려 있다. 겉돌을 쪼아내면 속에 든 옥이 드러날 것이련만, 그것도 수고로워, 함부로 그런 모진 형벌을 가하다니? 진실로 저주받아도 쌀, 몹쓸 독재 군주가 아니고 무엇이랴?

그러나 새 가락은 아예 그런 남에게 인정받아, 요직에 중용되기를 기대하지도 않은 채, 내실內實을 다져 실체 자체를 중히 여기는 마음이다. 남이야 알아주든 말든 스스로 옥이면 그것으로

05박물군자: 널리 만물을 잘 아는 사람.

족할 뿐이라, 새삼 기대도 실망도 할 것이 없다.

옥을 돌이라 하니 그리도 애닮다만!
옥이 옥이면 그뿐 몰라본들 어떠하리.
남이야 알아주든 말든 내 옥이면 족하여라!

그래 옛사람들, 사람 평할 때 '기인여옥其人如玉(그 사람 됨됨이가
옥같이 아름답다)'이라 했던 것이다.
이런 옛사람들의 순진함과는 달리, 오늘날은 어떠한가?
"남의 흉 보지 말고, 제 자랑 하지 말라〔罔談彼短, 靡恃己長《천자문》
중)"를 미덕으로 여겨오던 옛날과는 딴판이다. 남이 나를 알아주
지 않으니, 제 스스로라도 자랑하지 않으면 누가 인정해줄 것이
랴? 그래 소위 '자기선전 시대'라며, 제 얼굴을 쳐들어 보이며,
"이 미모美貌에! 이 지성知性에!⋯⋯"를 눈썹 하나 까딱 않고 내
뱉는, 심한 자홀증自惚症(나르시시즘), 일명 자가도취증自家陶醉症의
젊은이들이 늘어나고 있는가 하면, 자주 보게 되는 각종 대소 선
거를 지켜보면, 실로 격세지감隔世之感! 가관이 아닐 수 없다.
정책 대결은 간곳없고, 인신공격을 일삼는 선거 풍토! 온갖 불
신 비리 의혹의 비도덕적 과거를 안고 있는 후보일수록, 유세장
에서 낯가죽 간지러움도 없이, 희멀겋고 뻔뻔하게 자기 자랑 한
바탕 떠벌린 뒤엔, 으레 상대의 있고 없는 흉허물 낱낱이 들춰내
어 대중 앞에 까밝힘은 거의 공식화된 수법이다. 상대를 망신시
킨 반대급부로 자신이 올라서려는 발상은 진실로 비열한 낡은 수
법 그대로가 아니고 무엇이랴? 이렇게 서로 물고 뜯는 이전투구
와 같은 유세 결과는, 필경 모두가 만신창이가 되어, 서로 원수

되어 나설 수밖에 없다.

　온갖 선심 봉사(달동네 연탄 배달, 김장 수발 따위)도 그렇다. 평소라
면 모를까? 어쩌면 멀쩡하게 속 들여다보이는 선심 봉사 활동,
시치미 뚝 따고, 넉살 좋게 해낼 수 있더란 말인가?

　어리석은 민초民草들을 '깜짝쇼'로 감동시켜
　당선이 되고 나면, 돌변하는 거동 보소!
　어허엄! 큰기침하며 딱 젖혀진 저 허리!

　언론들도 선거철의 이 낡은 수법들을 새삼스레 일일이 사진에
담아 커다랗게 내보낸다.
　이런 저급한 선거 문화에서 탈피하지 못하는 한, 우리는 아직
도 선진 문화 대열에는 멀리 뒤처져 있음을 자인하지 아니할 수
없으리라.

　제 키로 못 크고서 남의 등을 밟고 서려,
　구태여 취모멱자吹毛覓疵[06] 다랍고 치사하다.
　그리고 당선 바라니 표심票心이 비웃는다.

　정책으로 마주 서서 홍보에 열중할 뿐,
　상대 인격 존중하여 인신공격 없고 보면,
　깨끗한 한판 승부야 육상경기 흡사하다.

───────

매케인은 포옹으로 오바마에 승복하고,
오바마는 힐러리를 국무장관 임명하네.
정적政敵에 얽매임 없는 선거 풍토 부러워라!

다정도 병인 양하여

실명씨

사랑을 사자 하니

> 사랑을 사자 하니 사랑 팔 이 뉘 있으며,
> 이별을 팔자 하니 이별 살 이 뉘 있으리?
> 사지도 팔지도 못한 채 가슴 앓고 있노라!   실명씨
>
> 청춘을 사자 하니 팔 사람 뉘 있으며,
> 백발을 팔자 한들 그 뉘라서 사겠는가?
> 두어라 팔도 사도 못할진대 노소동락老少同樂[01]하리라.   실명씨

청춘, 백발, 사랑, 이별, 이런 것들이 사고팔 수 있는 상품성商
品性을 지닌 것이 아니건만, 그럼에도 세상은 진작부터 이마저 권
력이나 금력으로 사고팔 수 있는 상품시商品視해온 것이 사실이
다. 권력과 금력金力으로, 청춘과 사랑은 강매强買(강제로 사들이는)
하는 반면, 백발과 이별은 강매强賣(강제로 팔아넘기는)하는 대상으

01노소동락: 늙은이와 젊은이가 함께 즐김.

로, 권금력權金力이 동원됐던 것은 지난 역사들이 보여주고 있다.
청춘과 사랑을 탐하여서는 불로장생과 절세가인을 얻으려고 과
거 독재자들이 그 얼마나 혈안이 되었던가를 볼 것이며, 미인을
얻는 반면, 그 배우자에게 이별을 강요하는 따위 동서고금의 지
난날에서 얼마든지 보아온 바대로다.

필경 이 세상에서 가장 탐나는 것은 '청춘'과 '사랑'인 반면, 가
장 싫은 대상은 '백발'과 '이별'이라, 싫은 것을 내치고, 탐나는
것을 손아귀에 넣으려는 음모가, 그럴듯한 전쟁의 배면背面에, 아
닌 듯이 숨겨져 있었음을 보게 된다.

다정도 병인 양하여

도미의 부처에 대한 개로왕 야심 보소.
그 아내 사랑 뺏고, 부부 이별 강요하는,
막강한 그 권세로도 이루지 못하였네.

진시황도 한무제도 죽기 싫어 애태우다
'불사약不死藥' '승로반承露盤'에 별의별 짓 다 했건만
남처럼 가는 그 길! 그 뉘라 피할 손가?

서시도 왕소군도 우미인도 양귀비도
전쟁 틈바구니서 애태우다 다들 갔네.
이별의 서러움이야 일러 또한 무엇 하리?

일신이 살자 하니

일신이 살자 하니 물것 겨워[01] 못살레라.

피겨 같은 가랑니,[02] 보리알 같은 수통니,[03] 줄인니,[04] 갖깐니,[05] 잔 벼룩 굵은 벼룩, 강벼룩,[06] 왜벼룩,[07] 기는 놈 뛰는 놈에, 비파琵琶 같은 빈대 새끼, 사령使令 같은 등애아비,[08] 깔따귀,[09] 사마귀, 센 바퀴 누른 바퀴, 바구미, 거저리, 부리 뾰족한 모기, 다리 기다란 모기, 살찐 모기, 야윈 모기, 그리마, 뾰룩이, 주야로 빈틈없이, 물거니 쏘거니, 빨거니 뜯거니, 심한 당唐비루[10]보다 어려워라!

그중에 차마 못 견딜 건 오뉴월 복더위에 쉬파린가 하노라!

사설시조

01 물것 겨워: '물것'들을 이기지 못해.
02 피겨 같은 가랑니: 피겨: 피의 겨[秕糠]. 가랑니: 작은 이. 이 새끼.
03 수통니: 굵고 살찐 이.
04 줄인니: 굶주린 이.
05 갖깐니: 이제 막 부화한 이.
06 강벼룩: 강가에 있는 야생의 벼룩.
07 왜벼룩: 일본 벼룩.
08 사령 같은 등애아비: 관아의 심부름꾼같이 생긴 등애[虻].
09 깔따귀: 모기의 일종으로 모기보다 작으면서도 지독함. 각다귀.
10 당비루: 중국 비루. 비루는 모발에 기생하는 기생충.

이 긴 사설시조를 평시조 가락으로 요약해보면;

일신이 살자 하니 물껏 겨워 못살레라.
이, 벼룩, 빈대, 모기, 물거니 쏘거니
그중에 차마 못 견딜 건 오뉴월 쉬파리여!

이 세상의 모든 '물껏'들을 다 들어봐도, 그중 가장 못 견딜 건 '쉬파리'라고 했다. 그것은 '이, 모기, 빈대, 벼룩……' 인체를 해코지하는 그 어느 해충들보다도 더 지독한 해충이란 것이다.

'쉬파리'는 '쉬(파리의 알)'를 스는 파리다. 후각이 예민하여 냄새 나는 곳은 먼 곳이라도 번개같이 알아낸다. 장독에 쉬를 슬면 된장마다 구더기로 들끓게 된다. 특히 돈 냄새 나는 곳은 귀신같이 알아내어 트집 잡아 우려낸다. 그래서 '쉬파리'는 다름 아닌 가렴주구苛斂誅求하는 탐관오리貪官汚吏를 지칭하는 은어로 쓰이게 된 것이다.

지방 장관으로는 위로 관찰사觀察使 아래, 일선의 통치자는 삼권을 한 손에 쥐고 있는 유수留守, 목사牧使, 부사府使, 군수郡守, 현령縣令 현감縣監 등이 있어, 선정善政하는 장관도 많았지만, 가렴주구하는 악덕도 적지 않았으니, 그들은 관서에 딸려 있는 육방六房 소속의 이속吏屬, 곧 '아전衙前'들을 하수인으로 내세워, 돈 있을 자리면 공연히 트집을 잡아 재물을 바치지 않고는 못살게 만든다. 그 과정에서의 그들의 민폐도 막강하지마는, 그 끼치는 횡포는 거의 무정부 상태였다.

유몽인柳夢寅은, 권력에 기생하여 위로 아부하고 아래로 군림하여, 백성의 고혈膏血을 빼는 그런 슬관蝨官('이' 같은 관리)을 제거하

는 데 필수적인 도구인 '빗' 타령을 한 바 있으니;

얼레빗 참빗으로 머리 빗겨 이를 잡네.
어쩌면 천만 길의 큰 빗을 장만하여
만백성 머리를 빗겨 이 소탕掃蕩 해볼거나!　　　　원문 412쪽

이 시는 혐오嫌惡의 극치인 슬관, 곧 백성들의 고혈을 빼는 '이'
같은 관리를 철저히 소탕해버림으로써야 구현될 정의 사회에의
염원을, 해학조로 다룬 신랄한 풍자시다.
　그러나 '이'는 머리에 기생하는 '머릿니'만이 아니라. 옷 갈피
에 기생하여 몸을 뜯는 '몸니'가 더 무섭다. 또 그것들이 슬어놓
은 '서캐(이의 알)'가 깨[孵化]면 '가랑니'가 되고, 그것들이 피를 빨
아 굵어지면 '수통니'가 되어 하얗게 또 수백 개의 서캐를 슨다.
'디디티DDT(살충제)'가 나오기 전에는 아무리 퇴치를 해도 해도
감당할 수가 없었다.

세상엔 명관도 있고 착한 공인公人 많건마는,
기회 노려 한탕하려 잔머리 굴리는 이,
어쩌면 고양이에게 생선 가게 맡긴 듯다.

막대한 비용 들여 엽관獵官[11]하여 얻은 자리!
가만히 있기만 해도 빈 못에 물이 괴듯,

---

11 엽관: 관직을 얻으려고, 여러 사람이 온갖 수단 방법으로 경쟁함.

315
해학·풍자

하물며 눈떠 밝히면 그 감당을 어이하리?

낮은 자린 낮은 대로, 높은 자린 높은 대로
자리에 앉았다 하면 잿밥에만 키나보다!
뉴스에 접할 때마다 가슴 답답하여라!

나라 녹 먹는 분네, 녹만 해도 족하련만,
직위 이용 검은 거래 사욕을 일삼으면,
진실로 '디디티' 풀어 소탕 대상 아니 될까?

다 정 도 병 인 양 하 여

대
천
바
다
한
가
운
데

대천 바다 한가운데 중침中針 세침細針이 빠지거다.
여남은 사공 놈이 길남은 상앗대로, 일시에 소리치며 귀 꿰어
내단 말이 있소이다.
님아! 님아! 온 놈이 온 말을 할지라도 님이 짐작하소서.

사설시조

이를 평시조 형식으로 요약해보면;

깊은 바다 한가운데 바늘이 퐁당 빠졌는데,
사공들이 상앗대로 (바늘)귀를 꿰어 냈답니다.
백 놈이 백 말을 할지라도 짐작하여 들으소서.

평시조 중에도 같은 주제의 다음과 같은 작품도 있다.

조고만 실배암이[01] 용龍의 꼬리 담뿍 물고
고봉준령高峰峻嶺[02]을 넘단 말이 있소이다
저 님아! 온 놈이 온 말을 하여도[03] 임이 짐작하소서.   **실명씨**

'삼인성호(三人成虎＝三人爲市虎)'란 말이 있다. 한 사람이 말하기를, 저잣거리에서 호랑이를 봤다 한다. 그 많은 장꾼들 속에 호랑이가 어찌 나타나랴? 사람들이 믿으려 들지 않는다. 또 한 사람이 나도 봤다고 한다. 사람들이 의심하기 시작하는데, 또 한 사람이 나타나서, 자기도 보았노라 한다. 모두들 믿고 만다. 거짓말도 말하는 사람이 많으면 참말로 믿게 되듯이;

"세상에는 능청스럽게도 그럴듯한 거짓말을 꾸며, 헐뜯는 사람도 많습니다. 비록 백 사람이 같은 말로 저를 중상모략할지라도, 임께서 짐작하시어 곧이듣지 말아주소서"하는, 윗분에의 귀단속이다.

'들메끈'은 안 맨다손 외밭엔 왜 갔으며,
'갓' 바루진 않았다손 배나무 아랜 왜 섰는가?
애당초 의심받을 짓은 시작부터 말아야지—.

공명정대 처신으로 숨기는 일 없고 보면,
그 뉘라 모함하며, 모함하다 두려울까?

01실배암이: 가느다란 뱀의 새끼.
02고봉준령: 높은 봉우리와 가파른 잿길.
03온 놈이 온 말을 하여도: 백 사람이 똑같은 말을 백 번이나 할지라도.

하물며 윗분들에게 '귀단속'[04]도 하는 것가?

＊외밭에서는 '들메끈'을 매지 말며, 배나무 아래에서는 '갓'을 바루지 말라.〔瓜田不納履, 李下不整冠〕(고악부〔古樂府〕·군자행〔君子行〕)

04귀단속: '날 모함하는 말에 속지 말도록', 미리 그 '들을 사람'에게 조심하도록 일러두는 일.

엊그제
임여읜 마음

나무도 돌도 바이 없는[01] 산에, 매게 휘좇긴 까투리[02] 안과,[03] 대천 바다 한가운데 일천 석石 실은 배에, 노도 잃고 닻도 잃고, 바람 불어 물결치고, 안개 뒤섞여 잦아진 날에, 갈길은 천리 만리 남고, 사면이 검어 어득 저문, 천지 적막 까치놀[04] 떠 있는데, 수적水賊[05] 만난 도사공[06]의 안과,

엊그제 임 여읜 나의 안이야 얻다가 견주리오?

사설시조

사설시조인 이를 평시조 가락으로 줄여보면;

숨을 곳 없는 민둥산에 매게 쫓기는 까투린들,
큰 바다 풍랑 속에 해적 만난 사공인들,

01바이 없는: 아주 없는. 전혀 없는.
02까투리: 암꿩.
03안과: 마음과.
04까치놀: 석양에 멀리 바다의 수평선에 희번덕거리는 놀. 풍파가 사나워질 조짐.
05수적: 해적海賊.
06도사공: 사공의 우두머리.

엊그제 임 여읜 내 마음과야 차마 어이 견주리?

'엊그제 임 이별한 내 마음'의, 이리도 아득 답답 경황없기야,
이 세상 어떤 위급한 곤경에 부닥친 사람과도 비교할 수 없을 만
큼, 절박하고 경황없다는 넋두리다.

임 이별한 그 경황에 무슨 사설 그리 많아,
까투리니 뱃사공이니 푸념도 심할시고!
수다를 떠는 가운데 시름 잊자 함이런가?

《어부가漁父歌》
1549년(조선 명종4)에 농암 이현보가 당시 민간에 전래하던 노래가사를 다듬어 고친 것으로 국문학사에 큰 영향을 끼친 작품으로 평가 받고 있다.

13

호기·풍류

정철 외

술 익단 말 어제 듣고

> 재 넘어 성 권농01 집에 술 익단 말02 어제 듣고,
> 누운 소 발로 박차 언치03 놓아 지즐 타고,04
> 아이야 네 권농 계시냐 정 좌수05 왔다 하여라.
>
> 정철

　　송강 같은 주호酒豪가 '술 익었으니 어서 오라는 기별' 어제 듣고, 밤을 어이 견뎠을꼬? 그 흥겨움 오죽했으면, 죄 없는 소를 '발로 박차' 일으키며, '안장도 없는 민둥소를 꾹 누질러' 타고 가는 것일까? 재를 넘고, 물을 건너 한나절을 가는 동안, 보는 것 듣는 것 느꺼움도 많았으련만, 그 모든 것 송두리째 빼버리고, ─ 다짜고짜 주제主題에로 돌진─ 그 집 아이 불러대는 이 멋 좀 보소!

───────────────

01성 권농: 우계牛溪 성혼成渾을 이름.
02술 익단 말: 술이 다 익었으니 어서 오라는 기별.
03언치: 안장 밑에 까는 까래.
04지즐 타고: 지긋이 눌러 타고.
05정 좌수: 정송강 자신을 이름. 권농勸農, 좌수座首는 다 낙향落鄕해 있는, 고관高官 물림들의 소임의 호칭으로, 권농은 농사를 권장하는 소임이요, 좌수는 향소의 우두머리.

이참에 다음 작품들도 함께 차려보자.

자네 집에 술 익거든 부디 날 부르시소.
초당에 꽃 피거든 나도 자네 청하옴세!
백 년 덧06 시름없을 일을 의논코자 하노라.   김육

꽃은 밤비에 피고 빚은 술 다 익었다.
거문고 가진 벗이 달 함께 오마 터니,07
아희야 모첨茅簷에 달 올랐다 벗님 오나 보아라.   실명씨

친구들끼리 서로 술 초대, 꽃 초대, 생일 초대, 손자 돌 초
대…… 등등, 정과 정으로 어우러진 사귐! 어이 부럽지 않으랴?
박은朴誾이 이행李荇에게 보낸 한시 쪽지의 그 깜찍한 글맛이라
니! 제아무리 맛있는 술이기로서니 그 '글맛'을 당해낼까?

아침에 마누라쟁이 넌지시 귀띔하길
도가지에 빚은 술이 이제 갓 익었다나!
혼자야 감당 못할 흥! 벗이여 어서 오라!   원문 412쪽

이런 쪽지 받고 단걸음에 달려가지 않을 목석이 어디 있으랴?
술 쪽지 말하다 보니, 저 당의 시인 백낙천白樂天이 유십구劉十
九에게 보낸 것을 잊을 수가 없다.

06백 년 덧: 백 년 동안. 일생토록.
07오마 터니: '오마' 하더니, 곧 오겠다고 하더니.

술구더기[08] 동동 뜨는 오려주 갓 익었고,
오목한 질화로[09]엔 숯불이 이글이글!
오소소 눈발 선[10] 이 밤! 한잔 생각 없는가?   원문 412쪽

한잔 생각나게 노랑부채질 홀홀 부쳐놓고는, '한잔 생각 없는 가?'라니?
생각나거든 한걸음에 달려오라는, ―저만치서 치고 있는 손짓이 보이는 것 같지 않은가?
더구나 음식 먹을 때 '똥'이니 '구더기'니 하는 불결한 말은 금기요, 상식 밖이련만, 술꾼들의 이상기호異常嗜好로는 '술구더기' 운운云云은 오히려 짐짓 군침을 삼키면서 곧잘 지껄거린다.
그렇다고 '친구' 곧 '벗'이란 매양 어울려 희희낙락喜喜樂樂하는 사이만으로 보아서는 아니 된다.

남으로 삼긴 중에 벗같이 유신有信[11]하랴?
나의 왼 일[12]을 다 이르려 하노매라![13]
이 몸이 벗님 곧 아니면 사람됨이 쉬울까?   정철

친구! 특히 책선責善(옳은 일을 하도록 서로 권하는 친구 사이)하는 친구야말로 일생의 반려伴侶로 어이 소중하지 않으리?
'책선의 벗'이란, 친구의 그릇된 점, 도의에 미흡한 점을 가차 없이 지적하여 충고하는 벗! 그런 도의지우道義之友를 이름이라,

---

08술구더기: 동동주에 동동 뜨는 삭은 쌀알.
09질화로: 질그릇으로 구워낸 화로.
10오소소 눈발 선: 금시 눈이 내릴 듯, 몸이 조여드는 꾸무레한 날씨.
11유신: 미더움이 있음.
12왼 일: 그른 일. 단점短點.
13다 이르려 하노매라: 다 지적하여 충고하려 하는구나!

'동무'니, '또래'니, '패'니, '패거리'와는, 근본 서로 다른 말이다.

　그러나 한편, 친구란 말은, 둥글둥글 두루 쓰이는 정감 어린 말이기도 하여, ― '남자 친구', '여자 친구'는 맛 중의 맛이려니와, '젊은 친구', '꼬마 친구'는, 나이 굴레를 벗어던진, 노소동락이요, 각종 취미나 기호의 동호인끼리 두루 지칭하는, '바둑 친구', '골프 친구'…… 심지어는 '술친구', '욕 친구', '때 묻은 친구' 등도 있어, 은연중 풍기는 은은한 그 친화미는, 인간 사회를 한결 부드럽고 훈훈한 정다움으로 동여주는, 덕스러운 유행어로, 자타가 즐겨 쓰고 있는, 오늘날인 듯도 하다.

나무도 끼리끼리, 새들도 끼리끼리,
사람도 끼리끼리, 그중에도 친구끼리,
어울려 사는 맛이야 살맛 중의 살맛일다!

전후좌우 낯선 속에 우리 어이 친구인고!
남으로 삼긴 중에 유신한 이 친구로다!
한평생 길동무 되어 형제처럼 살고지고!

꽃 피어도 친구 생각! 술 생겨도 친구 생각!
좋은 친구 오며 가며 어울리는 그 맛이야,
꽃보다 술보다도 더 맛 중의 맛일레라!

우리 사는 세상에는 '-친구'도 많을시고!

바둑 친구 등산 친구 젊은 친구 꼬마 친구!
술친구 욕 친구도 있어 전후좌우 정다워라!

송순 외

십 년을 경영하여

십 년을 경영經營⁰¹하여 초려草廬⁰² 한 간間 지어내니,
반간은 청풍淸風이요 반간은 명월明月이라.
강산江山은 들일 데 없으니 둘러두고 보리라.   송순

십 년을 경영하여 초려 삼간 지어내니
나 한 간, 달 한 간, 청풍 한 간, 맡겨두고
강산은 들일 데 없으니 둘러두고 보리라.   실명씨

이러나저러나 이 초옥草屋 편하고 좋다.
청풍은 오락가락 명월은 들락날락
이 중에 일 없는 이 몸이 자락 깨락 하리라.   실명씨

서까래 기나 짧으나 기둥이 기우나 트나⁰³
수간數間 모옥茅屋을 작은 줄 웃지 마라.
어즈버!⁰⁴ 만산萬山⁰⁵ 나월蘿月⁰⁶이 다 내 것인가 하노라!   신흠

초가 한 칸일망정 '내 집'이라니 대견하다. 내 거처하는 방의 한쪽 문으로는 맑은 바람이 불어 들고, 다른 한쪽 문으로는 밝은 달이 비춰 들어, 한 칸 집이 꽉 차는지라, 그림같이 아름다운 저 강산은 들여놓을 데가 없으니, 하는 수 없이 사방에다 멀찍이 그림병풍 두르듯 둘러 두고 즐길 수밖에 없다 한다.

단칸방에 살면서도 이마마한 풍과 멋과 배포를 가졌으니, 진실로 사는 맛, 누리는 멋이 그 얼마나 푸짐하랴? 고루거각에 살면서도, 더 가지지 못해 늘 징징거리는 사람들, 밝은 달 맑은 바람도 그저 심드렁한 둔감鈍感들 하고야, 어찌 견줄 수나 있으랴?

그러나, 오늘날은 어떠한가? 취직하기도 어렵거니와, 취직이라고 했다는 것이, 기껏 '비정규직非正規職'이란 해괴한 혹붙이 달린 직명이다.

이는 간교한 기업인들이 취직난에 편승하여 만들어놓은 '간지奸智의 소산所産'으로, 정규직과 똑같은 일을 시키고도 급여는 절반이 되락마락 한 정도다. '싫거든 말고!' 하는 배짱이나, 가난 딛고 대학 나와도 백수로 지내는 처지에서야 '그나마'도 고마운 게다. 그러나 그걸로는 입에 풀칠하기도 바쁘거든, 십 년을 애를 쓴다 '내 집' 한 칸을 꿈꿀 수나 있겠는가? 청풍명월도 외면하는 단칸 셋방살이!

부익부 빈익빈의 양극화 현상은 언제나 바로잡혀지려는고?

'성실' 끝엔 '성취'가 오게 마련인 만고 진리도 그러려니와, 만 2년만 노력하면 정규직으로 승격시키기로 정해져 있건마는, 그

01 경영: 계획하여 애써 노력함.
02 초려: 초가草家.
03 트나: 갈라지나.
04 어즈버: 감탄사.
05 만산: 일만 산. 모든 산.
06 나월: 칡덩굴에 비친 달. 소나무에 엉긴 칡덩굴에 비쳐 있는 달. 곧 송라월松蘿月.

2년이 되기 직전에 해고당하기가 일쑤라니, 기업 인심 이럴 수야! 설마 그렇게까지 잔인할 줄이야! 다 같이 자식 기르는 처지에, 설마 그리도 모질 줄이야! 드리워놓은 밧줄 타고 천신만고 기어올라 가까스로 절벽 턱에 닿을 무렵, 밧줄을 싹둑 잘라버리는, 그리도 모진 손길이 설마야 있을 줄이야? 아! 무슨 말을 하며, 다시 또 무슨 말을 해야 하리?

그래, 여권에선 '2년을 4년으로' 늘리자는 법 개정론이 일고 있다지만, 근본 심보 저럴진댄 6년, 8년인들 그 무슨 소용이며, 그동안의 '반품 인생', 보장도 없이 다시 4년, 6년의 '반품 인생'으로 살라 해서야…… 아! 청춘이 그 얼마며, 인생이 그 얼만데, 그 청춘, 그 인생이 도대체 그 얼만데……!

노사 대립 각박한 풍토, 그 악순환의 고리 못 끊으면, '노사 화합'은 공염불일 뿐 아니냐?

어쩌면 정부 여당! 여론 반대 무릅쓰고, 부자에만 유리하게 갖은 법령 뜯어고쳐, ─소급 감세까지 해가면서 부자 수발드는 것은, 선의로 추리컨대, 차제에 투자하여 일자리 창출해주길 바라는 것이련만, 아무리 떠받들어 위기가 기회라며 유도하고 부추긴들, 대박 투자라면 모를까? 베푼 은혜 갚자 하여 '보은 투자' 하려 하며, 일자리 만들기 위해 '봉사 투자' 하려 하며, 위기에 편승하여 '모험 투자' 하려 할까? 쌓아놓은 100조 원 금고 문을 열라고 아무리 (여당 대표가) 간청한들 그럴수록 짐짓 늑삼내어[07] 청이불문聽而不聞(듣고도 못 들은 척함) 저 아닌가?

진실로 부자님들이여! 능글능글 나 몰라! 관망만 하지 말고, 진실로 대오발심大悟發心(크게 깨달아 마음을 열어)하여, 정부 여당은

07 늑삼내다(늑삼부리다): 해라 해라 하면 안 하고, 하지 마라 하지 마라 하면, 짐짓 하려 하며, 어깃장부리는 심리 현상.

물론, 온 국민의 소망, 헛다리 짚게 하지 말아주면, 그 아니 좋으련만—.

　그도 저도 아니라면, 최소한 불황을 빙자하여 구조조정 한답시며, 도리어 대량 해고나 자제해주었으면—.

　가난 딛고 대학 나와 일자리 얻지 못해,
　굴욕의 비정규직 2년을 애썼건만,
　직전에 해고당하니, 노사 신뢰 이럴 수가?

　십 년을 땀 흘려도 '내 집' 한 칸 못 이루니,
　청풍도 명월도 셋방은 외면하네?
　'둘러둘 강산'은커녕 콘크리트 벽뿐일다!

　아아! 해괴하다! 사나운 기업 인심!
　덕德과 인정人情이 최선의 투자련만,
　어찌타! 근로자들과 호리毫釐(눈곱같이 작은 이익)를 다투는고?

　불황에 동참하여 고통 나눌 마음 없고,
　정부 우대 독식하여 돈 콧대 홀로 높아,
　근로자 안중에 없는 위복자威福子[08]들 천국일다!

---

08 위복자: 돈 많고 힘 많아 위세威勢 부리는 사람.

임의직

금파에 배를 띄워

> 금파金波[01]에 배를 띄워 청풍淸風으로 멍에하여[02]
> 중류中流에 띄워두고 생가笙歌[03]를 아뢸 적에[04]
> 취하여 월하月下에 섰으니 시름없어 하노라!

　'시름'은 정적靜的이요 미열微熱 정도지만, 시름이 가열되면 동적動的인 '분憤'이 되고, 점화點火되면 '노怒'가 되어, 불꽃으로 활활 타게 된다.

　'분'이란 불꽃 없이 연기만 꾸역꾸역 나는 상태다. '노'의 단계까지 이르지 않도록 '신노愼怒(분을 참아 사김)'로 참고 참은 끝엔, 필경 휴화산休火山인 양, 미연소물未燃燒物의 응어리로 싸느라이 남

---

01 금파: 달빛에 부서지는 물결. 금물결.
02 멍에하여: '멍에'는 쟁기나 수레를 끌 수 있게 마소의 목에 걸치는 '∧' 모양의 나무로 된 도구. 멍에하다는 동력動力이 되게 하다. 곧 끌게 하다.
03 생가: 피리와 노래.
04 아뢸 적에: 연주하거나 노래 부를 때에.

게 되는 것, 그것은 '한恨'이다.

신흠의 시조;

노래 삼긴 사람 '시름' 도 하도 할사!
일러 다 못 일러 불러나 푸돗던가?
진실로 풀릴 양이면 나도 불러 보리라!　　　　20쪽에도 나옴

　정신분석학자들은 그것이 잠재의식潛在意識의 심층深層에 쌓이
고 쌓이어 '한'으로 가라앉은 것, 그것은, 필경 정신분열증, 히스
테리, 우울증, 신경쇠약 따위 온갖 정신상의 병증으로 나타난다
고들 하고, 그 치료법은 담화요법談話療法이 으뜸이라 한다. 곧 최
면催眠 상태에서, 그 억울했던 과거사를 샅샅이 들춰내어 의사나,
들어줄 사람한테 고백하는 일을 이름이다. 남에게 말할 수조차
없이 혼자 삭이지 못해 쌓였던 '한'의 응어리들을, 탈탈 털어 표
백하고 나면, 비로소 가슴속이 후련해지는 상식적인 이치, 바로
그 이치와도 별반 다를 것이 없는 이치다.
　시름은 시름 때에 풀어야 한다. 그 것이 '분'이 되고 '노'가 되
고, '한'에 이르기까지 두어서는 아니 된다.
　가슴에 쌓이고 쌓인, 겻불 같고, 잿불 같은, 그런 일말의 시름
이나 분은, 모르면 모를까? 이 살기 어려운 현대인의 가슴 가슴
에, 사무쳐 있지 않은 이가 드물 것 같다.
　아무튼 그 가슴속 응어리들이, 뜻 맞는 두서너 친구와 함께하
는 달밤 뱃놀이에서의 연거푸 들이켜는 대폿잔과, 속 시원히 내
지르는 '미친 노래'에 힘입어 속 시원히 헹궈졌다니, 그 청량미淸
凉味 오죽했으랴? 그 또한 노래의 신통력이요, 담화요법의 이치

다정도 병인 양하여

와도 부합된다 하리?

금물결에 배를 띄워 서늘바람 멍에 잡혀
달 한 배 호심湖心에 띄워 대폿잔 연거푼 후
한바탕 미친 노래에 묵은 시름 싸악 가신다.

하고한 시름이야 노래 아님 풀 길 없고,
노래엔 손발 또한 저절로 꿈틀대니,
노래 춤! 한통속으로 '시름굿'[05]이 약일레라!

05 시름굿: 시름을 푸는 굿.

꽃 피자 술 익자

> 인생이 둘가? 셋가?[01] 이 몸이 네다섯[02]가?
> 빌려온 인생이 꿈의 몸 가지고서,
> 평생에 살올 일[03]만 하고 언제 놀려 하느니?
>
> 실명씨

이 시조에 접할 때마다 'ㄱ 친구' 생각이 간절해진다. 평소에는 말없이 얌전한 편이지만, 친구 모임 술자리에서 모두 얼큰히 술기가 무르익을 무렵이면, 부스스 엉거주춤 일어서면서 느닷없이 그의 애창곡인 〈인생이 둘가 셋가……〉를 '노랫가락' 조로 흥얼거리며, 엉덩이춤, 개다리춤으로 신나는 한판을 어우르고 나서면, 모두가 들썩거리기 시작한다. '지화자!…… 얼쑤!……', 언제나 선두를 담당하던 그 친구!

---

01 인생이 둘가 셋가: 사람의 목숨이 둘이냐? 셋이냐? 하나뿐인 귀하디귀한 목숨이란 뜻.
02 네다섯: 넷 또는 다섯.
03 살올 일: 살 일. 생활하는 일. 호구하는 일.

그도 불귀의 길로 떠난 지 이미 십 년이 훨씬 넘었다.

사람의 목숨이란, 둘도, 셋도 아닌, 단 하나뿐인 것을! 더구나 인생이란 것이 백 년도 못 되는 덧없는 한때에 불과한 것을! 사는답게 한번 살아보지도 못한 채, 입에 풀칠하는 일에만 매달려 허덕이다 말 것이랴? 만사 제쳐놓고 한바탕 덩더꿍! 신나게 놀아나 보자던 그였는데…….

꽃 피면 달 생각하고 달 밝으면 술 생각하고,
꽃 피자 달 밝자 술 얻으면 벗 생각하네.
언제면 꽃 아래 벗 다리고 완월장취玩月長醉[04]하려뇨?　　　　　이정섭

꽃 피자 술이 익고, 달 밝자 벗이 왔네.
이같이 좋은 때를 어이 그저 보낼 손가?
하물며 사미구四美具[05]하니 장야취長夜醉[06]를 하리라.　　　　실명씨

창밖에 국화를 심어 국화 밑에 술을 빚어
술 익자 국화 피자 벗님 오자 달 돋아온다.
아이야 거문고 청쳐라[07] 밤새도록 놀리라.　　　　실명씨

연때가 척척 맞아떨어지는 신나는 밤이다. '네 친구(꽃, 술, 달, 벗)' 다 모였으니, 어찌 아니 마시랴? 이 밤이 다 진토록 마시고 또 마시고……, 곤드레만드레! 고주망태 다 되도록…….

04완월장취: 달구경하며 길이 취함.
05사미구: 네 가지 아름다운 것이 다 갖추어짐. '사미'는, 여기서는 꽃·술·달·벗.
06장야취: 밤 내내 취함. 밤새도록 술을 마시고 취함.
07청쳐라: '청줄'을 쳐서 가락을 맞추어라. 청줄은 거문고의 6현 중, 과상청棵上淸과 과외청棵外淸을 이름이다.

호기·풍류

※ 젊은 한때의 낭만으로, 대폿잔 폭탄주에 망가진 그 한 몸이, 시난고난, 일생의 후회로 이어질 줄을, 당시에야 어느 누가 감히 알랴? 쯧쯧…….

같은 홍치의 한시도 몇 수, 한자리에 차려보자.

꽃 있어도 달 없으면 꽃향기 줄어들고,
달 있어도 꽃 없으면 달빛이 외롭지만
꽃과 달 술까지 있고 보면 나야말로 신선이지!　송익필(원문 413쪽)

꽃 있고 술 없으면 그 얼마나 아쉬우며,
술 있고 벗 없으면 그 또한 어이하리?
세상일 유유하거니 꽃 보며 술 마시며 긴 노래 하자꾸나!

고의후(원문 413쪽)

꽃과 달과 술과 벗은, 서로가 서로를 갈망하는 천연의 인과관계다.
정이오鄭以吾의 달밤의 낭만을 아울러 차려보자.

이월 가고 삼월 오니 꿈결엔 듯 봄이 왔네.
천금으로도 사지 못할 이 좋은 이 봄밤을!
술 익는 그 어느 집에 꽃은 환히 피었는고?　원문 413쪽

춘소일각 가천금春宵—刻價千金! 일분일초가 천금 맞잡이인 이 아름다운 봄밤! 술 익는 집집마다 꽃마저 환히 피어 있는…… 상상만으로도 감미로운 낭만에 들뜨는 꿈같은 밤이다.

다정도 병인 양하여

꽃이라 해서, 어찌 '꽃'만이 꽃이랴? 해어화解語花도 은근슬쩍 한몫하고 있을 것은 이르나 마나다.

그러나 보라. 가난하게 살다 보니; 벗 만났을 때는 술을 구할 수가 없고, 술 있을 때는 벗이 오지 않는, 이 불여의不如意한 엇갈림을 탄식하며, 독작獨酌으로 거푸 서너 잔을 연달아 들이키고 있는 권필權韠의, 저 한바탕 한숨 같은 서글픈 빈 웃음을!

벗 만나면 술이 없고, 술 있으면 벗이 없네.
한평생 이내 일이 매양 이리 엇갈리니,
허허허! 크게 웃고는 혼자 거푸 서너 잔……!   원문 414쪽

시화詩禍('시'로 해서 화를 입음)를 입어, 귀양 가는 도중 폭음暴飲으로 숨을 거둔, 그의 불운한 종말을 아울러 생각하면, 이 독작에 깃들인 인생무상이 너무나 서글프지 않은가?

내 이리 늙고 나니, 새벽하늘 별 지듯이 친구들 뿔뿔이 다 앞서 가고; 이 밤사 이 어인 꽃타령, 달타령, 벗타령, 술타령 속의, 이리도 아름다운 이 봄밤을 내 어쩔꼬?

달은 밝고 꽃은 지는, 꿈같은 이 봄밤을,
어이 두고 잠이 오랴? 뒤척이다 다시 일어,
꽃 아래 술상 차리고 옛 시늉 해보느니─.

꽃잎 하롱하롱 옷자락에 쌓이는데,
이제는 다 가고 없는 옛 친구들 떠올리며,
그들과 한잔 또 한잔 이 밤을 취하느니…….

일정 백 년 산들

일정一定[01] 백 년 산들 긔 아니 초초草草[02]한가?
초초한 부생浮生[03]에 무엇을 하려 하여
내 잡아 권하는 잔[04]을 덜 먹으려 하는다?[05]   정철(238쪽에도 나옴)

일정 백 년 산들 백 년이 긔 얼마리?[06]
질병疾病 우환憂患[07] 덜고 나면[08] 남는 날 아주 적다.
두어라[09] 비백세非百歲 인생이[10] 아니 놀고 어이리?   실명씨

01일정: 정한 그대로 틀림없이.
02초초: 바빠서 덧없는 모양.
03부생: 덧없는 인생.
04내 잡아 권하는 잔: 내 손수 잡고 권하는 술잔.
05하는다: 하느냐?
06긔 얼마리?: 그까짓 것이 얼마나 되겠느냐?
07우환: 근심 걱정.
08덜고 나면: 빼고 나면. 감하고 나면.
09두어라: '아서라'와 같이 '모든 것 막설하고'의 뜻으로, 체념滯念하는 마음의 상태를 이르는 감탄사.
10비백세 인생이: 백 살도 못 사는 사람 목숨이.

더도 덜도 말고 꼭 백 년을 산다 할지라도, 기껏 3만 6천 일이 고작인데, 그중에 잠자는 동안 빼면 삼분 일三分 一이 줄어드는데다, 병들어 앓는 나날, 하고한 근심 걱정에 시달리며 부대끼는, 그 수많은 나날, 다 빼고 나면, 살맛 나게 사는 날이야, 몇 날이나 된다 하랴? 모처럼 태어나서, 고 짧은 동안 수고롭게 살다 덧없이 떠나버리는 이생의 일생이란, 그 얼마나 허무한 것이랴? 하물며 고 짧은 동안을, 무슨 경영이나 한답시며, 일에만 골몰하여, 인생을 한번 멋지게 즐겨보지도 못했다면, 그 아니 원통하랴 하는 탄식들이다.

그러나 다시 또 생각해보라. 백 년이 그 얼만데! 3만 6천 일이나 되는, 쇠털같이 많은 나날! 잠자고 병 앓고 근심 걱정 시달림도, 맛맛으로 누리는 '그 모두 사는 맛'이거니, 흥청거리지만 않는다면, 한 생애의 입지立志 성취成就에 시간 없다 할 것이랴?

보라! 인생이 덧없다면서도 그동안이 지겨워서, 칠팔십에도 노망(치매)이야, 중풍이야, 당뇨야, 관절이야, 눈 컴컴, 귀 멍멍……, 갖은 병추기가 되어 인생을 싫증 내기 일쑤가 아니던가?

필경 '인생 백 년'이 넉넉잡은 알맞은 한계일 듯, 조물자의 책정策定한 한계에 공감이 아니 갈 수 없을레라.

개똥밭에 뒹굴어도 이승이 좋다지만
아무리 좋다 해도 백 년이면 지겨우리.
갖가지 병추기 되어 인생을 싫증 내네.

다정도 병인 양하여

생애에 해야 할 일 시간 짧다 한탄하랴?
홍치지만 않는다면 백 년이면 넉넉하리?
미진한 남은 일이야 뒷사람의 몫이려니―.

올 때 훌쩍 왔던 인생, 할 일 대충 다했으면,
갈 때도 훌쩍 떠남이 그 또한 멋이련만,
어이들 저리 못 떠나 미적거려쌓는고?

올 때는 홑몸이나 와서 맺은 세상 인연
자손들은 물론이요 사회와의 얽힌 정분!
기어코 발목 잡으니 어이 훌쩍 떠나랴?

지저귀는 저 까마귀

다 정 도 병 인 양 하 여

지저귀는 저 까마귀 암수를 어이 알며
지나는 저 구름에 비 올똥 말똥01 어이 알리?02
아마도 세사世事 인정人情이 다 이러한가 하노라.03

김진태

세상에 모를 일이 하나 둘이 아니로다.
내가 나를 모르거든 남이 나를 어이 알리?
두어라!04 알고도 모를 일을 알아 무엇 하리요?

실명씨

세상일이란, 일정함이 없이 그때그때 달라 종잡을 수가 없고,
인심도 도시 알 수 없는 것이, 심지어 내가 나를 모를 정도로 조
석변朝夕變을 하니, 어이하랴? 구태여 알려 할 것도 없이, 모든 일
은 될 대로 되려니, 체념이나 할 수밖에—.

---

01 올똥 말똥: 올지 말지. 올지 안 올지.
02 알리?: 알겠느냐?
03 이러한가 하노라: '모르는 일' 뿐인가 싶다는 뜻.
04 두어라!: '아서라!' 와 같이 체념하는 말.

"까마귀 암수를 누가 안담?〔誰知烏之雌雄고?〕" 하는 속담처럼, 우리의 주변에서 일상으로 보게 되는 까마귀, 그것의 암수 구별도 할 수 없으니, 하물며 떠가는 저 구름이 비구름인지 아닌지 모르는 것이야 당연하다는 투다. 그러면서 세상일이나 사람의 마음을 헤아리지 못함도 그처럼 당연한 것으로 말하고 있다. 이는 물론 '세사는 번거롭고, 인심은 수상하여 예측할 수 없음을 탄식함'이 주제이기는 하나, 그것을 당연시하고 안 하고에 있어서는 동서양의 차가 크지 않은가 생각된다.

서양 사람들은 이를 천착하여 과학으로 발전시켰으며, 세사 인정은, 둘째 수의 내용과 아울러 철학으로 깊이 고뇌하였음과 대조해보면, '알아 무어 하리요?' 하는 무관심과는 차가 크다 할 것 같다. 이 시조의 작자야 물론 과학자도 철학자도 아니니, 그걸 가지고 왈가왈부할 상대는 못 되지만, 그걸 당연시하는 데서, 문제 제기의 틈새가 엿보여서, 짐짓 해본 소리일 뿐이다.

각설却說하고, 위의 작품들은 그 주제에 있어, 필경 다음 작품들과 궤軌를 같이함이리라.

공명도 욕辱이어라! 부귀도 수고受苦러라!
만경창파萬頃蒼波[05]에 백발 어옹漁翁 되어 있어
백일白日이 조창랑照滄浪할 제[06] 오명가명하리라![07]　　　　실명씨

공명功名도 잊었노라. 부귀도 잊었노라.
세상 번우煩憂한 일[08] 다 주어[09] 잊었노라!
내 몸을 나마저 잊으니 남이 아니 잊으리?　　　　김광욱

세사인정世事人情이나 부귀공명富貴功名에 관심을 두면 둘수록 번우煩憂한 일에 얽매이게 되는 것이라, 그런 세속적인 것에서 멀리 벗어난, 무위無爲 자연의 노장老莊을 본받음으로써, 신선의 반열에 올랐는 양, 자처하고 있음은 아닐는지?

고자세 벗어던지고, 여염 속에 파고들어 장삼이사張三李四들과 허심하게 이웃하면, 거기 인간의 훈기를 느끼리라. 가는 정 오는 정에 살맛도 느끼게 되리라. 어이하여 인간들이 동네 동네 마을 마을 모여 사는가의 이치도 자연 터득하게 될 것이다.

세상만사 잊었노라! 자신마저 잊었노라!
잊고 나니 만사태평! 신선된 양 한다마는,
어쩌랴? 삶을 포기하는 둔사遁辭(억지로 꾸며대는 말)로만 들려라!

세상이 귀찮다니? 사는 맛이 게 있거늘,
인생 맛 세상맛이야 속 맛을 맛봐야지―.
쪼개기 귀찮다 하여 수박 겉 핥기 할 것이랴?

아무리 세상 꼴이 꼴 아니게 되간대도,
그 세상 뉘 세상고? 내 시대 내 세상을!
내 짐짓 버리는 일은 나 자신을 버림이지!

05만경창파: 넓으나 넓은 바다의 물결.
06백일이 조창랑할 제: 태양이 넓은 물결을 비출 때.
07오명가명하리라: 오락가락 거니리라. 자유로이 소요逍遙하리라.
08번우한 일: 번거롭게 근심 걱정스러운 일.
09주어: 마음에 두지 않고, 망각忘却의 늪에다 내주어.

'속세'라 외로 돌며 고고孤高한 체하지 말고,
장삼이사들의 생활 속에 끼어보렴!
훈훈한 삶의 인정이 거기야 다 있느니―.

* * *

지치고 떨리는 몸 밤버스에 끼어 서면,
피로한 숨결 서로 드나드는 가슴 가슴!
훈훈한 육肉의 밀림에 꽉 끼이는 의지依支로움!

누구의 남김이뇨? 손잡이 쇠고리에
곱은 손 녹아드는 정겨운 체온이여!
삼동은 추운 이끼리 이렁굴어 살을랏다.

삼동(1966, 저자)

호기·풀류

꼭대기 오르다 하고

> 꼭대기 오르다 하고 낮은 데를 웃지 마라.[01]
> 네 앞에 있는 것은 내려가는 일뿐이니,
> 평지平地에 오를 일 있는, 우리 아니 더 크랴?[02]

　정상에 오른 사람의 남은 일은, 내려가는 일뿐인 데 반하여, 정상으로 오르려는 사람은, 오직 오르고자 하는 희망과 의욕으로 가득 차 있다. 그 어느 쪽이 더 활기에 차 있는가는 자명한 일이다. 그런데도 내려오는 사람들은, 저들이 선진자先進者인 양, 후진後進을 얕잡아 보는 듯한 인상임에는, 한 가닥 불편한 심기를 어찌할 수가 없다.

　"정상에 선 사람은 내려가는 일뿐이다"는, 재담이나 농담으로

---

01 낮은 데를 웃지 마라: 낮은 곳에 있는 사람들을 비웃지 말라.
02 오를 일 있는, 우리 아니 더 크랴: 꼭대기를 향하여 올라갈 우리야말로, 내려가야 하는 사람보다야 더 활기차지 않으냐의 뜻.

가끔 인용되기도 하나, 진실한 등산가들은 쓰지 않는 말이다. 하기야 선진자로서의 진중함이나 겸손함이 없이, 그 언행이 후진을 얕잡아 보는 태도로 비쳤다면, 그것은 물론 선진자의 잘못이나, ─어쩌면, 산을 타는 사람들이 산에서 만나는 반가움은, 평지에서 만나는 '소 닭 보듯' 하는 사람들과는 딴판으로, 단박에 십년지기十年知己처럼 친숙하게 느껴지는 나머지, 지나치게 터놓는 바람에 오해를 샀음은 아닐는지? 아무튼 먼저 오른 사람들을 선배로 인정해준들 또한 어떠랴?

한 목표가 달성되고 나면, 더 큰 목표를 갖게 되는 것으로, 알프스를 정복하고 나면, 히말라야를 꿈꾸듯이, 선진자를 당연히 나의 선배로 받드는 겸손쯤은 산사람들의 사회에선 당연한 일일 뿐이다. 당唐의 석학 한유韓愈는, "도道 깨침을 나보다 먼저 했으면, (나이에 아랑곳없이) 나의 스승이라〔其聞道也 固先乎吾 吾從而師之〕" 했지 않았던가?

아마추어 등산가들이 천신만고로 정상에 서는 순간, 저마다 터져 나오게 마련인 '야호!'에는, 오만 정감이 담겨 있다.

턱에 찬 숨결을 어루만지며 한 몸을 풍선같이 부풀어 오르게 하는 만리풍萬里風! 호호연浩浩然한 천지 사방 한가운데 홀로 우뚝한 유아독존唯我獨尊! 그러한 '쾌재快哉'는 기본이지만, 속으로 속으로만 꾹꾹 눌러 참아왔던, 불여의不如意한 일상日常에서의 갖가지 불평, 불만, 짜증, 분노…… 그따위 것들이, 일시에 폭발 기화爆發氣化하는 폭음이기도 한 것이리라. 뿐만 아니라, 그 '야호'의 소리 끝에 행여 딸려오는, 산울림 아닌, 동도인同道人의 목소리─ 그것은 그리운 임의 목소리인 양, 은근히 귀 기울여지기도 하는 것이 아니던가?

목청아 터지거라 못 외쳐본 지난날을
야호오! 한풀이 삼아 애와쳐 불러보면,
야호오! 백천 봉두峰頭를 밟아 원뢰遠雷 지는 메아리!

야호오! 임 이름 삼아 애와쳐 불러보면,
산울림 영감이 먼 바위에 앉았다가
야호오! 말 흉내 내어 되돌려 보내오고…….

'야호오!', '야호오!' 낯선 목소리끼리,
갚아오고 갚아가고 인력引力하여 맞서는 곳,
천삼백 구름 뒤에서 얼싸 잡는 손길이여!

설악산에서(1966, 저자)

다정도 병인 양하여

14
달관·통찰

- 백송골아 자랑 마라 _김영 외
- 장부의 호연지기 _김유기 외
- 월출산이 높더니마는 _윤선도 외
- 백발이 공명이런들 _실명씨 외
- 벼슬을 저마다 하면 _김창업 외
- 강호에 노는 고기 _이정보
- 꽃 지고 속잎 나니 _신흠
- 검은 것은 까마귀요 _이정보 외

김영 외

백송골아
자랑 마라

일순一瞬 천 리千里[01] 한다 백송골[02]아 자랑 마라.
두텁도 강남 가고 말 가는데 소 가느니,
두어라 지어지처止於至處[03]이니 네오 내오[04] 다르랴? 김영

눈 깜작할 사이에 천 리 먼 하늘을 난다 해서, 백송고리야 그렇
게 우쭐대지 말아라! 빠르고 느리고의 차는 있을망정, 굼뜬 두꺼
비도 강남 가려면 갈 수 있고, 말이 갈 수 있는 곳이면, 느리기는
하나 소도 갈 수 있는 것! 가다 가다 가장 마음 드는 곳에 머물러
살아가는 데 있어서야, 너나 다른 동물이나 마찬가지가 아니랴?
빠르기만을 자랑할 양이면, 토끼를 이기는 거북을 보라. 지상의
모든 생명은 동식물을 막론하고, 저마다 남이 대신할 수 없는 존

01일순 천 리: 눈 한번 깜작할 사이에 천 리를 난다고.
02백송골: 백송고리. 독수리과에 속하는 매의 일종.
03지어지처: 지극히 마음 드는 곳에서 머무름. 가다 가다 가장 마음 드는 곳에서 머물러 삶.
04네오 내오: 네고 내고→너나 나나.

재 의의存在意義, 존재 가치를 지니고 태어난 것이란다!

감장새 작다 하고 대붕大鵬아 웃지 마라.
구만 리 장공長空을 너도 날고 저도 난다.
두어라 일반비조一般飛鳥니 네오 제오 다르랴?　　　　　이택

감장새나 대붕새나 너 백송골이나, 그 모두 '나는 새'일 뿐이
니, 잘나고 못나고를 다투려 말고, 평등하게 서로 도와 화합하게
살아라 한다.
이수익李受益의 〈정초庭草〉는, 동물만이 아니라, 식물들도 또한
그러함을 강조한 내용이다.

마당의 저 풀들은 심은 것이 아니건만,
수없이 이름 없이 봄바람에 절로 나서,
저마다 빛깔도 따로따로 향기도 따로따로…….　　　**원문 414쪽**

어찌 정초庭草뿐이랴? 민초民草도 마찬가지다. 저마다 남이 대
신할 수 없는 각자의 존재 가치를 지니고, 나름대로의 최선을 다
하고 있는 귀중한 생명들! '인권의 존엄성'을 외치는 한편, 계급
사회의 귀천의 차별과, 그것의 세습제도의 천만부당함을 우회적
으로 외치고 나선, 선각들의 장한 선언적 경구警句들인 것이다.

이 세상 모든 존재 괜히 있는 것 아닐레라.
저마다 사명使命 있어, 그 일 맡아 하는 것을!
어찌해 귀하니 천하니 값 매기려 하느니?

인간은 자홀自惚하여 인간 세상만 여기지만,
새 짐승도 초목들도 저 모든 무생물도
저마다 제몫들 하기 우주 질서 유지되네.

지구 살갗 곳곳마다 부스럼도 심할시고!
더구나 대도시는 종창腫脹 부위 넓고 깊어
세균이 득실대는 곳 독성 물질 양산量産되네.

인간들 불협조로 지구 오염 못 맑히면,
대기도 한계 밖이라, 온갖 재해 어이하리?
인류여! 남 일 아니네. 자정 노력 하자구나!

다 정도 병인 양하여

장부의 호연지기

> 태산에 올라앉아 사해四海를 굽어보니
> 천지 사방이 훤칠도 한저이고![01]
> 장부의 호연지기浩然之氣[02]를 오늘에야 알괘라![03]   김유기

기를 쓰며 천신만고 등산하는 사람들의 소망이란, 필경 이 맛 한번 보려 함이니, 진실로 값지고 귀한 체험이 아닐 수 없다. 퇴계의 회심의 미소도 이 맛이었으리라.

> 푸른 산 푸른 물, 구름도 천 봉 만 봉
> 석양 비낀 높은 대에 막대 끌고 올라서니
> 만리풍萬里風! 가슴을 열어 한 번 빙긋 웃노라!   **이황(원문 414쪽)**

---

01 훤칠도 한저이고!: 훤칠하기도 훤칠하구나! '훤칠하다'는 막히는 것이 없이 맑고도 시원하다.
02 호연지기: 천지간에 가득 넘치는 넓고도 큰 원기. 공명정대하여 천지에 부끄러울 것이 없는 도덕적 용기.
03 알괘라!: 알겠도다!

우주 만상이 한눈에 쏙 들어오고, 만물의 이치가 손에 잡히는 듯, 만리풍에 탁 트이는 흉금, 호호연浩浩然한 기우氣宇! '회심會心의 미소'가 저절로 흘러나온 것이리라. 율곡의 다음 시도 이에 속한다.

　정상에 우뚝 서니 만리풍 시원하다.
　푸른 하늘은 내 머리에 쓴 모자요,
　동해는 내 손에 쳐든 한잔 술이어라!　**(비로봉 정상에서) 이이(원문 414쪽)**

　푸른 하늘은 모자 삼아 쓰고, 동해 바다는 손에 쳐든 한 잔의 술! 천하가 한눈에 쏙 들어오는, 비로봉 정상에서의 유아독존唯我獨尊이다.
　송계연월옹의 시조 〈마천령摩天嶺 등정登頂〉도 함께 차려볼까?

　마천령 올라앉아 동해를 굽어보니,
　물 밖은 구름이요, 구름 밖은 하늘이라.
　아마도 평생 장관은 이것인가 하노라.

　곽연郭珚의 한시도 이에 속한다 하리―.

　오늘 아침 맑은 눈길[視線] 남산이 싱그럽다!
　두건도 기운 채로 '휘이이익' 한 파람 불고 나니
　비로소 알겠더구나! 천지가 너그러운 줄―.　**원문 415쪽**

　상쾌한 아침이다. 일어나 창을 열친다. 탁 트인 하늘 끝에 남산이 싱그럽다. 두건도 삐딱하게 기울어진 채로, 긴 휘파람 한 파람 '휘이이이익!' 허공으로 띄워 보낸다. 천지에 거리끼는 것이 없고, 끝닿는 데가 없다. 비로소 알겠더구나! 하늘땅 사이가 너그러운 줄을! 나도 한세상 너그럽게 살고지고!

'호연지기'란 산 위에서만 느껴지는 것은 아니다. 그 '탁 트인 심경', '환히 내다보이는 앞', 그것을 평지에서도, 일상의 생활 속에서도 느끼는 이야말로 대장부요, 달인이요, 호협이요, 성현일 것이다. 그런 기개를 방 안에서도 실감하게 된, 위의 시는 바로 그 일례이기도 하다 하리?

우러러 하늘에 부끄럽지 아니하고, 굽어 사람들에 부끄럽지 아니한 심경![仰不愧於天 俯不怍於人], 그것이 곧 '호연지기'다. 부끄럽거나 떳떳하지 못하거나 죄지은 일이 없고 보면, 구태여 쭈그러들 리가 없다. 걸을 때는 활개 활활, 고요할 땐 명경지수明鏡止水! 그것이 곧 호연지기다.

멋모르고 태났더니 만물 중 일원―員으로,
그중에도 귀타 하는 사람으로 태날 줄야!
모처럼 사람으로 났거니 사람답게 살고지고!

홀로를 삼가노라면 부끄러울 일이 없고
옳은 일 바로 하면 언제나 떳떳하리―.
탁 트인 하늘땅 사이 활개 활활 살고지고!

윤선도 외

월출산이 높더니마는

> 월출산月出山[01]이 높더니마는 미운 것이 안개로다.
> 천왕天王 제일봉[02]을 일시에 가리웠다.
> 두어라![03] 해 퍼진 후면 안개 아니 걷으랴?

월출산의 경관은, 달 뜰 때와 해 돋을 때가 가장 아름답다고 한다. 한창 만화경처럼 피어나고 있는 해 돋는 이 시각에, 어쩌면 난데없는 안개들이 골짝마다 일어나면서 순식간에 제일봉인 천황봉을 가리워버리고 만다.

이럴 수가? 심술꾸러기 안개의 심보가 환히 들여다보이는 듯도 하다.

---

01 월출산: 전라남도 영암에 있는 명산.
02 천왕 제일봉: 월출산의 가장 높은 봉우리인 '천황봉'을 이름. 지리산의 제일봉인 천왕봉에 은근 슬쩍 견주어 이름인가?
03 두어라: 감탄사. 아서라!

구름이 무심無心탄 말[04]이 아마도 허랑虛浪[05]하다.
천중天中에 떠 있어, 임의任意로[06] 다니면서
구태여 광명光明한 날빛을 따라가며 덮느니?

이존오

구태여 광명한 햇빛을 따라가며 덮는, 구름장의 그 심술을 그저 우연으로 돌리기에는 너무나 의도적으로만 보이니 어찌하랴?
위의 두 작품은, 간신의 무리가 위정자의 총명을 가리어 정사政事를 흐리게 하는 것에 비유한 내용이며, 또한 역사에 마魔가 든 한때의 광폭한 군주의 난정亂政을 개탄한 내용이기도 하다. 그러나 그 언제까지나 가릴 수 있을 것이랴? 햇살이 활짝 퍼지고 나면, 곧 요샛말로 하면, 저기압에는 고기압이 밀려들게 마련이니, 안개도 구름도 제 아니 걷히고 배길 것이랴? 소신을 가지고 느긋이 기다리자고 한다. 필연적으로 오게 마련인 광명이 회복될 때까지—.

안개·구름 피어올라 산과 하늘 가릴망정,
그 산, 그 하늘은 그 언제나 건재健在하네.
천행건天行健 사필귀정事必歸正이야 만고의 진리거니—!

지구촌 여기저기 국지전局地戰야 있어와도,
꾸준한 문화 발전 이 속도로 이어가면,
찬란한 지상낙원도 이룩할 날 멀잖으리—.

04무심탄 말: 무심하다는 말. 곧, 햇빛을 가리는 것은 우연히 그렇게 됐을 뿐, 일부러 그렇게 하자 해서 그런 것은 아닌 것 같다는 뜻.
05허랑: 진실하지 못함. 거짓말 같다는 뜻.
06임의로: 제 뜻대로. 제 마음대로.

실명씨 외

백발이 공명이런들

백발이 공명功名이런들[01] 사람마다 다툴지니
날 같은 우졸愚拙[02]이야 늙어도 못 볼랏다.[03]
세상에 지극한 공도公道[04]는 백발인가 하노라!

363쪽에도 나옴

백발이 만일 훈장처럼 공명을 나타내는 징표라도 될 것 같았으면, 세상 사람들은 이를 얻으려고 얼마나 혈안이 되었을까?

나 같은 어리석고 옹졸한 사람이야, 감히 그 불꽃 튀는 경쟁 판에 뛰어들 수나 있었으랴? 마냥 낙오되어 칠팔십에도 머리카락 한 번 희어보지도 못한 채, 검은 머리 그대로 초라하게 늙었으리라.

그나저나, 백발을 서로 다투는, 그 희화戲畵 같은 장면들을 떠올려보시라! 얼마나 포복절도抱腹絶倒할 갖가지 장면들이 연출되

01–이런들: –이던들. –이었던들. –이었더라면.
02우졸: 어리석고 옹졸한 사람.
03못 볼랏다: 늙어보지도 못할 것이었겠다.
04공도: 공평한 길. 공변된 도리.

기도 했을 것이랴?

그러나 보라! 백발은 인간의 나이테[年輪]와도 같은 공평한 것이어서;

한 손에 가시 들고 또 한 손에 막대 쥐고,
늙는 길 가시로 막고 오는 백발 막대로 치렸더니,
백발이 제 먼저 알고 지름길로 오더라!　　　　　　우탁

백발은 빈부귀천에 아랑곳없이, 누구에게나 사사로움 없이, 찾아드는 공편한 도리기에, 부림당하던 사람들에게는, 차라리 일종의 반사적인 보상성 내지 보복성 위안이기도 했던 것이었으리라!

의술이 발달하니 죽을병도 살려내고
그런데도 돈 없으니 살릴 병도 죽는 것을!
그러나 저러나 간에 필경은 다 가는 것을!

벼슬이 옴이런들 옴 오를까 피할 것이,
백발이 훈장이런들 못 얻어 안달일 것이,
사람들! 좋고 싫음에는 헷갈림도 없더라!

김창업 외

벼슬을 저마다 하면

> 벼슬을 저마다 하면 농부 할 이 뉘 있으며
> 의원[01]이 병 고치면 북망산[02]이 저러하랴?
> 아이야 잔 가득 부어라 내 뜻대로 하리라.

　벼슬같이 귀한 것을 원한다고 다 할 수 있을 양이면, 세상 사람들이 다 벼슬을 원할 일이지, 농부 같은 구차한 것을 어느 누가 원해서 하겠으며, 또 의원이라 해서 다 병을 고칠 것 같으면, 공동묘지가 어찌 저렇게도 무덤으로 늘비하랴? 벼슬이란 원한다고 되는 것이 아닌 반면, 벼슬을 했다 해도, 죽음 앞에서는 농부나 마찬가지니; 벼슬 못 했다 한탄만 할 것이 아니라, 전원생활에 낙을 붙여 얽매임 없는 심신으로, 살아 있는 동안, 자유를 만끽하

01 의원: 의사.
02 북망산北邙山: 중국 낙양에 있는 산으로, 역대 제왕 귀인들의 무덤이 있었던 곳. 여기서는 '공동묘지'란 뜻으로 쓰임.

며 멋대로 삶을 즐기기나 하리라는 것이다.

　과거에 낙방한 나머지, 자위自慰하는 둔사遁辭 같기도 하나, '궁하면 통한다'로 새로 발견한, 또 하나 인생길을 발견하게 된 귀한 깨달음이도 하다.

　이 작품의 구성상의 논리 유형은, 다음 작품들과도 서로 비슷하다 하리―.

강산 좋은 경景을 힘센 이 다툴 양이면
내 힘과 내 분으로 어이하여 얻을 소니?
진실로 금할 이 없을 새[03] 나도 두고 노니노라!

김천택(380쪽에도 나옴)

달관·통찰

백발이 공명功名이런들 사람마다 다툴지니
날 같은 우졸愚拙이야 늙어도 못 볼랏다.
세상에 지극한 공도公道는 백발인가 하노라!

실명씨(360쪽에도 나옴)

안빈安貧[04]을 싫이 여겨 손 혜다[05] 물러가며,
부귀를 부러하여[06] 손 치다[07] 나아오랴?
아마도 빈이무원貧而無怨[08]이 긔 옳은가 하노라!

김천택

03없을 새: 없는 것이기에.
04안빈: 가난하나 마음은 편안히 가짐.
05손 혜다: 물러가라는 뜻으로, 손을 내젓는다 하여.
06부러하여: 부러워하여.
07손 치다: 오라는 뜻으로, 손짓을 한다 해서.
08빈이무원: 가난하면서도 하늘을 원망하거나, 남을 탓하지 않음. 곧 팔자소관으로 체념한다는 뜻.

경쟁 사회에서의 경쟁 대상이란 참 가지가지며, 사람의 욕심이
란 한도 끝도 없는 것이, 비 오는 날 물거품 일듯, 이 땅에 수없이
일어났다 꺼져 간 갖가지 사교邪教들! 인간 아닌 신선 무리로 몸
바뀌어 살기를 갈망하여, 기도하고 주문 외던 엉터리들! 경쟁도
그 경지에 이르면 다시 무슨 말을 해야 하랴?

사람으로 태어났음 사람으로 살 것이,
이 땅에 태어났음 이 땅에서 살 것이
어이해 이 땅 아닌 곳, 사람 아니게 살려는고?

살기 어려워도 인간으로 살고지고!
애써 신선 된들, 신선일 뿐 내 아니니,
내 아닌 남으로 살면 그 무슨 내 맛이랴?

다 정도 병인 양하여

이정보

강호에 노는 고기

> 강호江湖[01]에 노는 고기 즐긴다 부러 마라.[02]
> 어부漁父 돌아간 후 엿느니[03] 백로로다.
> 종일을 뜨락 잠기락[04] 한가할 때 없더라.

　물고기들 노는 양을 굽어보고 있노라면, 그 유유자적하는 양이 부럽기까지 하다. 저들이야말로 만고강산에 무슨 근심 걱정이 있으랴 싶다.

　그러나 속내를 알고 보면, 그들이 왜 한순간도 눈을 깜작이지 아니하며, 잠잘 때도 두 눈을 감지 못하는가를 알게 된다. 전후좌우에 목숨을 노리는 천적들은 물론, 동족끼리도 큰놈은 '중치'를, '중치'는 '송사리'를 겨누어, '대어大魚는 중어식中魚食하고, 중어

01강호: 강과 호수.
02즐긴다 부러 마라: '삶을 즐기고 있는 중'이라고, 부러워하지 말라.
03엿느니: 엿보고 있는 것이. 생명을 노려보고 있는 것이.
04뜨락 잠기락: 물 위로 뜨기도 하고, 물속으로 잠기기도 하고.

는 소어식小魚食'할 뿐만 아니라, 물에선 물뱀, 물둥구리, 가마우지, 오리, 원앙, 황새, 도요새……; 요새는 외래종인 황소개구리까지 가세하는가 하면, 공중에선 백로, 물수리, 물총새, 물떼새도 두렵거니와, 해마다 한 철씩 들이닥치는 철새들의 그 무지막지한 외세外勢도 전염병 쓸고 가듯 걱정스럽다.

그러나 뭐니 뭐니 해도 가장 두려운 것은 어부다. 그물도 두렵거니와, 가장 다랍고 치사한 것은 낚시다. '굶주림'을 구호하는 자선의 손길인 양 가장하여, 생명을 낚아채는 간교한 그 수법! 가장 비열하고도 악독한 그 마수魔手도 신경 써야 하려니와, 수륙공水陸空의 온갖 천적들을 늘 살펴야 하자니, 종일을 뜨랑 잠기랑, 한순간도 경계를 늦출 수가 없는 것이다.

어찌 물고기들만이랴? 지상의 모든 움직이는 것들, 어느 것 하나 예외인 것이 없다. 사람은 더더욱 예외가 아니다.

아! 지구촌 목숨들의 이리도 살기 힘듦이여!

삶이 그리 쉬울진댄 살려 구태 애쓸 것가?
동물원 맹수처럼 먹고 자고 살만 쪄서
제 구실 못하는 삶이 죽음이나 뭣 다르랴?

삶이 그리 어렵기에 삶이 이리 귀하거니,
번득이는 삶의 지혜, 꿈틀대는 삶의 활력!
그 진정 삶의 보람, 사는 맛이 기 아니랴?

인간엔 지혜만 아닌, 덕과 양심 갖춰 있어,
서로들 도와가며 지상낙원 꿈꾸나니,
지구촌 모든 양심들! 다들 동참하자꾸나!

달
관
·
통
찰

꽃 지고 속잎 나니

다정도 병인 양하여

> 꽃 지고 속잎 나니 시절도 변하였다.
> 풀 속의 푸른 벌레[01] 나비 되어 나는구나.
> 뉘라서 조화造化[02]를 잡아 천변만화千變萬化[03]하는고?

알에서 깬 애벌레가, 번데기 되었다가, 이제야 제땐 줄 알아, 날개 달고 나비로 화하여 하늘을 날고 있다. 배후背後에 어느 누가 있어 도깨비방망이 같은 조화봉造化棒을 휘둘러 세상만사를 천변만화로 주재主宰하고 있단 말인고?

자동으로 입력된 합리적 합목적적 태초의 우주 의지, 그 유전자 법칙인가? 환경 변화에 적응하려는 진화 도상의 현상인가? 돌연변이로 천종 만종 바뀌는가? 생명의 비밀 상자(블랙박스)가 비록

---

01 풀 속의 푸른 벌레: 풀 속에 자란 애벌레가, 곤충들이.
02 조화: 만물을 만들어 기르는 일. 또 그 일을 맡은 존재, 조화옹造化翁, 조물주造物主.
03 천변만화: 천만 가지로 변화함.

열린다 할지라도, 그 신비로운 궁극이야 밝혀질 날 없으려니—.

아아! 자상도 한 우주 경영! 우주 질서!
뉘 있어 막 뒤에서 조종하여 펼치는고?
무한한 시공時空을 타고 한도 끝도 없어라!

＊ ＊ ＊

태초에 우주만 열려, 텅 빈 공간만으로,
억겁의 적막 세월, 광막한 그 허허로움에
해 달도 허虛에 질리어 기진할 뻔 안 했으랴?

구원인 듯 동식물에 영장류 등장하자,
우주도 세월도 활기를 띠게 되고
비로소 왜 있어왔는지를 그제서야 알았으리?

영원한 시공간時空間에 무수한 무한 생명,
연속 연출 새론 연기 사시로 펼쳐지니,
이 재미 보는 맛으로 사는 맛 늘 새롭다.

적막한 별무리 중 지구별은 찬란하다.
불야성 회전무대 끊임없는 생명 연기!
우주도 세월이랑 함께 그 보람에 넘치리?

이정보 외

검은 것은 까마귀요

검은 것은 까마귀요 흰 것은 해오라기
신 것은 매실梅實이요 짠 것은 소금이라!
물성物性이 각각 다르니 물각부물物各付物[01] 하리라.   이정보

까마귀 검으나 따나[02] 해오라기 희나 따나
황새 다리 기나 따나 오리 다리 짧으나 따나
세상의 흑백黑白 장단長短[03]은 나는 몰라 하노라.   실명씨

　　까마귀는 왜 검으며, 해오라기는 왜 흰가? 황새 다리는 왜 길
며, 오리 다리는 왜 짧은가?
　　형형색색의 천지 만물에 의문을 품기 시작하면 한이 없다. "필
요는 발명의 어머니"요, '의문은 해결의 열쇠'라지만, 같은 의문

---

01 물각부물: 만물은 저마다 각각 저다운 천성으로 태어났으므로, 그 저마다 다른 '천성'을 소중히 인식해야
　 한다는 뜻.
02 검으나 따나: 검거나 말거나, 검든지 말든지. 검든지 검지 않든지 간에(그런 건 관심 밖이라는 뜻).
03 세상의 흑백 장단: 세상의 이런 일 저런 일. 세상의 온갖 시비곡직是非曲直.

이면서도, 서양 사람들은 생물학의 연구 자료로 삼았음 직하나, 우리는 뭉뚱그려 '물각부물'의 철학으로 귀결했다. 만물은 천부의 자질로, 각각 그 환경에서 살기 편리하게 각양각색 가변의 맞춤 능력으로, 또는 유용한 쓰임새로 태어나고 진화하고……. 그래서 까마귀요, 해오라기며, 황새요 오리이며, 그래서 매실이요, 소금인 것을! 구태여 이러니저러니 시비곡직을 따져 무엇 하랴? 각각 그 주어져 있는 특성대로 불편 없이, 그 나름대로의 우주 존립에 기여하고 있는 공덕을 높이 평가해주어야 할 뿐이며, 한편, 인류 도덕을 전제로 한, 인간은 또 그래서 사람인 것을—, 그 모두 저들과 긴밀하게 서로 맞물려, 도움 주고받음으로써, 우주의 생성 원리며, 우주의 영구한 질서가 굳건히 유지되어가고 있는 것이 아니던가?

동식물 각양각색 제 나름 나름으로,
기고 날고 헤엄치며 서로 도움 주고받고……,
그 모두 제 몫들 하기 우주 질서 유지되네.

그중에도 사람들은 지혜 가장 뛰어나서
찬란한 인류 문화 시공간에 차려놓고
별나라 오고 가면서 못할 일이 없어라!

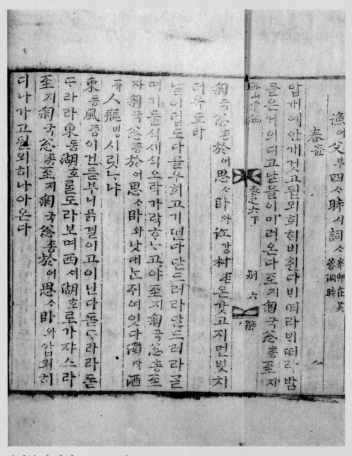

《어부사시사漁父四時詞》

1798년(조선 정조22)에 고산 윤선도가 지은 가사로서, 《고산유고孤山遺稿》에 수록되어 전한다.

15

시절·한탄

· 시절이 저러하니 _이항복
· 나무도 병이 드니 _정철

시절이 저러하니

> 시절[01]이 저러하니 인사[02]도 이러하다.
> 이러하거니 어이 저러 아닐소니?[03]
> 이런자 저런자[04] 하니 한숨 계워하노라!

　광해군의 난정亂政 때를 당하여, 말세 인심을 한탄하는 노재상 老宰上의 한숨이다.

　임금이 광폭狂暴하니 충신들은 설 자리를 잃고, 간신들이 득세하여, 시호시호부재래時乎時乎不再來라. 간신들이 작당하여 저희 시대가 되었음을 구가하면서, 기강을 무너뜨리고, 국정을 농단하며, 온갖 사악한 것들과 호응하여, 갖은 폭정暴政을 베푸는 나머지, 백성은 도탄에 들고, 민심은 흉흉해졌다. 가는 곳마다 수군수

01시절: 때. 시대.
02인사: 사람이 하는 일. 인간에 대한 일.
03아닐소니?: 아닐소냐?
04이런자 저런자: 이러하구나! 저러하구나! 'ㄴ자'는 감탄 종결어미.

군! 금시 폭동이 일어날 듯, 수상쩍은 나날들! 그럴수록 숨 막히는 살기등등 삼엄한 경비 속에, 걷잡을 수 없이 기강이 무너지고 악이 판치는 세상!

임금이 포악하니 간신들이 농간하는—, 어쩌면 이 악순환의 인과를 끊을 수 있을 것인가? 악순환의 고리는 상승작용相乘作用으로 재생산을 일으키며 세상을 혼돈으로 이끌어가고 있다.

광해군이 어린 동생 영창대군을 죽이고, 인목대비를 폐모廢母하려 함에 극력 반대하다, 함경도 북청으로 귀양 가는 도중, 철령 고갯마루에서 멀리 남쪽 하늘을 바라보면서 불렀다는 작자의 다음 시조도 모두 일련의 작품들이다.

철령鐵嶺 높은 봉峰에 쉬어 넘는 저 구름아!
고신孤臣(외로운 신하) 원루冤淚(원한의 눈물)를 비 삼아 띄워다가,
임 계신 구중심처九重深處(깊으나 깊은 궁중)에 뿌려본들 어떠리.

이 길로 북청에 이른 노재상은 그 해를 넘기지 못하고 적소에서 죽었다.

아! 이렇게 죽어간 고귀한 충신의 목숨은 그 얼마며, 부덕한 한 사람의 그늘에서 죽어간 수많은 생목숨들은 또 그 얼마이던고?

임금이 포악하니, 신하도 망령일다.
간신이 부추기어, 임금 더욱 광폭하니

충신은 설 땅을 잃고, 백성은 도탄에 드네.

포악성 날로 심해 목숨들 죽어나고,
윤리 기강 무너뜨려 금수로 변해갈 제,
하늘도 두렵지 않은 오만방자 극치여라!

조정이 저렇거니 민심도 흉흉할사!
굶주린 백성들이 간 곳마다 수군수군
여론이 들끓을수록 경계 삼엄 날[刀] 세울 뿐―.

의지 없는 저 백성들 살기 점점 쪼들리고,
그럴수록 야박한 인심 살기 더욱 핍박하네.
어쩌면 저 몹쓸 고리를 끊어볼 수 있으랴?

다정도 병인 양하여

정 철

나무도 병이 드니

나무도 병이 드니 정자라도[01] 쉴 이[02] 없다.
호화豪華히 섰을 제는 올 이 갈 이 다 쉬더니
잎 지고 가지 꺾인 후[03]론 새도 아니 앉는다.

   길가에 선, 잎 청청 아름드리 정자나무! 그 가지엔 무수한 새들
깃들어 노래하고, 그 드리운 짙은 그늘에는 오가는 사람들이 땀
을 들이며 쉬어 가는 곳, 사막의 오아시스와 같은 행객들의 거룩
한 쉼터가 된다. 그러나 나무도 병들거나 노쇠하여, 잎을 피우지
못하게 되고 나면 행객은 물론 새들도 깃들이지 않게 된다.
   "정승 집 말 죽었을 때는 위문객이 많아도, 정승이 죽었을 때는
가랑개미도 아니 온다"는 속담처럼, 고관대작高官大爵으로 떵떵
거리고 사는 동안에 모여든 많은 추종자들도, 그 세력이 약화되

---

01 정자라도: 정자나무(길가에 선, 그늘 짙은 큰 나무)라도.
02 쉴 이: 휴식할 사람이.
03 잎 지고 가지 꺾인 후: 세력이 쇠해진 후.

고 나면, 등을 돌리는 것이 염량세태炎凉世態의 인심이다. 이 진정 권력 무상權力無常 부귀 초로富貴草露의 감개가 아니랴?

그중에는 언제 봤더냐는 태도로 침을 뱉고 돌아서는 사람도 있다. 의리를 배반하고 잇속 따라 옮겨 다니는 철새들! 그 품에서 잔뼈가 굵고, 영화마저 누렸으나, 이제는 '볼 장 다 봤다'며, 약은 꿍꿍이로, 소신所信도 이념理念도 헌신짝인 양 팽개치고, 반대 세력에 아부하여, 떠나는 명분으로 한다는 소리; 지당하다면서 맞장구쳤던 '비밀' 폭로하며, 욕설을 뇌까리니, 제 자란 둥지에다 찌를 싸놓고 떠나는 뻐꾸기 새끼[04]랑 무엇이 다르랴? 철 따라 옮아 다니는 인간 철새들! 받아들이는 쪽도 언제 배반할지 항상 경계를 늦추지 않는 상태에서, 이용만 하려는 속셈이니, 이쯤 되면 필경 사계斯界의 한 미아迷兒로 하염없이 떠도는 신세로 전락하지 않게 되랴?

알뜰히 품어 깨어 제 새끼로 길렀건만,
제 행실 할 만하니 찌를 싸고 떠나다니?
뻐꾸기 새끼일망정 차마 어이 저럴까?

이념 따라 떠남이야 유유상종 당연타손,
제 한 몸 이해 따라 간에 붙다 쓸개에 붙다,
약은 꾀 쓰다가보면 떠돌이 되고 말리―.

---

04 뻐꾸기 새끼: 뻐꾸기는 제 알을 제가 품어 깨지 않고, 다른 새에 맡겨 깨는, 이른바 '탁란托卵'하는 새다. 곧 때까치, 지빠귀, 휘파람새 등 참새류의 알 속에 몰래 한 개씩 알을 낳아두면, 참새류의 알보다 6일이나 먼저 부화하여, 다른 알일랑 둥지 밖으로 다 밀어내어 없애고, 저만 혼자 먹이를 받아먹고 다 자라면, 찌를 싸놓고 몰래 떠나버린다는, 몰염치沒廉恥한 새다.

다정도 병인 양하여

김천택

강산 좋은 경을

강산 좋은 경을 힘센 이 다툴 양이면
내 힘과 내 분分[01]으로 어이하여 얻을 소니?[02]
진실로 금할 이 없을 새[03] 나도 두고 노니노라!

인간의 소유욕이, 경작하는 논밭도 아닌, 산마저 사유私有하기 시작하던 그 옛날에는, 힘으로든 돈으로든 일단 자기 소유로 만들고 나면, 자기네 산은 됐을망정, 경치마저 독점할 수는 없었다. 그러니 경치 먹고 사는 사람들에게야 산 임자가 누구든 관심 밖이다.

돈으로 산을 사면 산 임자는 될지언정
저 좋은 산수경山水景은 누리는 이 임자로다

---

01 분: 분수分數.
02 얻을 소니: 얻을 것이냐?
03 없을 새: 없을 것이매.

하물며 청풍명월이야 일러 무엇 하리오?

그러나 오늘의 현실은 어떠한가? 국립공원으로 지정된 서울 근교의 계곡에는, 올라가도 올라가도 개울물에 발 담그고 쉴 만한 곳이 없을 만큼, 가게들이 독점하고 있어, 자릿세를 요구하고 있다. 그뿐이랴? 풍치 지구는 이미 부자들이 독점하여 관광지로 개발, 입장료를 받고 있으니, 산수경도 돈 없이는 못 누릴 세상이 되어가고 있는 것 같다.

돈으로 산을 사니 물은 절로 딸렸도다.
해와 달 바람 구름 모두가 공짜건만
산수경 즐기려거든 돈 가지고 오란다.

큰 절간 핑계하여 국유國有 명산 가로막고,
돈 내야 들어간다니 해괴한 일도 많다.
김선달 봉이 화신이 곳곳에서 농간일다!

퇴계와 율곡

고산구곡
청량산과

다정도 병인 양하여

청량산清凉山[01] 육륙봉六六峰[02]을 아는 이 나와 백구!
백구야 헌사하랴?[03] 못 믿을 손[04] 도화로다.
도화야 떠지지[05] 마라. 어주자漁舟子[06] 알까 하노라.

퇴계 이황 〈청량산가〉

이곡二曲[07]은 어디메오 화암花岩에 춘만春晚커다.
벽파碧波[08]에 곶을 띄워 야외野外로 보내노라.
사람이 승지勝地[09]를 모르니 알게 한들[10] 어떠리?

율곡 이이 〈고산구곡가〉 중

01 청량산: 경북 보화군에 있는 명산.
02 육륙봉: 십이봉十二峰.
03 헌사하랴: 떠들어 자랑하랴?
04 못 믿을 손: 못 믿을 것은.
05 떠지지: 떨어지지.
06 어주자: 어부.
07 이곡: 둘째 노래.
08 벽파: 푸른 물결.
09 승지: 경치 좋은 곳.
10 알게 한들: 무릉도원武陵桃源 발견된 것이 무수히 떠내려 오는 복사꽃을 보고 역추적해서 알아냈듯이, 여기서 보내는 꽃잎을 보고 야외野外의 사람들이 찾아오게 된다면 또한 좋지 않으랴의 뜻.

위의 두 시조의 공통점은 무엇인가? '청량산'이나 '고산구곡'이나, 다 승지勝地(경치 좋은 곳)란 주장이요, 서로의 차이점은 무엇인가? 종장에 나타난, 표현상의 차이로, 퇴계는 '무릉도원' 발각될 때처럼 복사꽃 때문에 '어부가 알고 찾아와 소문낼까 두렵다' 했는가 하면, 율곡은 '세상 사람들이 승지를 모르고 있으니, 일부러라도 알게 하여 찾아오도록 한들 좋지 않으랴' 했다. 끝을 간추려 보면, 퇴계는 '폐쇄적으로 독락獨樂'[11]을 추구했는가 하면, 율곡은 '개방적으로, 중락衆樂'[12]을 추구한 것이라, 두 분의 성향이 서로 달라서라 할 수도 있겠다.

그러나 보라! 퇴계는 당시 청량산 오산당吾山堂에서 일심으로 학문을 닦고 있을 때인 '초년의 작품'이요; 율곡은 벼슬에서 물러나, 해주 석담에서 제자를 기르고 있던 '만년의 작품'이니, 각각 그럴 수밖에─.

시문의 평은 문면文面에 내재內在해 있는 배후背後를 무시해서는 아니 되는 이유가 이와 같음을, 이에서 여실히 보여주는 듯도 하지 않은가?

폐쇄니 개방이니, 독락이니 중락이니,
경우 경우 따라서는 이럴 수도 저럴 수도……,
한 결로 따지는 이론 자승자박[13] 아니 되랴?

---

11 독락: 혼자서 즐김.
12 중락: 여럿이 어울려 즐김.
13 자승자박自繩自縛: 자기 끈으로 자기 몸을 결박함. 스스로 자신을 구속함. 융통성 없음을 지적한 말,

어부단가*

다정도 병인 양하여

굽어는[01] 천심녹수千尋綠水[02] 돌아보니 만첩청산萬疊靑山[03]
십장홍진十丈紅塵[04]이 얼마나 가렸는고?
강호江湖[05]에 월백月白[06]하거든 더욱 무심無心[07]하여라!

　　앞에는 넓은 낙동강 물이 질펀히 흘러내리고, 뒤에는 높푸른 산이 겹겹이 둘렀으니, 저 먼지투성이 속세와는 너무나 멀리 동떨어져 있는, 신선의 고장인 것 같다. 더구나 달 밝은 밤이면, 벼슬이니 부귀영화니 하는 속세의 부질없는 욕망이란 말끔히 가시

---

01 굽어는: 굽어보아서는.
02 천심녹수: 천 길이나 깊은 푸른 물이요,
03 만첩청산: 만 겹이나 겹겹으로 포개진 푸른 산이라.
04 십장홍진: 열 길이나 쌓인 붉은 티끌의 세상, 곧 속세俗世.
05 강호: 강과 호수, 곧 벼슬 세계가 아닌 자연의 세계.
06 월백: 달이 밝음.
07 무심: 잡념이 없는 맑은 심경.
＊ 지금은 안동댐의 수몰 지구인 작자의 고향 안동군 도산면 부내(汾川) 마을에서의 한정閑情을 읊은, 5수로 된 〈어부가〉다.

고, 어느덧 자신이야말로 신선인 양 느껴지는 것이다.

이하 평어評語 없이, 원작原作을 시조 가락으로 풀어 본다.

雪鬢漁翁이 住浦間, 自言居水이 勝居山이라 하놋다.
早潮纔落 晩潮來하나다.
倚船漁父이 一肩이 高로다.[08]   〈어부가 9장〉 중

백발 어부 물에 살며 산에 보다 낫다 한다.
아침 물은 빠져가고 저녁 물이 밀어든다.
삿대에 힘 실은 어부, 한 어깨가 높솟았다.

青菰葉上에 涼風起, 紅蓼花邊 白鷺閑이라.
洞庭湖裏 駕歸風호리라.
帆急前山 忽後山이로다.   위와 같음

여뀌꽃 붉은 물가 백로가 한가롭다.
마름 잎에 부는 바람 돌오는 배 멍에하여,
불룩한 돛폭 사이로 모걸음 치는 앞뒤 산들―.

盡日泛舟烟裏去, 有時搖棹月中還이라.
我心隨處自忘機라
鼓枻乘流無定期라   위와 같음

---

08 倚船漁父이 一肩이 高로다: 상앗대로 물밑을 짚어, 온몸의 힘을 다 실어 배를 밀자니, 몸은 비뚜로 반튼이
나 기울어지고, 기울어진 반대쪽 어깨는 삐쭉이 비뚜로 솟아올라, 이상한 체형이 되어 있음을, 얼마나 극
명하게 잘 나타냈는가를 볼 것이다.

세사世事야 내 알더냐? 안개 속 저어 저어
먼 바다 나갔다가 달 싣고 오기도 하고
흐름에 배 맡겨놓고 뱃전 치며 홍도 풀고…….

醉來睡着無人喚, 流下前灘也不知로다
桃花流水鱖魚肥라
滿江風月屬漁船이라   위와 같음

복사꽃 흐르는 물 쏘가리(물고기 이름)도 살이 쪘다.
한 강산 바람과 달을 한 배 가득 실어놓고
취하여 조는 그사이 어느덧 다 왔구나!

夜靜水寒魚不食거늘 滿船空載月明歸라.
罷釣歸來繫短蓬호리라.
風流未必載西施라.   위와 같음

밤 깊고 물이 차니 고기도 아니 문다.
배에 가득 달이나 싣고 집으로 돌아가자.
미인09을 싣지 않아도 풍류 흥치 그만일다.

이런 선경의 고향을 떠나 벼슬살이에 골몰하다 늙어서야 돌아
오니, 그동안 이미 많은 사람들이 고인이 됐는가 하면, 거의가 낯
선 얼굴들이다. 그러나 산천만은 변치 않아 여전히 반겨주는 듯,
다정하게 느껴진다.

---

09 미인: 중국 춘추 시대의 절세미인絶世美人 서시西施.

다정도 병인 양하여

농암聾岩[10]에 올라보니 노안老眼[11]이 유명猶明[12]이로다.

인사人事야 변한들 산천이야 변할손가?

암전岩前의 모수某水 모구某丘[13]가 어제 본 듯하여라!　　〈어부단가〉

만년에 돌아온 농암 이현보의, 산천에 부친 정겨운 감개感慨다. 그러나 지금에 대한다면, 그 감개 어떠할꼬? 이제는 바다가 되었으니, 정히 금석지감今昔之感을 어찌하리!

인사의 갈마듦이야 예나 이제나 무상하다손, 산천만은 영원히 변치 않으리라 했던 그 산천마저도, 자연의 힘이나 개발 앞에는 허사일밖에 없다. 부내〔汾川〕도 바다 되고, 시화호도 육지 되니, 선생의 옛 집터도 '안동댐' 깊은 물속에 가뭇없이 될 줄이야……?

인사도 산천도 상전桑田이 벽해碧海로고!

농암도 흔적 없고 옛 구렁도 가뭇없네.

지금에 선생이 온들 옛 집터나 찾으시랴?

---

10 농암: 이현보의 고향인 안동 예안에 있던 바위 이름. 그는 이로써 자기의 호號를 삼기도 했다.

11 노안: 노인의 눈.

12 유명: 아직도 밝다는 뜻.

13 모수 모구: 아무 소沼, 아무 언덕.

윤선도

산수간 바위 아래

산수간 바위 아래 띠집[01]을 짓노라 하니,
그 모른[02] 남들은 웃는다 한다마는,
어리고[03] 하얌[04]의 뜻에는 내 분分인가 하노라?[05] 〈산중신곡〉 만흥

여기서 시작하는 그의 은서 생활隱棲生活에서, 가장 친한 자연의 다섯 벗과 밤낮으로 즐기니, 곧 〈오우가五友歌〉다.

---

01 띠집: 지붕에 띠를 이은 집, 초가草家.
02 그 모른: 그 속마음을 모르는.
03 어리고: 어리석고.
04 하얌: 향암鄕闇. 시골의 무식한 사람. 시골뜨기.
05 내 분인가 하노라: 나의 분수에 맞는 일인가 여기노래!

오우가

서곡序曲

내 벗이 몇이나 하니 수석水石[06]과 송죽松竹[07]이라.

동산東山에 달 오르니 그 더욱 반갑고야![08]

두어라! 이 다섯밖에 또 더하여 무엇 하리?

은서 생활에서의 자연이야 어느 것 하나 벗 아님이 없지마는, 그중에도 막역한 벗이 다섯이다.

그러나 물아物我 동락同樂에는 나도 마땅히 그 속에 들어야 할 것이므로, 육우六友일 수도, 또 '솔〔松〕'의 벗인 백학白鶴까지 하면 칠우七友로 잡을 수도 있겠다.

시냇가 반석 위에 초가를 짓고 사니

뒤에는 대숲이요 앞에는 솔이로다.

달 오면 다섯 벗이, 나랑 하면 여섯 벗이!

1. 물〔水〕

구름 빛이 조타 하나[09] 검기를 자로[10] 한다.

바람 소리 맑다 하나 그칠 적이 하노매라.[11]

조코도[12] 그칠 뉘[13] 없기는 물뿐인가 하노라.

06수석: 물과 돌(바위).

07송죽: 솔과 대.

08반갑고야: 반갑구나!

흰 구름 맑은 바람 푸른 산 멧새 소리,
아침놀 저녁놀 봄 안개 가을볕을
언제나 노래 노래하며 청정이는 물이여!

백운白雲 청풍淸風과 함께 '청정淸淨'을 위주로 하는 물의 심성
을 한자리에 모아봤다.
'청정이는'은, 물 자체가 청정할 뿐 아니라, 다른 더러운 것들
까지 '청정하게 하는' 공덕을 이른 것으로, 그 음감音感 또한 '끊
임없이 흐르는 맑은 물소리의 의성음擬聲音이기도 하다. 그것은
물론 '청정'의 'ㅊ, ㅈ' 소리와 'ㅇ, ㅇ'의 종성에서 나는 수성음향
水性音響의 덕분이지마는—.

다정도 병인 양하여

2. 바위[岩]

꽃은 무슨 일로 피면서 수이 지고,
풀은 어이하여 푸르는 듯 누르나니?[14]
이마도 변치 아닐 손[15] 바위뿐인가 하노라.

피면서 미처 다 피기도 전에 지고 마는 낙화의 덧없음이나, 푸
르러지는가 했더니 미처 다 푸르러지기도 전에 누르러지고 마는

09조타 하나: 깨끗淨하다고 하나. ※ 고어에서 '됴타'는 [好]의 뜻이요, '조타'는 [淨]의 뜻이다.
10자로: 자주.
11하노매라: 많구나! 많도다!
12조코도: 깨끗하고도.
13그칠 뉘: 그칠 때.
14'푸르는', '누르는' : 형용사의 동사적 활용형.
15변치 아닐 손: 변치 아니 하는 것은.

낙엽의 덧없음이, 미속도微速度 촬영의 영상을 보고 있는 듯, 자초지종이 보고 있는 가운데 다 이루어져 끝나고 만다.

그것은 '~면서'와 '……듯'의 공효이니, 이 몇 마디 말끝의 조작操作으로, 신묘한 뜻을 연출해내는 고산의 조사술措辭術은, 과연 언어의 연금술사鍊金術士가 아닐 수 없어, 재탄再嘆 삼탄三嘆이 아깝지가 않다.

세상 모든 것이 잠시도 멎지 않고 변해가는 가운데, 오직 바위만은 묵직하고 듬직하게 제자리를 지켜 변하지 않음이 군자의 항심恒心과 같아, 믿음직한 친구로 추대推戴된 것이다.

피면서 져가는 꽃, 푸르는 듯 이우는 잎
인심은 변덕이요, 세사는 덧없어도
지긋이 비바람 견디며 입을 봉한 바위여!

3. 솔〔松〕

더우면 꽃 피고 추우면 잎 지거늘,
솔아! 너는 어이 눈서리를 모르느냐?
구천九泉[16]에 뿌리 곧은 줄을 글로 하여[17] 아노라!

모진 바람이 잎을 비켜 지나갈 때면, 거문고 소린 양 맑은 가락의 음률을 자아낸다 하여 예로부터 송운松韻이니 송금松琴이니 일컬어온다. 또 청송靑松·백학白鶴은 천생天生의 연분이니, 학은 덤

16구천: 깊은 땅속.
17글로 하여: 그것으로 하여.

으로 얻은, 또한 나의 친구다.

눈서리에 더 푸르고, 칼바람에 거문고 가락!
지심地心의 곧은 뿌리, 안 보아도 알 만하다.
내 벗을 학이 벗하니 학도 또한 내 벗일다.

4. 대〔竹〕

나무도 아닌 것이 풀도 아닌 것이[18]
곧기는 뉘 시키며[19] 속은 어이 비었는다?
저렇고 사시에 푸르니 그를 좋아하노라!

대나무를 이처럼 좋아하여 친구로 삼은 뜻은, 당당하고 훤칠한 풍채, 허심한 심경, 절도 있는 행동, 사시로 변치 않는 한결같은 푸른 절개가, 군자에 견줌 직하기에서다.

나무도 풀도 아닌, 높고도 곧은 줄기
희고도 허심虛心한 속, 절도節度 있는 마디마디……
눈·얼음 모진 바람도 못 범하는 저 푸른 얼!

18나무도 아닌 것이 풀도 아닌 것이: 목본木本인지? 초본草本인지? 높고 굵고 단단한 품으로는 '나무'일 것이 분명하나, "죽순竹筍 자라는 소리에 개가 짖는다"는 말처럼 당년 봄 며칠 동안에 그 높이대로 다 자라는 점, 나이테[年輪]가 없는 점, 벼꽃 같은 꽃이 피고는 죽어버리는 점 등으로 보아, 현대 식물학에서는 '벼과의 풀[禾本科 草本]'로 분류하고 있음.
19곧기는 뉘 시키며: 누가 시켰기에 그렇게도 곧으며. 마치 '성현聖賢의 가르침'을 따라 정직正直하게 자란 것인지?

5. 달〔月〕

작은 것이 높이 떠서 만물을 다 비추니,
밤중의 광명이 너만 한 이 또 있는가?
보고도 말 아니하니 내 벗인가 하노라!

  달은 밤중의 광명으로 어두운 세상을 밝혀줄 뿐만 아니라, 밤
의 비밀을 다 지켜보아 알면서도, 남의 비밀에는 입을 봉하는 미
덕이 있다. 어찌 그뿐이랴?
  달은 동서고금의 한 많은 사람들의 아픈 가슴을 달래주고, 멀
리 헤어진 그리운 사람들끼리의 시선을 한 몸에 받아들여, 서로
비춰주는 거울 노릇도 하려니와, 그들의 하소연을 상대방에다 전
달하는 위성중계방송도 해주는 고마운 존재기도 하다.

  그리운 이 다리 놓아 하소연 중계하고,
  한 많은 이 눈물 닦아 달래주는 저 달이여!
  밤 비밀 다 알면서도 입을 다문 저 듬직함!

〈박연폭포朴淵瀑布〉
서경덕, 황진이와 함께 송도삼절 중 하나로 불렸던 박
연폭포. 겸재의 그림에서 보이듯 조금의 머뭇거림도 없
이 직하하는 폭포의 장관은 초속한 시심의 발로이리라.

꺾었거든 버리지 마소—실명씨 외
왔다가 가더라 하소—실명씨 외
벼 베어 쇠게 신고—김우규

실명씨 외

꺾었거든
버리지
마소

보거든 꺾지 말고, 꺾었으면 버리지 마소.
보고 꺾고 꺾고 버림이 군자의 행실일까?
두어라! 노류장화路柳墙花[01]니 누를 원망하리오?

길가에 서 있는 버드나무요, 담 밖에 피어 있는 꽃인 신세! 오
는 이 가는 이, 심심하면 꺾어서는, 꺾는 길로 내버린다. 꺾이고
버림당해도 그 누구를 원망할 수도 없는 신세! 스스로 팔자타령
이나 할 수밖에―.

길가에 꽃이 피니 저마다 임자로다.
삼춘三春에 일(일찍) 오던들 내 먼저 꺾을 것을
두어라 노류장화路柳墙花니 한恨할 줄이 있으랴?

조제호

―――――
01 노류장화: 길가에 서 있는 버드나무와 담장 바깥에 피어 있는 꽃. 누구나 꺾을 수 있다는 뜻에서, 창녀娼女
를 가리켜 하는 말.

이른 봄 내가 먼저 왔던들, 남들이 꺾기 전에, 내가 먼저 꺾을 수 있었을 꽃을! 그러나 어쩌랴? 어차피 노류장화가 아니던가?

그러나, 먼저 못 꺾어 한할 것이랴? 그녀에 있어서는 '첫사랑'이 되는 것을!

첫사랑 못 잊는, 진양 기생 옥선의 한을 들어보라.

뉘라서 정 좋다던고 이별에도 정일런가?
평생에 처음이요, 다시 못 볼 임이로다.
아마도 정 주고 병 얻기는 나뿐인가 하노라.   옥선

정 주고 버림받아 상사병으로 일생을 한으로 늙어가는 불우한 인생 있음을 '나 몰라'라는 인정머리!

그러나 인정 탓만 하지 말고, 스스로 돌아보아, 제 인생 제 힘으로, 다시 추슬러 거둘 것이; ―노류장화로 스스로 천대하여 막되게 굴지 말고, 자중자애自重自愛하여, 이왕에 꽃이려면 꽃 중에도 매화처럼, 은은히 풍기는 향기로운 꽃으로 자신을 가꾸려마―. 개천에 나앉아도 은은한 사람 냄새, 정에 겨운 사람 향기! 그런 매화 같은 향기로운 인생으로 가꿔보렴!

옥분玉盆에 심은 매화 한 가지 꺾어 내니
꽃도 좋거니와 암향暗香이 더욱 좋다.
두어라 꺾은 꽃이니 버릴 줄이 있으랴?   김성기

잘 가꾸어진 향기로운 매화! 그 매화를 내 꺾었으니, 어이 버리랴? 소중히 받들어 백 년토록 함께하리라 한다.

스스로 천대하고야 남이 그를 천대하고,
제 버린 후에서야 남이 그를 버리나니,
모처럼 태어난 인생! 추슬러 다시 서렴!

이왕에 꽃일 바엔 은은한 매화처럼,
개천에 나앉아도 빨래하는 그 자세로
찌들은 연지분 때를 말끔히 씻어내렴!

실명씨 외

왔다가 가더라 하소

> 왔다가 가더라 하소. 내 왔다가 가더라 하소.
> 빈방 찬 자리에 혼자 못 자 가더라 하소.
> 왔다가 도로 가는 정은 나도 몰라 하노라.

어떠한 남녀 사이의 어떠한 정황情況일까?

하 그리워 오랜만에 먼 길 걸어 와봤더니, 버선발로 뛰어나와 두 손 잡고 맞아주리란 그녀는 집에 없다. 이웃 할머니께 물어보니, 밤늦게야 돌아오리라 한다. 빈방에 우두커니 기다리고 앉았자니, 이리도 썰렁할 수가 없다. 무슨 볼일로 밤늦게야 돌아온단 말인가? 만정이 뜬다. 다시 신을 신고 나서면서, '빈방 찬 자리에 혼자 못 자 가더라'고 말이나 전해 달라며, 할머니께 일러놓고, 오던 길로 떠나오고 만다.

'어느 눈 내리는 달밤, 친구 대안도戴安道 생각이 간절하여, 밤새도록 조각배를 젓고 저어, 해 뜰 무렵에야 친구집 문전에 이르러서는, 갑자기 흥이 식어, 그대로 뱃머리를 돌리고 마는[乘興而來 興盡而反] 왕휘지王徽之의 심경처럼, 그렇게 담담하지는 못했으리라.

가다가 올지라도 오다가 가지 마소.
믜다가[01] 괼지라도 괴다가[02] 믜지 마소.
세상에 인사人事 변하니 그를 슬허하노라.[03]   실명씨

간다고 가더니만 차마 못 떠나 되돌아오거나, 미워 미워하더니만 어느 날 갑자기 사랑으로 돌아온다면, 그 오죽이나 반가우랴? 그러나 그리도 사랑겨워하다가 하루아침에 미움으로 돌변하면 그 오죽이나 당황하며 오죽이나 허탈하랴?

사랑으로 왔다가 미움으로 돌아서는 자신의 매정스러운 처사에, 돌아가는 길 내내 떨떠름한 그도 그러려니와, 또한 그 말 전해 들은 그녀의 가슴은 어떠할런고? 가슴 다독거려 간신히 잠재우고 있던 정을! 다시 휘저어 천야만야 떠일궈놓고는, 그렇게 떠나다니? 그렇게 떠나가다니! 차마 어찌 괘씸치 않으랴?

뉘라서 임 좋다던고 알고 보니 원수로다.
애당초 몰랐더면 이 간장 안 태울걸,
지금에 정들고 병 얻기는 나뿐인가 하노라!   실명씨

이리하여 날 속이고 저리하여 날 속이고,

---

01 믜다가: 미워하다가.
02 괴다가: 사랑하다가.
02 슬허하노라: 슬퍼하노라.

원수 이 님을 잊음 직도 하다마는,
전전의 언약이 중하니 못 잊을까 하노라. 실명씨

속고 속고 이날토록 수없이 속으면서도, '백년해로百年偕老하겠다'던 전전의 그 한마디를 소중히 여겨, 이날토록 믿어왔거늘, 사랑을 발치에 걸어, 이러구러 우롱하다니? 차마 괘씸! 어이할꼬?

'사랑' 가지고 장난치거나 낭만 부리지 말을 것이, 그 너무 진지한 일이기에 피해 의식은 막대하다.

오지나 말을 것이, 왔으면 기다릴 것이,
용렬한 그 발길이 오랑가랑 변덕 부려
이리도 농락하다니 원수가 따로 없네.

사랑이 장난이더냐? 원한의 못〔釘〕이 되네.
돌멩이처럼 많은 중에 그중 하나 인연했다.
그 돌에 얻어맞는 아픔 골수에 사무쳐라!

벼 베어 쇠게 싣고

> 벼 베어 쇠게 싣고 고기 건져 아이 주며,
> 이 소 네 몰아가서 술을 먼저 걸러스라.[01]
> 날랑은 아직 취한 김에 흥치다가[02] 가리라.

벼 베어 소 등에 한 바리 실어놓고, 물고기 잡은 것 버들가지에 꿰어 머슴아이에 건네주면서, 너 먼저 소를 몰고 가서, 술을 먼저 걸러두려무나. 나는 아직 거나한 김에 좀 시간을 소비한 뒤에 가겠다니, 어찌 된 일인가? 어쩌면 그 속사정, 짐작이 갈 듯도 하지 않은가?

집에 빨리 들어가고 싶지 않은, 그 심드렁한 그 심사! 돌아가도 반겨줄 이 없고, 늦어져도 걱정해줄 이가 없으며, 재롱부리는 아기도 없는, 한마디로 낙 없는 가정이다. 마누라가 있다면 바야흐

---

01 걸러스라: 거르려무나.
02 흥치다가: 시간을 소비하다가. 마음 키는 대로 이곳저곳 기웃거리며 시간을 좀 보내다가.

로 심한 냉전 중에 있는 듯, 해가 아직 대여섯 발이나 남았는데,
일찍 돌아가 죽치고 들어앉아 마누라쟁이 날선 눈초리나 잔소리
듣고 있기에는 너무 따분할 듯해서는 아닐는지?

들에 올 때 내온 농주로 거나해진 그 마음이, 걷잡을 수 없이
궁글궁글 가라앉지 아니한다. 산길을 걸으랴? 들길을 헤매랴?
돌아가다 주막에 들러 한잔 더 하고 가랴?

아내의 바른말도 잦으면 '잔소리'요,
허공에 긁어대면 그 바로 '바가지'라,
조왕竈王(부엌을 맡은 신)도 돌아앉는다는 부부간의 냉전일다!

어른 없는 집안이란 저리도 멋대로요,
애들 없는 가정이란 이리도 냉랭하다.
서로들 네 탓이라며 날[刀] 세운 저 눈초리!

낡에도 돌에도 정 붙일 데 바이 없고,
거나해질수록 인생이 시드러워,
저마다 돌아앉아서 팔자타령 따로 하네.

아서라! 큰맘 먹고 억지로라도 해보려마!
내 먼저 굽혀들어 '내 탓'으로 다 따안고,
신혼 때 그 맹세대로 다시 시작해보려마!

풍파에 놀란 사공 태가駄價나 벌자 하니,
꼬불꼬불 산길 호랑이 고래보다 더 무섭다
이후란 배도 말도 말고 밭 갈기나 하리라.

喫驚風波畏路行 羊腸豺虎險於鯨
從今非馬非船業 紅杏村深雨映耕 〈실사구시(實事求是)〉   26쪽

버들 꺾어 드리오니 침실 밖에 심어주소.
시름겨운 눈썹인 양 밤비에 새잎 나거든
임 그려 파리해진 얼굴 제 넋이라 여기소서.

折楊柳寄與千里人 爲我試向前庭種
一夜新生葉 憔悴愁眉是妾身   76쪽

그리운 임 만날 길이 꿈길 말곤 더 없기에,
내 임 찾아갔을 제는, 임 날 찾아 가고 없네.
이훌랑 함께 길 떠나 '반보기'로 만나과저!

相思相見只憑夢 儂訪歡時歡訪儂

願使遙遙他夜夢 一時同作路中逢 〈상사몽(相思夢)〉

피 흐르는 몸을 뒤쳐 나무 나무 옮다니며
'촉'은 높고 '도'는 낮게 돌아감만 못 하다고
밤 내내 촉도, 촉도 애타게도 울어라!

流血翻身樹樹移 前聲乍亮後聲低
萬事不如歸去好 隔窓終夜盡情啼 〈청두견용진미조문(聽杜鵑用盡眉鳥韻)〉

소리(두견이 소리) 멎은 새벽 산에 잔월殘月(지새는 달)은 흰데,
피로 흐르는 봄 골짝의 붉은 낙화여!

聲斷曉岑殘月白 血流春谷落花紅 〈두우(杜宇)의 일절(一節)〉

자규 우는 달 밝은 밤, 시름겨워 누樓에 서니, 네 울음 아니런
들 이다지도 애 끊일까?
여보소! 이 세상 한 많은 이들이여!
춘삼월 두견이 우는, 달 밝은 다락엘랑, 오르지를 마시라!

月白夜蜀魄啾 含愁情倚樓頭
爾啼悲我聞苦 無爾聲無我愁
寄語世上苦勞人 愼莫登春三月子規啼月明樓

그대 집은 부안이요, 내 집은 서울이라,
그리워도 볼 수 없고 소식마저 감감하니,
오동에 비 뿌릴 제면 애간장만 끊이어라!

娘家在浪州 我家住京口
相思不相見 斷腸梧桐雨 〈회계랑(懷桂娘)〉   112쪽

봄바람에 꽃잎들은 어디 없이 휘날리고,
거문고 상사곡 굽이굽이 애끊일 뿐,
그리운 그 님은 여태 어이 이리 못 오시나?

東風三月時 處處落花飛
綠綺相思曲 江南人未歸 〈춘사(春思)〉   112쪽

얼룩진 화장으로 주렴도 안 걷은 채,
새소리 요란한 속 '상사곡' 뜯고 나니,
꽃 지는 봄바람 타고 제비 한 쌍 비꼈어라!

竹院春深鳥語多 殘粧含淚倦窓紗
瑤琴彈罷相思曲 花落東風燕子斜 〈춘원(春怨)〉   112쪽

비 온 뒤의 서늘바람 처마엔 달 밝은데,

다정도 병인양하여

귀뚜라미 울어 새는 한밤 내내 골방에선
답답한 가슴을 치듯 다듬이질 끝이 없다.

雨後涼風玉簟秋 一輪明月掛樓頭
洞房終夜寒蛩響 擣盡中腸萬斛愁 〈추사(秋思)〉　　　　113쪽

내세來世엔 우리 부처夫妻 처지를 바꿔 나서
내 죽고 그대 살아 천 리 밖 배소配所에서
이 마음 이리 슬픔을 그대 알게 하고지고!

聊將月老訴冥府 來世夫妻易地爲
我死君生千里外 使君知有此心悲 〈배소만처상(配所輓妻喪)〉　　　　129쪽

이 님이 어디 간고? 등잔불만 가물가물!
가을비 잎 치는 소리 꿈 깨울 줄 알았더면,
창가에 벽오동나문 아예 심지 말았을 것을…….

玉貌依稀看忽無 覺來燈影十分孤
早知秋雨驚人夢 不向窓前種碧梧 〈도망(悼亡)〉　　　　145쪽

길가에 묵어 있는 저 외로운 무덤 하나
자손은 어디 가고 한 쌍의 돌사람이

긴 세월 떠나지 않고 지키고들 있는고?

路傍一孤塚 子孫今何處

惟有雙石人 長年守不去 〈노방총(路傍塚)〉   **151쪽**

시골집 간밤 비에 복사꽃이 활짝 폈다.

허여 센(허옇게 센) 귀밑머리 취중에 깜박 잊고

꽃 꺾어 머리에 꽂고 봄바람 앞에 섰네.

村家昨夜雨濛濛 竹外桃花忽放紅

醉裏不知雙鬢雪 折簪繁蕚立東風 〈산거춘일(山居春日)〉   **153쪽**

온갖 풀 다 시드는 늦가을 찬 서리 속,

홀로 국화만이 울타리에 가득하다.

빼어난 높은 그 정신! 자태만도 아닐레라!

九月霜寒百草萎 黃花獨發滿東籬

始知當日淵明愛 只在高標不在姿 〈국(菊)〉   **174쪽**

저무는 가을 바다 기러기 떼 높이 날고,

시름겨워 뒤척이는 지새는 저 달빛에

되비쳐 싸늘히 바랜 활과 칼의 차가움이여!

다정도 병인 양하여

水國秋光暮 驚寒雁陣高
憂心輾轉夜 殘月照弓刀 〈한산도야음(閑山島夜吟)〉　　　　　　211쪽

목두개비로 꼬마 당닭을 새겨내어
젓가락으로 집어다가 벽 횃대에 앉혀놓자
이 닭이 꼬끼오 울면 어머님 얼굴 환해질까?

木頭雕作小唐鷄 筯子拈來壁上棲
此鳥膠膠報時節 慈顔如似日平西 〈오관산(五冠山)〉　　　　224쪽

나날이 산을 봐도 양이 차지 아니하고
물소리 늘 들어도 물리지를 않는구나.
그 소리 그 빛 속에서 마음 마냥 즐거워라!

日日看山看不足 時時聽水聽無厭
自然耳目皆淸快 聲色中間好養恬 〈한중자경(閑中自慶)〉　　260쪽

맑은 아침 호미 메고 들일하고 돌아오니,
흐뭇이 내린 이슬 아직도 덜 말랐다.
다만지 곡식 장할 새면 옷이 젖다 어떠하리?

淸晨荷鋤南畝歸 露溥溥猶未晞

但使我苗長　　厭浥何傷沾我衣 〈권로(捲露)〉　　　　　　262쪽

청산 속 시냇물아! 뉘 시켜 뜀박질고?
창해에 한번 들면 돌아올 날 없는 것을,
저 달도 밝아 있거니 어이 그리 못 쉬는고?

青山裏碧溪水 誰令一夜奔流
一到滄海無歸日
明月滿山 何不少淹留　　　　　　　　　　　271쪽

청산 속 푸른 시냇물이여 쉬 흐른다 자랑 마라.
한번 창해에 들면 다시 보기 어려운 것을!
저 달도 저리 느직이 춤 자락 너울대거니…….

青山影裏碧溪水 容易東流爾莫誇
一到滄海難再見 且留明月映婆娑 〈벽계수(碧溪水)〉　271쪽

청산이 쏟아내니 구름이랑 흘러 멎질 않네.
창해에 한번 들면 다시 오진 못하려니,
휘영청! 한 하늘 달도 예런듯 밝았거니—.

青山瀉出碧溪水 影入流雲去莫止

一到滄溟難復回 滿空明月古今是 〈맥산계(驀山溪)〉

이 세상의 모든 것은 저마다 임자가 있으니, 내 소유가 아닐진
댄 털끝만큼도 취하지 말아야 할 것이나, 오직 저 맑은 강바람과,
저 밝은 산간의 달은, 귀로 들어서는 풍악이요, 눈으로 보아서는
그림이라. 아무리 차지해도 금하는 이 없고, 아무리 사용해도 바
닥나는 일이 없으니, 이야말로 조물주의 무궁무진한 보고로서,
우리들이 다 함께 두고 즐기는 바이로다.

天地之間 物各有主 苟非吾之所有 雖一毫而莫取 惟江上之淸風 與
山間之明月 耳得之而爲聲 目遇之而成色 取之無禁 用之不渴 是造物
者之無盡藏也 而吾與子之所共適 〈적벽부(赤壁賦)〉 **279쪽**

용의 갈기 오색 털빛 골격도 장할시고!
천리마 망아지로 세상에 태났건만,
사람들 알지를 못해 섶 달구지 끌게 했네.

서울엔 달림 직한 넓은 큰길 있다 컨만
날마다 산 비탈길 달구지에 찌들리어
두 귀도 척 늘어져 '귀느래'로 늙어가네.

田家有老牝 生得天馬駒 龍鬐五花文 神骨世所無
里閭不見異 爭借駕柴車 垂耳逐羊牛 終日數里餘

長安有大道 此馬終村墟 〈잡흥(雜興)〉 302쪽

얼레빗 참빗으로 머리 빗겨 이를 잡네.
어쩌면 천만 길의 큰 빗을 장만하여
만백성 머리를 빗겨 이 소탕掃蕩 해볼거나!

木梳梳了竹梳梳 亂髮初分蝨自除
安得大梳千·萬丈 一梳黔首蝨無餘 〈영소(詠梳)〉 315쪽

아침에 마누라쟁이 넌지시 귀띔하길
도가지에 빚은 술이 이제 갓 익었다나!
혼자야 감당 못할 흥! 벗이여 어서 오라!

山妻朝報我 小甕釀新醅
獨酌不盡興 且待吾友來 〈우중감회유작투택지(雨中感懷有作投擇之) 전반략(前半略)〉
325쪽

술구더기 동동 뜨는 오려주 갓 익었고,
오목한 질화로엔 숯불이 이글이글!
오소소 눈발 선 이 밤! 한잔 생각 없는가?

綠螘新醅酒 紅泥小火爐

晚來天欲雪 能飮一杯無 〈문유십구(問劉十九)〉 326쪽

꽃 있어도 달 없으면 꽃향기 줄어들고,
달 있어도 꽃 없으면 달빛이 외롭지만
꽃과 달 술까지 있고 보면 나야말로 신선이지!

有花無月花香少 有月無花月色孤
有花有月兼有酒 王喬乘鶴是家奴 〈대주음(對酒吟)〉 338쪽

꽃 있고 술 없으면 그 얼마나 아쉬우며,
술 있고 벗 없으면 그 또한 어이하리?
세상일 유유하거니 꽃 보며 술 마시며 긴 노래 하자꾸나!

有花無酒可堪嗟 有酒無人亦奈何
世事悠悠不須問 看花對酒一長歌 〈영국(詠菊)〉 338쪽

이월 가고 삼월 오니 꿈결엔 듯 봄이 왔네.
천금으로도 사지 못할 이 좋은 이 봄밤을!
술 익는 그 어느 집에 꽃은 환히 피었는고?

二月將闌三月來 一年春色夢中回
千金尙未買佳節 酒熟誰家花正開 〈차운기정백형(次韻寄鄭伯亨)〉 338쪽

벗 만나면 술이 없고, 술 있으면 벗이 없네.
한평생 이내 일이 매양 이리 엇갈리니,
허허허! 크게 웃고는 혼자 거푸 서너 잔⋯⋯!

逢人覓酒酒難致 對酒懷人人不來
百年身事每如此 大笑獨傾三四杯   339쪽

마당의 저 풀들은 심은 것이 아니건만,
수없이 이름 없이 봄바람에 절로 나서,
저마다 빛깔도 따로따로 향기도 따로따로⋯⋯.

庭草本非種 春風自發生
惟有色香別 無數亦無名 〈정초교취(庭草交翠)〉   353쪽

푸른 산 푸른 물, 구름도 천 봉 만 봉
석양 비낀 높은 대에 막대 끌고 올라서니
만리풍萬里風! 가슴을 열어 한 번 빙긋 웃노라!

天末歸雲千萬峯 碧波靑峰夕陽紅
携節急向高臺上 一笑開襟萬里風 〈서계임권유록후(書季任倦遊錄後)〉   355쪽

정상에 우뚝 서니 만리풍 시원하다.

다정도 병인 양하여

푸른 하늘은 내 머리에 쓴 모자요,
동해는 내 손에 쳐든 한잔 술이어라!

曳杖陟崔嵬 長風四面來
靑天頭上帽 碩海掌中杯 〈등비로봉(登毘盧峰)〉 356쪽

오늘 아침 맑은 눈길〔視線〕 남산이 싱그럽다!
두건도 기운 채로 '휘이이익' 한 파람 불고 나니
비로소 알겠더구나! 천지가 너그러운 줄―.

今朝展淸眺 詩興屬南山
岸幘發長嘯 始知天地寬 〈기원교서송수(寄元校書松壽)〉 361쪽

강응환姜膺煥(1735~95): 조선 후기 문신. 강희맹의 9세손. 자 명서命瑞. 호 물기재勿欺齋. 저서에《물기재집》이 있고, 기타 미상.

강희맹姜希孟(1424~83): 세조 때 문신. 자 경순景醇. 호 사숙재私淑齋. 본관 진주. 시호 문량文良. 저서《사숙재집》,《촌담해이村談解頤》등.

고의후高義厚: 조선 후기 위항시인委巷詩人. 호 온곡醞谷. 본관 개성.

곽연郭珚: 벼슬은 제학提學. 기타 미상.

권섭權燮: 자 조원調元. 호 옥소玉所. 저서《옥소고》. 기타 미상.

길재吉再(1353~1419): 고려·조선의 학자. 삼은三隱의 한 사람. 자 재보再父. 호 야은冶隱. 시호 충절忠節. 저서《야은집》,《야은속집》,《야은언행습유冶隱言行拾遺》.

김광욱金光煜(1580~1656): 문신. 자 회이晦而. 호 죽소竹所. 본관 안동. 시호 문정文貞. 저서《죽소집》.

김삼현金三賢: 숙종 때 절충 장군. 주의식의 사위. 시조 6수가 전함.

김상용金尙容(1561~1637): 문신. 호 선원仙源. 본관 안동. 김상헌의 형. 문과에 올라, 여러 내외직을 거쳐 우의정에 이르렀다. 시호 문충文忠. 저서《선원유고》.

김성기金聖器: 가인歌人. 시조 작가. 자 자호子湖. 호 어은漁隱.〈강호가〉5수가 《해동가요海東歌謠》에 실림.

김소월金素月(1903~34): 시인. 평북 정주 출신. 본명은 김정식金廷湜. 민요풍의 천재 시인. 시집《진달래꽃》,《소월시집》등.

김수장金壽長(1690~?): 가인. 시조 작가. 자 자평子平. 호 노가재老歌齋.《해동가요》편찬.

김영金鍈: 정조 때 무과에 급제. 형조판서를 지냈고, 시조 7수가 전함.

김유기金裕器: 숙종 때 가인. 자 대재大哉. 김천택과 친분이 두터웠으며, 시조 12수가 전함. 《해동가요》에 시조 8수가 실림.

김육金堉(1580~1658): 문신. 학자. 자 백후伯厚. 호 잠곡潛谷. 본관 청풍. 시호 문정文貞. 저서 《잠곡유고》 등.

김이익金履翼(1743~1830): 자 보숙輔叔. 호 유와牖窩. 기타 미상. 《금강영언록》에 시조가 전함.

김인후金麟厚(1510~60): 문신. 학자. 자 후지厚之. 호 하서河西. 본관 울산. 시호 문정文正. 저서 《하서집》 등.

김장생金長生(1548~1631): 학자. 자 희원希元. 호 사계沙溪. 본관 광산. 시호 문원文元. 저서 《사계어록》 등.

김정구金鼎九: 조선 후기 위항시인. 자 중윤重允. 호 현강賢岡. 본관 충주.

김정희金正喜(1786~1856): 문신, 학자, 서화가. 자 원춘元春. 호 추사秋史·완당阮堂. 저서 《완당집》 등.

김종서金宗瑞(1390~1453): 문신. 자 국경國卿. 호 절재節齋. 본관 순천. 시호 충익忠翼. 저서 《제승방략制勝方略》 등.

김진태金振泰: 영조 때 가인. 자 군헌君獻. '경정산가단敬亭山歌壇'의 한 사람. 시조 26수가 《해동가요》에 전함.

김창업金昌業(1658~1721): 문신. 자 대유大有. 호 노가재老稼齋. 본관 안동. 저서 《노가재집》, 《연행일기》 등.

김천택金天澤: 영조 때 가인. 자 백함伯涵. 호 남파南坡. 최초의 시조집 《청구영언》의 편자이며, 경정산가단에서 많은 후인을 길러냈음. 57수의 시조가 《해동가요》에 실림.

남구만南九萬(1629~1711): 호 약천藥泉. 본관 의령. 문과에 올라 영의정에 이름. 시호 문충文忠. 저서 《약천집》 외 다수.

남이南怡(1441~68): 세조 때 무장. 본관 의령. 26세에 병조판서가 되었으나, 간 신 유자광에 몰려 28세로 처형됨. 시호 충무忠武.

낭원군朗原君(1640~99): 선조의 손자. 이름은 간偘. 호 최락당最樂堂. 시가에 능 하여 시조 30수가 전함.

단종端宗(1441~57): 조선 제6대 왕.

명옥明玉: 화성(수원)의 기생. 기타 미상.

문충文忠: 신라 때 효자.

박은朴誾(1479~1504): 학자. 호 읍취헌挹翠軒. 본관 고령. 저서《읍취헌유고》.

박인로朴仁老(1561~1642): 선조 때 시인. 자 덕옹德翁, 호 노계蘆溪. 가사 8편, 시 조 72수가 전함. 송강 정철, 고산 윤선도와 더불어 조선조 3대 작가로 손 꼽힘.

박효관朴孝寬(1781~1880): 고종 때 가객歌客. 호 운애雲崖. 제자 안민영과 더불어 가집歌集《가곡원류歌曲源流》를 편찬. 시조 15수가 전함.

백경현白景炫: 조선 후기 위항시인. 호 오재悟齋. 본관 선산.

백낙천白樂天(772~846): 중국 당대唐代의 대시인.

성삼문成三問(1418~56): 학자. 사육신死六臣의 한 사람. 자 근보謹甫. 호 매죽헌梅 竹軒. 본관 창녕. 시호 문충文忠. 저서《성근보집》.

성종成宗(1456~94): 조선 제6대 왕.

성혼成渾(1535~98): 학자. 호 우계牛溪. 본관 창녕. 시호 문간文簡. 저서《우계 집》.

소옹邵雍(1011~77): 중국 송대宋代의 학자. 자 요부堯夫. 호 안락선생. 시호 강절 康節.

송계연월옹松桂烟月翁: 영조 때 가인.《고금가곡古今歌曲》을 편저. 본명 미상. 시 조 14수가 그 책에 전함.

송순宋純(1493~1588): 호 면앙정俛仰亭. 만년에 담양에 면앙정을 짓고 독서와 시작에 전념했다. 가사《면앙정가》와 시조 약간 수가 전함.

송시열宋時烈(1607~89): 학자. 노론老論의 영수. 자 영보英甫, 호 우암尤菴. 본관 은진. 숙종 15년에 원자 책봉을 반대하다 제주로 귀양갔다가 돌아오는 길 에 정읍에서 사사. 5년 후 신원되었으며 주자학의 대가로 저서가 많음.

송익필宋翼弼(1534~99): 학자. 자 운장雲長, 호 귀봉龜峰. 본관 여산. 시호 문경 文敬. 저서《귀봉집》.

송인宋寅(1516~84): 학자. 면필. 호 이암頤庵. 본관 여산. 시호 문단文端. 저서 《이암집》 등.

신위申緯(1769~1847): 문신. 호 자하紫霞 · 경수당警修堂. 본관 평산. 시 · 서 · 화 삼절로 알려졌음. 저서《경수당전고警修堂全稿》,《신자하시집》,《분여록焚餘 錄》등.

신흠申欽(1566~1628): 학자, 문신. 호 상촌象村. 본관 평산. 문과에 올라 영의정 에 이름. 문명이 높아 장유 · 이정귀 · 이식과 함께 조선 중기 한문학의 4대 가로 일컬어졌으며, 글씨도 잘 썼음. 저서《상촌집》.

안민영安玟英: 고종 때 가인. 고종 13년에 그의 스승 박효관과 함께 가곡원류》 를 편찬 간행하여, 근세 시조 문학을 총결하는 데 공헌. 매화 시인으로 유 명. 저서《금옥총부》,《주옹만필》.

안창후安昌後: 효자. 호 한설당閒說堂. 본관 죽산. 저서《오상설삼백해五常說三百解》.

양사언楊士彦(1517~84): 문신. 서가書家. 호 봉래蓬萊. 본관 청주. 작품에 만폭동 석각石刻 등 다수.

오경화吳擎華: 조선 후기 위항시인. 자 자형子馨. 호 경수瓊叟. 본관 낙안.

옥선玉仙: 19세기 후반의 인물로 추정됨. 진양晉陽의 기생.

왕백王伯(1277~1350): 고려 때 문신. 본성은 김金, '왕王'은 사성賜姓.

우탁禹倬(1263~1342): 고려 때 학자. 자 천장天章. 호 역동易東. 본관 단양. 시호 문희文僖. 시조 2수가 전함.

원천석元天錫(1330~?): 고려 말의 은사隱士. 자 자정子正. 호 운곡耘谷. 본관 원주. 시조 한 수가 전함.

위원개魏元凱(1226~92): 고려의 원감국사圓鑑國師. 19세에 문과에 급제. 요직에 있다가 후에 중이 되어, 조계종의 제6세가 됨. 시문에 능함.

유몽인柳夢寅(1559~1623): 문신. 호 어우당於于堂. 본관 흥양. 시호 의정義貞. 저서《어우야담》,《어우집》.

유자신柳自新(1533~1612): 진사. 광해군의 장인. 후에 부원군府院君이 되었으나, 인조반정으로 삭직됨.

유희경劉希慶(1545~1636): 학자. 자 응길應吉. 호 촌은村隱. 본관 강화. 저서《촌은집》,《상례초喪禮抄》.

윤두서尹斗緒(1668~1715): 문신, 화가. 호 공재恭齋. 본관 해남. 작품에〈노승도老僧圖〉,〈자화상〉등. 겸재謙齋·현재玄齋와 더불어 조선의 3재로 불림.

윤선도尹善道(1587~1671): 호 고산孤山. 송강松江·노계蘆溪와 함께 조선 3대 국문학 작가로 일컬어짐.〈오우가〉,〈어부사시사〉등 89수의 시조가 전함.

이덕함李德涵: 조선 후기 위항시인. 자 경호景浩. 호 진우당眞憂堂. 본관 강양.《청구가요》에 시조 3수가 전함.

이매창李梅窓(1573~1610): 선조 때 부안의 명기이자, 여류 시인. 이름은 계생癸生, 자 천향天香, 호 매창이며, 계랑桂娘으로 애칭됨.

이명한李明漢(1595~1645): 문신. 자 천장天章. 호 백주白洲. 본관 연안. 시호 문정文靖. 저서《백주집》.

이민성李民宬(1570~1629): 문신. 자 관보寬甫. 호 경정敬亭. 본관 영천. 저서《경정집》,《조천록朝天錄》.

이방원李芳遠: 조선 제3대 왕 태종.

이수익李受益: 조선 후기 위항시인. 자 명지明之. 호 간취자看翠子. 본관 금산.

이숙량李叔樑(1519~92): 학자. 자 대용大用. 호 매암梅巖. 본관 영천.

이순신李舜臣(1545~98): 임진왜란 때의 구국 영웅. 자 여해汝諧. 본관 덕수. 시
호 충무忠武. 저서《난중일기》.

이원익李元翼(1547~1634): 문신. 자 공려公勵. 호 오리梧里. 본관 전주. 시호 문
충文忠. 저서《오리집》,《속오리집》,《오리일기》.

이유원李裕元(1814~88): 문신. 자 경춘景春. 호 귤산橘山. 본관 경주. 시호 충문
忠文. 저서《임하필기》,《가오고략嘉梧藁略》,《귤산문고文藁》.

이이李珥(1536~84): 자 숙헌叔獻. 호 율곡栗谷. 본관 덕수. 시호 문성文成. 저서
《율곡전서栗谷全書》,《격몽요결擊蒙要訣》외 다수.

이의현李宜顯(1669~1745): 문신. 자 덕재德哉. 호 도곡陶谷. 본관 용인. 시호 문
간文簡. 저서는《도곡집》.

이재李在: 종실 서천군西川君 광桃의 손자. 영조 때 서윤庶尹을 지냈으며 글씨를
잘 썼음.《화원악보》,《해동가요》에 시조 12수가 전함.

이정보李鼎輔(1693~1766): 문신. 호 삼주三洲. 본관 연안. 진사로 정시 문과에
급제, 벼슬이 판중추부사判中樞府事에 이름. 시조의 대가로서 78수의 시조
가 전함.

이조년李兆年(1269~1343): 고려 때 문신. 자 원로元老, 호 매운당梅雲堂 · 백화헌
百花軒, 본관 경산京山. 예문관대제학藝文館大提學이 되고 성산군星山君에 봉
해졌으며, 시문에 뛰어남. 시호 문열文烈.

이정신李廷藎: 영조 때 가객. 호 백회재百梅齋. 시조 12수가 전하며, 창唱에 뛰
어남.

이택李澤(1651~1719): 무신. 자 운몽雲夢. 본관 전주.

이항복李恒福(1556~1618): 문신. 자 자상子常. 호 백사白沙. 본관 경주. 시호 문
충文忠. 저서《백사집》,《북천일록北遷日錄》외.

이현보李賢輔(1467~1555): 문신. 호 농암聾巖. 본관 영천. 시호 효절孝節. 저서
《농암문집》, 작품〈효빈가效嚬歌〉,〈농암가〉,〈춘면곡春眠曲〉등.

이형상李衡祥(1653~1733): 문신. 자 중옥仲玉. 호 병와瓶窩. 또는 순옹順翁. 본관 전주. 저서《병와집》외 다수.

이황李滉(1501~70): 학자. 문신. 자 경호景浩. 호 퇴계退溪. 본관 진보. 시호 문순 文純. 저서《퇴계전서》등, 작품〈도산십이곡〉등.

임의직任義直: 자 백형伯亨. 기타 불명.《가곡원류》에 시조 한 수가 전함.

장만張晩(1566~1629): 문신 자 호고好古. 호 낙서洛西. 본관 인동. 시호 충정忠 定. 저서《낙서집》.

정도전鄭道傳(1342~98): 고려·조선의 문신. 학자. 자 종지宗之. 호 삼봉三峰. 본 관 봉화. 시호 문헌文憲. 저서《삼봉집》외, 작품〈납씨가〉,〈정동방곡〉,〈문 덕곡〉,〈신도가〉등.

정몽주鄭夢周(1337~92): 문신. 학자. 자 달가達可. 호 포은圃隱. 본관 영일. 시호 문충文忠. 저서《포은집》.

정민교鄭敏僑(1697~1731): 조선 후기 시인, 문신. 자 계통季通. 호 한향자寒鄕子. 본관 창녕. 시문집《한천유고》.

정이오鄭以吾(1354~1434): 고려·조선의 문신. 호 교은郊隱. 본관 진주. 시호 문 정文定. 저서《교은집》,《화약고기火藥庫記》.

정인보鄭寅普(1892~?): 학자, 교육자. 호 위당爲堂·담원薝園, 해방 후 초대 감찰 위원장을 지냈고, 6·25 때 납북됨. 저서《조선사연구》,《담원시조집》.

정철鄭澈(1536~93): 문신, 시인. 자 계함季涵. 호 송강松江. 본관 연일. 시호 문 청文淸. 고산孤山·노계蘆溪와 더불어 3대 국문학 작가로 불림. 저서《송강 집》,《송강가사》등.

정충신鄭忠信(1576~1636): 무신. 자 가행可行. 호 만운晩雲. 본관 광주. 시호 충 무忠武. 저서《만운집》,《금남집錦南集》,《백사북천록白沙北遷錄》.

조재호趙載浩(1702~62): 문신. 자 경대景大. 호 손재損齋. 본관 풍양.

조현명趙顯命(1690~1752): 영조 때 영의정. 호 귀록당歸鹿堂. 탕평책蕩平策을 주장, 붕당朋黨에 끼지 않음 시호 충효忠孝. 저서《귀록집》.

주의식朱義植: 가객. 자 도원道源. 호 남곡南谷. 본관 나주.

천금千錦: 19세기 인물로 추정됨. 기생.

한우寒雨: 선조 때의 기생. 평양의 명기.

한호韓濩(1543~1605): 명필. 호 석봉石峯. 본관 삼화三和. 작품〈기자묘비箕子墓碑〉, 〈선죽교비善竹橋碑〉,〈서경덕신도비徐敬德神道碑〉등.

허강許橿(1520~92): 학자. 자 사아士牙. 호 강호처사江湖處士. 본관 양천.

호석균扈錫均: 호 죽재竹齋. 기타 미상.《가곡원류》에 시조 한 수가 전함.

홍랑紅娘: 경성鏡城 기생. 최경창의 소실.

홍섬洪暹(1504~85): 문신. 자 퇴지退之. 호 인재忍齋. 본관 남양. 시호 경헌景憲. 저서《인재집》,《인재잡록忍齋雜錄》.

홍양호洪良浩(1724~1802): 문신, 학자. 자 한사漢師. 호 이계耳谿. 본관 풍산. 시호 문헌文獻. 저서《이계집》,《만물원시萬物原始》등.

황진이黃眞伊: 조선 중종·명종 때의 명기, 여류 시인. 시詩·서書·음률音律에 뛰어났으며, 서경덕·박연폭포와 함께 송도삼절로 알려짐.

황희黃喜(1363~1452): 상신相臣. 자 구부懼夫. 호 방촌厖村. 본관 장수. 저서《방촌집》.

다정도 병인 양하여

다
정
도
병
인
양
하
여

다
정
도
병
인
양
하
여